Elisa Rimpach ist das Pseudonym des Autors Matthias Ernst, der 1980 in Ulm geboren wurde. Er arbeitet tagsüber als Psychologe mit Vorschulkindern und schreibt abends Krimis, Thriller und historische Romane. Im dp Verlag erschienen zuletzt die Thriller „Der Therapeut", „Die Professorin" und „Die Headhunterin". Matthias Ernst lebt mit seiner Familie, einer betagten Schildkröte und einer neurotischen Hundedame in Oberschwaben.

ELISA RIMPACH

WEGE DES SCHICKSALS

DIE GROßE MÜNCHEN-SAGA

Erstausgabe Januar 2024

Copyright © 2024 dp Verlag, ein Imprint der
dp DIGITAL PUBLISHERS GmbH
Made in Stuttgart with ♥
Alle Rechte vorbehalten

Wege des Schicksals

ISBN 978-3-98778-838-3
E-Book-ISBN 978-3-98778-854-3

Covergestaltung: Anne Gebhardt
Umschlaggestaltung: ARTC.ore Design
Unter Verwendung von Abbildungen von
stock.adobe.com: © 22January, © Aastels
shutterstock.com: © Praew stock
arcangel.com: © Mary Wethey
Lektorat: The Write Spirit
Satz: dp DIGITAL PUBLISHERS GmbH
Druck und Bindung: Books on Demand GmbH, Norderstedt

KAPITEL 1

Tanga, Kolonie Deutsch-Ostafrika, 2. Juni 1906

Isolde legte eine Hand an die Stirn, um ihre Augen vor dem grellen Licht zu schützen. Die Sonne stand beinahe senkrecht am wolkenlosen Himmel und auf den sanft gekräuselten Wellen in der Bucht von Tanga blitzten und funkelten abertausende Reflexionen ihrer Strahlen. Die *Markgraf*, ein Dampfer der Deutsch-Ostafrika-Linie, pflügte durch die ruhigen Gewässer auf den Anlegekai zu. An den Geländern des Oberdecks hatten sich die Fahrgäste versammelt, um der willkommenen Abwechslung einer Hafeneinfahrt beizuwohnen. Sie waren zuvor zwei Tage auf See gewesen, nachdem sie zuletzt in Mombasa angelegt hatten. In Tanga selbst würden nur wenige Passagiere das Schiff verlassen, wie Isolde in Gesprächen mit Mitreisenden erfahren hatte. Die meisten wollten in Dar-es-Salam aussteigen oder bis zur Endstation Kapstadt auf der *Markgraf* bleiben.

Die Stadt kam immer näher und Isolde konnte erste Gebäude unterscheiden. Tanga lag auf einer kleinen Anhöhe, an deren Fuß sich die Kaianlagen und die Warenhäuser befanden, in denen die Produkte der Kolonie auf ihre Ausfuhr warteten. Der Rand der Erhebung war gesäumt von Bauten in demselben Kolonialstil, den sie bereits von ihren Reisen nach Indien her kannte. Zwei- oder dreistöckige Häuser mit umlaufenden Balkonen, weiß gestrichen und von Palmen eingerahmt.

Das Schiff näherte sich der Mole. Ein Pfiff erklang und die Kraft der Maschinen im Innern des Dampfers schien nachzulassen. Ein Dutzend Matrosen stellte sich an der Backbordseite auf, um den Arbeitern an der Anlegestelle die Taue zuzuwerfen, mit denen die *Markgraf* befestigt werden würde.

„Aufregend, so eine Ankunft, nicht wahr?", hörte sie eine Stimme neben sich sagen, in der sie einen leichten englischen Akzent erkannte.

Sie wandte sich dem Sprecher zu, dessen Alter sie auf Anfang Dreißig schätzte. Ein dünner Schnurrbart lag wie ein Strich über seinen vollen Lippen. In sein rechtes Auge hatte er ein Monokel geklemmt, das die Pupille dahinter unnatürlich vergrößerte. Er trug einen kakifarbenen Tropenanzug.

„Wenn ich richtig mitgezählt habe, ist das die zwölfte Ankunft, seitdem wir Neapel verlassen haben. Seit dem ersten Anlegemanöver in Malta hat der Reiz des Neuen für mich doch stark an Faszination verloren", erwiderte Isolde.

Der Engländer schmunzelte. „Werden Sie in Tanga aussteigen?"

„Ja. Ich kann es kaum erwarten, wieder festen Boden unter den Füßen zu haben."

„Was bringt sie nach Deutsch-Ostafrika?"

Isolde zögerte einen Augenblick. Ihre Reisen in die entlegensten Regionen der Welt hatten sie gelehrt, zurückhaltend zu sein mit Menschen, die sie nicht kannte. Aber der Engländer machte nicht den Eindruck eines Mannes, dem sie besser mit Vorsicht begegnen sollte.

„Ich bin geschäftlich hier", sagte sie und ergänzte dann: „Zum Teil jedenfalls. Einen privaten Anlass für meine Reise gibt es auch. Meine Schwester lebt in Wilhelmstal. Wir haben uns seit sechs Jahren nicht mehr gesehen und ich freue mich darauf, sie zu besuchen."

„Wilhelmstal? Das liegt in den Usambara-Bergen, wenn ich mich nicht irre?"

„Ja, Elsa und ihr Mann betreiben eine Kautschuk-Plantage dort."

Der Engländer legte seinen Kopf schief. Kam es ihr nur so vor oder war sein Interesse bei dem Wort „Kautschuk" erwacht? Ehe er weiter in sie dringen konnte, fragte sie: „Und Sie? Was führt Sie nach Tanga, Herr …?"

Er schlug sich auf die Stirn. „Oh, verzeihen Sie, ich habe mich gar nicht vorgestellt. Barker. Benjamin Barker ist mein Name." Er streckte ihr eine Hand entgegen, die sie kurz ergriff. Sein Händedruck war fest, seine Haut kühl. „Ich reise im Auftrag der East-Africa-Plantation-Company, um das Potenzial Deutsch-Ostafrikas für den Anbau von Kulturpflanzen zu erkunden."

Isolde runzelte die Stirn. „Müssten Sie da nicht schon Erfahrungen aus Britisch-Ostafrika haben?"

Er lachte. „Ja und nein. Die klimatischen Verhältnisse sind durchaus vergleichbar, aber eine wichtigere Rolle spielt die Bodenbeschaffenheit. Und die ist von Ort zu Ort verschieden."

Das Schiff hatte inzwischen beinahe den Anleger erreicht. Isolde konnte bereits die Arbeiter am Kai erkennen, die darauf warteten, dass ihnen die Matrosen die Taue zuwarfen.

„Darf ich Ihren Namen auch erfahren?", fragte Barker.

„Isolde Hartmann", erwiderte sie.

„Sie hatten erwähnt, dass Sie auch aus geschäftlichen Gründen nach Tanga reisen würden. Welche Geschäfte betreiben Sie denn?"

„Ich bin Fotografin. Reisefotografin, um genauer zu sein. Ich war schon in China, Indien und Südamerika. Dies ist meine erste Begegnung mit dem afrikanischen Kontinent und ich freue mich schon sehr darauf, Land und Leute kennenzulernen."

Sie sah in Barkers Gesichtsausdruck, dass sein Interesse an ihrer Person zugenommen hatte.

„Und Sie haben alle diese Reisen alleine gewagt?"

Sie schüttelte den Kopf. „Meine erste Expedition nach China habe ich im Rahmen eines archäologischen Forschungsprojekts unternommen. Aber in Indien und Südamerika war ich alleine, ja."

„Erstaunlich, ganz erstaunlich."

Isoldes Augen verengten sich. „Warum? Kann eine Frau nicht auf eigene Faust reisen?"

Er hob abwehrend die Hände. „Nein, so habe ich das nicht gemeint. Ich kann da immer nur von mir ausgehen, und für mich ist es eine große Überwindung, alleine unterwegs zu sein."

Isolde lächelte. „Ich bin gerne alleine."

Das Schiff bewegte sich inzwischen nur noch langsam vorwärts. Es glitt lautlos neben den Kai.

„Wohin werden Sie von Tanga aus reisen? An den Kilimandscharo? Ich hoffe nicht, dass Sie im Aufstandsgebiet im Süden zu tun haben. Dort gibt es noch immer Kampfhandlungen, wie man hört."

Wieder überlegte Isolde, ob sie dem Engländer vertrauen konnte, aber den Zweck ihrer Reise mitzuteilen, konnte nicht schaden. „Ich bin nicht vollständig unabhängig", sagte sie. „Dieses Mal bin ich im Auftrag einer Zeitschrift unterwegs – der *Gartenlaube*."

„Das klingt nicht so, als ob Sie als Kriegsberichterstatterin im Einsatz wären. Sollen Sie die Leser mit Fotografien von Elefanten und Baobab-Bäumen beglücken?"

Sie schüttelte den Kopf. „Nein, ich soll Dr. Koch bei seiner Arbeit fotografieren."

„Den Nobelpreisträger?"

„Ja. Er befindet sich gerade auf einer Expedition zur Erforschung der Schlafkrankheit. Nach der Auszeichnung mit dem Nobelpreis für Physiologie genießt er daheim im Reich einen einsamen Heldenstatus und deswegen hat mich die Redaktion der *Gartenlaube* um exklusive Bilder seiner Tätigkeit vor Ort gebeten. Ich hoffe, ihn noch in Tanga anzutreffen, er müsste hier vor zwei Wochen eingetroffen sein."

Das Schiff kam mit einem Ruck zum Stillstand. Isolde hielt sich mit einer Hand am Geländer fest. Auf dem Kai wuselten die Anlegemannschaften wie Ameisen umher. An der Seite des Dampfers wurde die Gangway heruntergelassen.

„Wo werden Sie absteigen?", fragte Barker.

„Im Hotel Kaiserhof", erwiderte Isolde.

„Nun, dann werden wir uns da wohl noch ein oder zwei Mal über den Weg laufen. Ich muss mich leider empfehlen, da ich dafür sorgen muss, dass nicht nur ich, sondern auch mein Gepäck das Schiff verlässt."

Er reichte ihr die Hand. „Es hat mich sehr gefreut", sagte er.

„Ganz meinerseits", erwiderte Isolde.

Sie wandte sich um und hielt Ausschau nach dem Steward. Dieser wartete am Beginn der Gangway, eine lange Liste in der einen, einen Bleistift in der anderen Hand.

„Fräulein Hartmann", sagte er, und in seinem dichten Bart erschien ein Grinsen.

„Herr Winzigmann", erwiderte sie und lächelte ihm freundlich zu. „Nun müssen wir uns leider voneinander verabschieden."

„Ich habe veranlasst, dass Ihr Koffer in das Hotel Kaiserhof gebracht wird. Soll ich Ihnen noch einen Wagen organisieren?"

„Nein, danke. Nach zwei Wochen auf schwankenden Brettern bin ich dankbar dafür, ein paar Schritte auf festem Grund gehen zu können."

Sie schüttelten sich die Hände und Isolde betrat die Gangway. Vor ihr war ein großer, breitschultriger Mann darum bemüht, das Gleichgewicht zu halten. Sie wartete, bis er den Kai erreicht hatte, und eilte dann die Treppen hinab. Wie auch in anderen Hafenstädten erwartete sie eine Kakofonie aus Rufen, Maschinengeräuschen und dem Wiehern von Pferden. Es roch nach schwerem Öl und nicht mehr frischem Fisch. Isolde sah sich um. In dem Gewusel konnte sie zahllose Gesichter ausmachen, teils von Europäern, teils von Indern, aber in der Mehrzahl von Afrikanern. Letztere waren damit beschäftigt, die Ladung der *Markgraf*, die mit einem Kran an Land gehievt wurde, in zwei Schuppen zu räumen, wo die Zollbehörden die Waren begutachten würden.

Sie ging weiter in Richtung Kaiende. Die Anhöhe, auf der die Stadt lag, war zwar nur etwa zwanzig Meter hoch, aber der Abhang war sehr steil. Eine Straße führte in einer Serpentine nach oben. Hier waren bereits mehrere Pferdegespanne unterwegs. Isolde lehnte zwei Angebote von Rikschafahrern ab und begann mit dem Aufstieg.

Sie kam rasch ins Schwitzen, aber das fühlte sich großartig an. Auf dem Schiff hatte ihr die Bewegung gefehlt. Nun genoss sie es, ihre Beine zu benutzen, zu spüren, wie die Muskeln arbeiteten, wie ihre Füße fest und kräftig voranschritten. Sie überholte ein Lastgespann, und nach wenigen Minuten hatte sie die Anhöhe erklommen. Sie befand sich nun in einer langen Straße, die gesäumt war von den weiß getünchten Gebäuden, die sie bereits vom Schiff aus gesehen hatte. Ein Passant, gekleidet in einen blütenweißen Tropenanzug, schien ihren fragenden Blick richtig zu deuten.

„Kann ich Ihnen helfen?", fragte er.

Isolde bat ihn darum, ihr zu erklären, wie sie zum Hotel Kaiserhof gelangen könnte. Er deutete auf ein stattliches Gebäude, nur etwa hundert Meter in nördlicher Richtung. Es war ein zweistöckiger Bau, gekrönt von einem hohen Dach. Zur Seeseite hin waren großzügige Balkone angebaut worden. Vor dem Eingang warteten mehrere Kutschen.

Sie ging hinein und genoss die Kühle, die in dem Foyer herrschte. Rechts und links führten Treppen in die oberen Stockwerke. Vor ihr stand ein untersetzter Mann in einem kakifarbenen Anzug hinter einem Tresen.

„Guten Tag", sagte er. „Sind Sie das Fräulein Hartmann?"

Isolde nickte.

„Sehr erfreut. Mein Name ist Mascher, Paul Mascher. Ich bin der Besitzer des Hotels. Sie hatten ja bereits gekabelt. Ihr Zimmer ist bereit. Wenn Sie mir bitte folgen wollen?"

Er führte sie in den ersten Stock hinauf und einen langen Gang entlang.

„Das hier ist das Bad", sagte er und öffnete eine Tür, die den Blick frei gab auf ein weiß gekacheltes Bad mit einer Badewanne, einem Plumpsklo und zwei Waschbecken.

„Und das hier ist Ihr Zimmer", sagte er und öffnete eine weitere Tür.

Der Raum war sauber und ordentlich eingerichtet. Durch die offenstehende Balkontür wehte eine frische Brise, die das Moskitonetz, mit der das große Bett verhängt war, wie ein Segel aufblähte.

„Wie lange gedenken Sie zu bleiben?", fragte Mascher.

„Das hängt davon ab, ob sich Doktor Koch noch in der Stadt befindet", erwiderte Isolde.

Der Hoteldirektor sah sie mit einem bedauernden Blick an.

„Oh, es tut mir leid, Ihnen das mitteilen zu müssen, aber der Herr Doktor ist bereits vor zwei Wochen zur Forschungsstation in Amani aufgebrochen."

Isolde spürte, wie die Enttäuschung über sie hinweg wusch.

„Nun gut", sagte sie. „Dann wird mein Aufenthalt hier wohl eher kurz ausfallen."

„Möchten Sie etwas essen?", fragte Mascher. „Wir bieten zu jeder Tageszeit warme Speisen."

Isolde schüttelte den Kopf. „Ich bin noch nicht hungrig, danke. Aber etwas zu trinken wäre mir ganz genehm."

Der Direktor bat sie, ihn zu begleiten. Er führte sie zu einer Bar im Erdgeschoss des Hotels. Sie nahm an einem der freien Tische Platz, und gleich darauf stand eine dampfende Tasse Tee vor ihr. Der Blick ging weit über die Bucht von Tanga hinaus. Sie lehnte sich zurück und beobachtete die unzähligen kleinen Segelschiffe, die den im Verhältnis dazu riesigen Dampfer umschwirrten wie Fruchtfliegen einen faulen Apfel.

Ihr Blick fiel auf einen stattlichen Mann, zwei Tische weiter. Er hatte ein Glas Bier vor sich stehen und las. Isoldes Neugier war sofort geweckt. Bücher waren ihre Welt, und eine ihrer hartnäckigsten Angewohnheiten war es, in Erfahrung zu bringen, was andere Leute lasen. Offenbar spürte der Mann ihren Blick auf sich ruhen. Er sah auf.

„Entschuldigen Sie bitte meine Neugier, aber was für ein Buch haben Sie da?", fragte Isolde.

„Da gibt es nichts zu entschuldigen", erwiderte der Mann. „Ich lese die Erinnerungen der Frau von Prince. Ihr Mann Tom von Prince betreibt eine Plantage in den Usambara-Bergen."

„Ich kenne diese Memoiren", sagte Isolde in einem eher kühlen Ton.

„Sie scheinen Sie nicht gerade gefesselt zu haben?“

„Ich fand sie wenig informativ und voll europäischer Ressentiments.“

„Europäische Ressentiments? Sind wir Europäer nicht dazu verdammt, mit unserer Sichtweise an Land und Leute heranzutreten?“

Sie schüttelte den Kopf. „Nein, es ist unsere Aufgabe, Land und Leute unvoreingenommen kennenzulernen.“

„Das scheint mir viel verlangt.“

„Ich liebe Herausforderungen.“

Er lachte. „Mein Name ist übrigens Wilhelm von Nehring.“

„Isolde Hartmann. Was bringt Sie in die Kolonie?“

„Die Jagd. Und das Abenteuer.“

Isolde schmunzelte. „Nun, da haben wir ja etwas gemeinsam. Wohin werden Sie reisen?“

„In die Usambara-Berge und dann weiter in Richtung Kilimandscharo und zum Victoria-See. Und Sie?“

Isolde überlegte. Sollte sie Koch sofort folgen? Oder doch lieber einen Abstecher zu Elsa unternehmen?

„Ich denke, ich werde zunächst nach Wilhelmstal reisen und meine Schwester besuchen.“

Von Nehring nickte.

„Nun, da werde ich mich auch hinwenden. Wollen wir uns zusammentun?“

KAPITEL 2

Mombo, 4. Juni 1906

Die Lokomotive ließ einen schrillen Pfiff ertönen. Das Quietschen der Bremsen stellte die Haare an Isoldes Nacken auf und riss sie unvermittelt aus der Betrachtung der eindrucksvollen, mit grünem Regenwald bewachsenen Berge, die seit mehreren Stunden zu ihrer Rechten aufragten.

„Wir sind da", sagte von Nehring. Er deutete auf ein einstöckiges Ziegelgebäude, an dem ein Schild angebracht worden war, auf dem *Bahnhof Mombo* stand. Er erhob sich und Isolde tat es ihm nach. Sie stiegen aus dem Waggon der zweiten Klasse, in dem nur Europäer und Hunde zugelassen waren, und gelangten auf einen staubigen Bahnsteig. Wie Isolde dem *Führer durch Tanganital* entnommen hatte, den sie in Tanga vor ihrer Abreise erworben hatte, war Mombo die vorläufige Endstation der Usambara-Bahn. Ein Weiterbau der Strecke bis nach Moshi am Fuß des Kilimandscharo war geplant, der Reichstag hatte die dafür notwendigen Gelder aber noch nicht genehmigt.

Von Nehring winkte vier der bereitstehenden einheimischen Träger zu sich und bedeutete ihnen, Isoldes Koffer und seine Taschen zu transportieren. Isolde holte ihre Kamera aus dem Futteral und fotografierte die Szene. Dann folgte sie dem Großwildjäger in das Ziegelgebäude. Im Inneren war es stickig, es roch nach Schweiß und Pfeifentabak. Ein Mann in einer Eisenbahneruniform kam ihnen entgegen. Er stellte sich als Werner Schreiber vor.

„Ich bin der hiesige Postbeamte. Sie haben wegen der Pferde telegrafiert?"

Von Nehring nickte.

„Wird Ihre Frau Gemahlin auch reiten? Wir haben keine Kutsche zur Verfügung."

„Ich bin nicht seine Frau Gemahlin", erwiderte Isolde, ehe der Großwildjäger zu Wort kam. „Und ja, ich werde reiten. Gerne auch im Herrensattel."

Der Postbeamte musterte sie mit einem abschätzigen Blick, enthielt sich aber eines Kommentars. Er führte sie zu einer Koppel, an der zwei Pferde und mehrere Maultiere angebunden waren. Auf seinen Wink hin begannen die Träger, den Lasttieren das Gepäck aufzuladen, während ein einheimischer Stallbursche einen schweren Sattel herbeischleppte und sich abmühte, diesen dem ersten der beiden Pferde anzupassen.

„Und Sie wollen wirklich im Herrensitz reiten?", fragte von Nehring.

Isolde lächelte. „Ich habe ganz Argentinien im Herrensitz durchquert, dann werde ich wohl auch die zwanzig Meilen bis Wilhelmstal auf diese Art reiten können."

Sie trat zu dem Stallburschen und schob ihn sanft beiseite. Mit geübten Handgriffen befestigte sie den Sattel und wandte sich dem Reittier zu. Sie legte eine Hand auf seine Nüstern und sprach in beruhigenden Worten zu ihm. Dann schwang sie sich auf und trabte eine Runde über den Vorplatz. Sie spürte von Nehrings anerkennenden Blick auf sich ebenso wie das missfällige Starren des Postbeamten. Der Großwildjäger bestieg sein Pferd ebenfalls. Der Stallbursche reichte ihm die Leine, mit der die beiden Maultiere angebunden waren. Er befestigte sie an seinem Sattel und sah Isolde erwartungsvoll an. Sie beugte sich zu dem Jungen hinunter und drückte ihm eine Münze in die Hand. Dann schnalzte sie mit der Zunge und ihr Hengst trabte los.

Der gut vierstündige Ritt nach Wilhelmstal, dem Sitz des kaiserlichen Bezirksamtes und Hauptort der deutschen Siedlungen in den Usambara-Bergen war so spektakulär, wie Isolde es sich nur wünschen konnte. Zunächst durchquerten sie das flache Tal, doch schon bald stieg die Straße an, führte in zahlreichen Kurven durch den Regenwald an den Berghängen höher und höher hinauf. Wenn sie zurückblickte, sah sie den Lauf des Pangani immer tiefer unter sich, die weite Ebene, die bis zum Horizont reichte.

Mehrmals hielten sie an, damit Isolde Fotografien anfertigen konnte. Auf von Nehrings Versuche, Konversation zu treiben, antwortete sie nur knapp, zu sehr war sie mit Schauen beschäftigt. All die Eindrücke, all die Farben. Isolde war glücklich, sie fühlte den Rausch des Wunders. Alles, was immer sie sich als Mädchen erträumt hatte, wurde nun wahr. Wieder einmal.

Viel zu schnell erreichten sie das Hochplateau, auf dem sich Wilhelmstal befand. Die Siedlung lag in einem Talkessel, umgeben von grünen Hügeln, an denen sich die landwirtschaftlichen Betriebe angesiedelt hatten. Zweiundzwanzig Pflanzungen zählte der Führer auf. Und eine davon, die Plantage Müllerau, wurde von Elsa und ihrem Mann bewirtschaftet.

Sie ritten vorbei an niedrigen Hütten, passierten zwei herrschaftlich wirkende Bauten, in denen Isolde ein Postamt und die Forstverwaltung erkannte, und hielten schließlich vor einem zweistöckigen Gebäude, das ein mit *Hotel zum kleinen Leutnant* beschriebenes Schild als den örtlichen Gasthof auswies.

Als ob sie erwartet worden wären, kam ihnen ein kleiner, sonnengebräunter Mann entgegen. Die Spitzen seines enormen schwarzen Schnurrbarts hüpften aufgeregt auf und ab und in den vor Gel glänzenden, nach hinten gekämmten Haaren spiegelte sich die sinkende Sonne.

„Guten Tag, guten Tag!", sagte er, und in seiner Stimme schwang ein Akzent mit, der Isolde kurz zusammenzucken ließ. Genau so hatte der Hoteldirektor in Venedig gesprochen, in dem Palazzo, in dem Emily, Isoldes große Liebe, nach ihrem Zusammenbruch jene unheilvolle Diagnose erhalten hatte, die sie das Leben gekostet hatte.

„Mein Name ist Georgio Zuganatto", fuhr der Mann fort und Isolde schüttelte die quälenden Erinnerungen ab. „Ich bin der Direktor dieses kleinen, aber feinen Hotels."

Von Nehring schwang sich von seinem Pferd und wollte Isolde zur Hand gehen, doch ehe er sie erreicht hatte, stand sie schon auf dem Boden.

„Wir benötigen zwei Zimmer", sagte der Großwildjäger.

Zuganatto nickte. „Gerne, wenn Sie mir bitte folgen wollen."

Er winkte mehreren, im Schatten einer Palme wartenden Jungen zu, die sich offenbar um die Pferde kümmern sollten.

„Wie weit ist es bis zur Plantage Müllerau?", fragte Isolde.

Zuganatto runzelte die Stirn. „Nun, etwa drei Meilen in nordwestlicher Richtung", sagte er.

„Gut", erwiderte Isolde, setzte den Fuß in den Steigbügel und schwang sich wieder in den Sattel. „Lassen Sie bitte das Gepäck in mein Zimmer bringen. Ich habe noch etwas zu erledigen."

Sie nickte von Nehring zu, wendete ihr Pferd und trabte davon. Als sie die letzten Häuser der Siedlung hinter sich gelassen hatte, fand sie sich auf einem schmalen Weg wieder, der zwischen den dicht stehenden Bäumen hindurchführte. Sie kam nicht so rasch voran, wie sie es erhofft hatte. Immer wieder musste sie absteigen und ihr Pferd über breite Wurzeln führen, die in den tiefen Furchen wucherten, welche die Räder zahlloser Karren in den Pfad gegraben hatten. Sie passierte eine Abzweigung, von der aus ein Weg zu einer Ansammlung von mit Palmenblättern gedeckten Hütten führte. Das musste ein Einheimischen-Dorf sein. Zwei Kinder spielten im Unterholz. Als sie Isolde sahen, rannten sie davon und riefen dabei „Mzungu! Mzungu!" Sie erwog, in dem Dorf nach dem Weg zu fragen, entschied sich dann aber doch dafür, dem Pfad zu folgen, den Zuganatto ihr gewiesen hatte.

Nach einer weiteren Stunde beschlich Isolde immer mehr die Furcht, dass sie sich verirrt haben könnte, als plötzlich ein Schild am Wegesrand aufragte, auf dem die Worte *Plantage Müllerau. Inh. Werner Müller* geschrieben standen.

Sie atmete tief durch, ihr Herz schlug rasend schnell in ihrer Brust. Gleich würde sie ihre Schwester wiedersehen. Und sie würde ihre Nichte kennenlernen. Brünnhilde hatte sie das Kind genannt, das acht Monate nach ihrer Abreise nach Deutsch-Ostafrika geboren worden war. Ein Name, der so typisch für Elsa war, dass Isolde bei dem Gedanken daran schmunzelte. Sie trieb ihr Pferd zur Eile an und trabte durch das offenstehende Tor.

Der Weg führte zwischen Reihen von Kautschukbäumchen entlang. Isolde hatte in Brasilien riesige Gummiplantagen besucht und im Vergleich dazu erschienen die wenigen Pflänzchen mickrig. Zudem sahen sie ungesund aus. Das Blattwerk war dürr, wirkte teilweise vertrocknet. Und die Stämme wiesen zahlreiche Kerben auf.

In der Ferne sah sie ein Gebäude. Als sie näherkam, erkannte sie, dass es sich um das Wohnhaus der Plantage handeln musste. Sie hatte bislang nur blütenweiß gestrichene Häuser im Kolonialstil gesehen. Dieses war wohl auch einmal weiß gewesen, inzwischen war der Lack aber an vielen Stellen abgeblättert und das darunterlegende Holz schimmerte grau hindurch. Zu beiden Seiten des Wohngebäudes erstreckten sich niedrige Schuppen, die noch heruntergekommener wirkten. Isolde hielt ihr Pferd an und sah sich um. Nirgendwo war eine Menschenseele zu sehen. Und es war still. Nur das Rauschen des Windes war zu hören, der durch das Blattwerk der Kautschukbäumchen strich. Isolde widerstand dem Impuls umzukehren. Die Szenerie hatte etwas Beängstigendes. Sie fürchtete nicht um ihr Leben, schließlich hatte sie auf ihren Reisen schon ganz anderen Gefahren getrotzt. Aber sie machte sich Sorgen um Elsa. Was war hier los? Irgendetwas stimmte nicht.

Isolde überwand ihren Widerwillen und ritt auf das Hauptgebäude zu. Dort stieg sie ab und band ihr Pferd an eine der groben Säulen, die das Vordach über dem Eingang stützten. Die Tür war nur angelehnt. Sie knarrte in den Angeln, als Isolde eintrat. Im Innern des Hauses war es düster. Sie fand sich in einem Flur wieder, von dem aus eine Treppe ins Obergeschoss führte. Ein mit einem Bastteppich verhängter Durchgang lag direkt gegenüber. Sie schob den Vorhang beiseite und betrat eine Art Salon. Hier standen mehrere Sessel um einen niedrigen Tisch. An der Wand war ein Fell aufgehängt worden, das sie einem Wildschwein zugeordnet hätte. Daneben prangte eine Schrotflinte.

Auf einem Kanapee unter dem Fell lag eine schlafende Gestalt. Ein neues Geräusch überlagerte nun das Rauschen des Windes. Es war ein leises Schnarchen. Isolde trat näher und als sie die Person erkannte, die dort schlief, zuckte sie zurück. Werner Müller war kaum wiederzuerkennen. Ein verfilzter, dünner Vollbart war auf den früher so penibel glattrasierten Wangen gewachsen. Die Augenlider waren geschlossen, die Haut dunkel, beinahe schwarz. Auf der Stirn standen dicke Schweißtropfen. Ob ihr Schwager an Malaria litt?

Da fiel Isoldes Blick auf eine leere Flasche, die neben dem Kanapee umgestürzt auf dem Boden lag. Sie hob sie auf und führte sie an ihre Nase. Der scharfe Geruch nach billigem Branntwein war unverkennbar. Sie stellte das Gefäß wieder hin und berührte Müller sanft an der Schulter. Nichts geschah. Sie drückte fester, schüttelte ihn. Er grunzte und wälzte sich zur Seite. Isolde spürte, wie eine Welle der Wut in ihr aufwallte. Sie ging zurück in den Flur und durch die Tür neben der Treppe. Wie sie richtig vermutet hatte, fand sie sich dort in einer Küche wieder. Auf dem Boden stand ein Eimer. Durch ein Fenster konnte sie einen Brunnen erkennen, der hinter dem Haus gegraben worden war. Sie trat hinaus, füllte den Eimer und kehrte damit in den Salon zurück. Müllers Schnarchen war lauter geworden.

Isolde hob das Gefäß und leerte den Inhalt über den Kopf ihres Schwagers. Die Wirkung war enorm. Müller riss die Augen weit auf. Er prustete, schnappte nach Luft und ruderte dabei wild mit den Armen, wobei er Zeter und Mordio schrie. Dann wurde ihm offenbar bewusst, dass er nicht alleine war.

„Wer … wer sind Sie?", stammelte er. „Was wollen Sie hier?"

„Ich suche nach Elsa", erwiderte Isolde kühl. „Meiner Schwester."

Müllers Augen weiteten sich. „Fräulein Hartmann. Wie kommen Sie hierher?"

„Mit dem Schiff, dem Zug und dem Pferd. Wo ist Elsa?"

Sie konnte nicht verhindern, dass ihr Ton schärfer wurde, aber der Anblick des desolaten Zustands ihres Schwagers hatte Isoldes brennende Sorgen um ihre Schwester weiter angefacht.

„Meine Frau befindet sich aktuell nicht auf Müllerau", erwiderte er.

„Und wo ist sie dann?"

Er schluckte. „In Wugiri."

Isolde kniff die Augen zusammen. „Wugiri? Wo ist das?"

„Etwa 50 Meilen von hier. In den östlichen Usambara-Bergen. Es ist ein Sanatorium."

Isolde spürte, wie eine eiskalte Hand an ihre Kehle griff. „Ein Sanatorium? Hat sie sich mit Malaria infiziert? Oder mit –"

Ihre Stimme brach ab. Sie konnte das Wort nicht aussprechen, zu furchtbar war die Erinnerung an das Leiden ihrer geliebten Emily.

Müller schüttelte den Kopf. „Sergeant Lüdecke, der Sanitäter des örtlichen Regiments, war der Ansicht, dass meine Frau unter einem besonders schweren Fall von Neurasthenie leidet."

Isolde spürte, wie eine zentnerschwere Last von ihr abfiel. Eine Neurasthenie war eine schlimme Erkrankung, ohne Frage. Erschöpfung, Ermüdung, Kopfschmerzen und eine quälende Melancholie plagten die Patientinnen und die behandelnden Ärzte konnten keine körperlichen Ursachen erkennen. Aber die Krankheit würde Elsa nicht das Leben kosten.

„Wie lange ist Elsa schon in diesem Sanatorium?"

Müller fuhr sich mit der Zunge über die rissigen Lippen. „Seit vier Monaten." Er sah zu Boden.

Isolde widerstand dem Drang, ihn zu fragen, warum seine Plantage in einem derart jämmerlichen Zustand war. Sie konnte es sich denken.

„Fräulein Hartmann“, sagte Müller und seine Augen suchten Isoldes Blick. Er sah sie eindringlich an. „Elsa hört nicht mehr auf mich. Ich möchte, dass sie zurückkehrt. Aber sie hat meine Briefe nicht beantwortet. Vielleicht ist es eine glückliche Fügung des Schicksals, dass Sie zu uns gekommen sind. Ihren Worten wird meine Frau sich nicht verschließen. Gehen Sie nach Wugiri. Reden Sie mit ihr. Sie muss zu mir zurückkehren.“

Isolde schüttelte den Kopf. „Ich muss dringend nach Amani weiterreisen. Und ich bin ohnehin schon spät dran. Wenn Wugiri in den östlichen Usambara-Bergen liegt, ist das genau in der entgegengesetzten Richtung meines Ziels.“

Müller hob flehend die Hände. „Ich bitte Sie. Im Namen Ihrer Schwester. Und im Namen ihrer Nichte. Reden Sie mit Elsa!“

Isolde schluckte. Was sollte sie tun?

KAPITEL 3

Korogwe, 9. Juni 1906

Isolde sah dem Zug hinterher, der pfeifend und damp-
fend wie der Drache Fafner, den sie bei ihrem letzten
Besuch in München bei einer Aufführung des „Sieg-
fried" gesehen hatte, Korogwe in Richtung Tanga verließ. Sie ging auf die kleine Bahnstation zu, den Rucksack aus Leintuch, den ihr Herr Zuganatto geliehen
hatte, auf den Schultern. Der Wirt, der gleichzeitig einen florierenden Speditionsbetrieb unterhielt, hatte
veranlasst, dass ihr Gepäck direkt nach Amani gebracht wurde. So trug Isolde nur das Notwendigste bei
sich. Wechselwäsche, Strümpfe, zwei Blusen, einen
Rock und ihre Kamera.

Der Bahnhofsvorsteher kam ihr entgegen, ein kleiner,
runder Mann, dessen knallrotes Gesicht voller glänzen-
der Schweißperlen hing. Er stellte sich ihr als Postbe-
amter Blaschke vor.

„Wenn Sie zum Lienhardt'schen Sanatorium wollen,
müssen Sie leider bis morgen warten. Ich habe kein
Reittier und keine Träger mehr zu vermieten."

Isolde winkte ab. „Ich habe gehört, dass sich der Weg
auch zu Fuß gehen lässt. Und da ich zuletzt sehr viel

Zeit sitzend verbracht habe, freue ich mich sehr über eine kleine Wanderung.“

Die Augen des Mannes weiteten sich. „Sie wollen alleine aufbrechen? Und was, wenn Sie sich verlaufen?“

Isolde zuckte mit den Achseln. „Das Risiko nehme ich gerne auf mich. Können Sie mir eine Wegbeschreibung geben?“

„Nun, es gibt drei Möglichkeiten. Am bequemsten und auch am längsten ist die Fahrstraße nach Ambalungu. Sie werden auf dieser etwa sechs Stunden unterwegs sein. Kürzer ist die neue Straße, die sich noch im Bau befindet. Kutschen können die Trasse noch nicht bewältigen, aber zu Fuß gelangen Sie in vier Stunden nach Wugiri.“

„Sie hatten von drei Möglichkeiten gesprochen?“

Er kratzte sich am Kopf. „Na ja, es gibt noch einen Pfad, der von der neuen Trasse abzweigt. Der ist sehr steil und mühsam.“

„Wie lange wäre ich auf diesem unterwegs.“

Der Postbeamte musterte sie von oben nach unten. „Zwei bis drei Stunden.“

Isolde lächelte ihm freundlich zu. „Prima, den nehme ich.“

Blaschke schien rasch zu erkennen, dass er die Reisende nicht von ihrer Absicht abbringen würde, und so beschrieb er ihr den Weg und gab ihr einen frisch gefüllten Wasserschlauch mit. Isolde warf sich ihren Rucksack über die Schultern und nahm den Schlauch in die Hände. Dann brach sie auf.

Es war brütend heiß. Der Weg führte sie zunächst aus dem Dorf hinaus an einer Agavenpflanzung vorbei. Die

Sisalpflanzen standen in streng geometrisch geordneten Reihen, die aussahen, als ob sie mit einem Lineal gezogen worden wären. Sie ließ den Blick über die Felder streifen, konnte jedoch keinen einzigen Arbeiter entdecken. Die Pflanzungen reichten bis zum Rand des Urwalds, der die vor ihr in den Himmel ragenden Usambara-Berge bedeckte. Nach einer guten halben Stunde Marsch stieg die Straße langsam an. Blaschke hatte ihr gesagt, dass diese für Automobile ausgerichtet war und deshalb nur eine moderate Steigung aufwies.

Nach einer weiteren halben Stunde hatte sie den Punkt erreicht, an dem die Abkürzung von der Fahrstraße abzweigte. Der Postbeamte hatte nicht übertrieben. Der Anstieg war sehr steil, der Pfad schmal und schlüpfrig und an mehreren Stellen musste Isolde ihre Hände benutzen und klettern. Aber sie störte sich nicht daran. Schließlich hatte sie in Südamerika einen über 5000 Meter hohen Vulkan bestiegen. Sie machte großzügig Gebrauch von dem Wasser in dem Schlauch, und als sie nach einer halben Stunde auf einem kleinen Sattel rastete, sah sie einen pyramidenförmigen Berg vor sich. Das musste der Gansserberg sein, den Blaschke ihr als Orientierungspunkt beschrieben hatte. An dem ihr zugewandten Abhang sah sie mehrere weiß getünchte Gebäude, das Lienhardt'sche Sanatorium.

Sie wischte sich den Schweiß von der Stirn und ging weiter. Um sie herum wurde der Regenwald wieder dichter. Lianen hingen von den dunkelgrün belaubten Bäumen. Im Wald waren seltsame Geräusche zu hören. War das nicht das Lachen eines Affen? Isolde machte sich kurz Gedanken darüber, ob es nicht sinnvoll gewesen wäre, ein Gewehr mit sich zu führen, verwarf diese aber gleich wieder. Zwar hatte sie gelernt, mit Schusswaffen umzugehen, aber bislang war sie nie in die Verlegenheit gekommen, eine Büchse abfeuern zu müssen.

Sie bog um eine Ecke und sah nun das Sanatorium direkt vor sich. Ein nicht allzu tiefes Tal, durch das ein schmaler Bachlauf floss, trennte sie vom gegenüberliegenden Hang. Sie zählte insgesamt sechs eingeschossige weiße Gebäude mit roten Dächern, die sich auf zwei Hügelgruppen verteilten. Vorsichtig folgte sie dem rutschigen Pfad auf den Grund des Tales. Der Bach rauschte dort fröhlich vor sich hin. Große, flache Steine waren in kleinen Abständen in das Bachbett gelegt worden und bildeten eine Furt, durch die man bei niedrigem Wasserstand trockenen Fußes ans andere Ufer gelangen konnte.

Isolde hielt inne. Auf dem mittleren Stein saß ein kleines Mädchen. Es trug ein Stück Brot bei sich, von dem es immer wieder Bröckchen abbrach und diese ins Wasser warf. Dort hatten sich schon ein gutes Dutzend Fische versammelt, die dicht an dicht gedrängt, die offenen Münder über die Wasseroberfläche gereckt, versuchten, einen Happen zu erhaschen.

„Nicht drängeln", sagte das Kind mit einer hohen, zugleich aber sehr ernst klingenden Stimme. „Es ist genug für euch alle da."

Isolde stand ganz still. Sie wollte den Zauber dieser Szene nicht zerstören, auch wenn sie wusste, dass sie sich über kurz oder lang bemerkbar machen musste, wenn sie den Bach überqueren wollte. Das Mädchen sah in ihre Richtung und erstarrte. Sie ließ das Stück Brot fallen und stieß einen schrillen Schrei aus. Isolde hob die Hand. „Ich wollte dich nicht erschrecken."

Das Mädchen sah Isolde mit großen Augen an. „Wo kommen Sie her? Sind Sie durch den Dschungel gewandert?"

Isolde nickte. „Ja, ich komme zu Fuß von Korogwe und möchte zum Sanatorium."

Die Körperhaltung des Mädchens entspannte sich. Auf ihrem runden Gesicht erschien ein kleines Lächeln. „Da sind Sie aber einen weiten Weg gegangen. Sie sind sicher müde."

„Ich könnte schon noch ein bisschen weiterwandern. Aber ich bin auch froh, wenn ich angekommen bin. Wohnst du im Sanatorium?", fragte Isolde.

Das Mädchen hob das Brot auf und warf es im Ganzen ins Wasser. Die Fischtraube schwenkte daraufhin um und es entbrannte ein hitziger Kampf um die besten Stücke.

„Ja, meine Mutter ist dort.

Isolde spürte, wie ihr Herz ein wenig schneller zu schlagen begann.

„Ist deine Mutter krank?", fragte sie.

Das Mädchen machte ein trübsinniges Gesicht. „Ich weiß nicht. Fieber hat sie keines. Sie muss auch nicht husten oder spucken. Aber sie ist immer müde. Und sie lacht nicht mehr."

„Das ist traurig", sagte Isolde, der mit einem Mal ein dicker Kloß im Hals steckte. „Hilft deiner Mutter denn die Behandlung im Sanatorium?"

Das Mädchen zuckte mit den Achseln. „Ich weiß nicht. Sie hat jedenfalls hier noch kein einziges Mal gelacht. Soll ich Ihnen den Weg zeigen?"

Isolde nickte. Das Kind setzte mit flinken Sprüngen auf das andere Ufer über und sie folgte ihr, leichtfüßig auf den Steinen balancierend.

„Gut machen Sie das", lobte sie das Mädchen. „Ich war mal mit Schwester Pauline hier, das ist die Krankenpflegerin. Sie ist ausgerutscht und ins Wasser gefallen. Ich musste lachen und da hat sie mir eine Ohrfeige gegeben."

Das Mädchen rieb sich die rechte Wange. Isolde schmunzelte. Ihr Verdacht erhärtete sich. Sie traten aus dem Urwald und sahen vor sich eine steil ansteigende Wiese, die sich bis zu den beiden Hügeln erstreckte, auf denen die Gebäude des Sanatoriums lagen. Das Mädchen zeigte auf die Gebäudegruppe zu ihrer Rechten und sagte: „Ganz oben ist das Casino, darunter die Verwaltung und daneben das Kurhaus. Da gibt es viele Zimmer. Meine Mutter und ich wohnen aber in einer eigenen Hütte neben dem Arzthaus."

Sie zeigte auf den Hügel auf der linken Seite. Ein mit rotem Kies bestreuter Weg führte auf die Gebäude zu.

„Wie heißt du denn eigentlich?", fragte Isolde das Mädchen, auch wenn sie sich sicher war, die Antwort bereits zu kennen.

„Hilde. Das ist die Kurzform von Brünnhilde. Als ich noch ganz klein war, konnte ich das nicht aussprechen. Deshalb hat meine Mutter mich immer Hilde genannt. Ich finde das auch schöner. Und wie heißen Sie?"

„Isolde."

Das Mädchen musterte sie neugierig. „Meine Mutter hat eine Schwester, die heißt Isolde. Ich habe sie noch nie gesehen. Sie wohnt im Königreich Bayern. Das ist sehr weit weg."

Hilde machte große Augen und nickte, um den Ernst ihrer Worte zu unterstreichen.

„Ich weiß", erwiderte Isolde. „Da war ich auch schon."

„Ui, das ist ja toll", rief das Mädchen und klatschte in die Hände. „Sie müssen mir erzählen, wie es da so ist. Ich will auch einmal in das Königreich Bayern reisen, aber meine Mutter sagt, dass ich dafür erwachsen sein muss. Dabei bin ich doch schon groß. Ich bin nämlich fünf Jahre alt."

Sie hatten inzwischen einen Punkt erreicht, an dem der Weg sich in zwei Pfade teilte, die auf die beiden Hügel zuliefen.

„Ich muss nach links. Zu meiner Mutter", sagte Hilde.

„Darf ich dich begleiten?"

Das Mädchen zögerte. „Ich weiß nicht, ob meiner Mutter das recht ist. Sie schläft viel."

„Wenn Sie schläft, gehe ich gleich wieder, versprochen."

Hilde lächelte. „Gut, dann kommen Sie mit."

Sie stiegen die letzten Meter zu dem linken der beiden Einzelgästehäuser empor. Das Gebäude musste aus zwei Wohnungen bestehen, da es zwei getrennte Eingänge und zwei Veranden gab. Auf der linken Veranda war eine Hängematte gespannt, in der eine weißbekleidete Gestalt lag.

Hilde öffnete die Tür und bat Isolde herein. Sie betraten einen kleinen Salon, in dessen Ecke sich ein Kamin befand, in dem Feuerholz aufgeschichtet war. Ein Durchgang führte in ein Schlafzimmer, ein anderer auf die Terrasse hinaus. Das Mädchen ging auf Zehenspitzen zu der Hängematte und sah eine ganze Weile lang die darin liegende Gestalt an. Schließlich sagte sie leise: „Mama."

Nichts geschah. Hilde wiederholte die Anrede und wieder reagierte die Schlafende nicht. Nun streckte das Mädchen ihren kleinen, dicken Zeigefinger aus und stupste die Frau in der Hängematte an. Diese gab ein Stöhnen von sich und wälzte sich herum.

„Was ist denn los?", murmelte sie, ohne die Augen zu öffnen.

„Mama, wir haben Besuch."

Die Frau gab einen unwilligen Laut von sich. „Sag Herrn Wilde, dass ich ihn nicht empfangen mag. Ich habe Kopfschmerzen. Oder nein, sag ihm, dass mich ein Frauenleiden im Griff hat, dann lässt er mich ganz bestimmt in Ruhe."

„Aber es ist gar nicht Herr Wilde", sagte Hilde.

Nun öffnete die Frau erstmals die Augen. „Wer dann?"

„Ich bin es, Elsa", sagte Isolde und trat vor.

Ihre Schwester richtete sich abrupt auf. Isolde sah das Unheil kommen, konnte es aber nicht verhindern. Die Hängematte schwang nach rechts, Elsa bekam Übergewicht und fiel krachend auf den Dielenboden der Veranda.

„Hast du dir wehgetan?", fragte Isolde. Sie kniete sich neben ihre Schwester, die sich langsam aufrappelte, Tränen in den Augen.

Elsa antwortete ihr nicht mit Worten. Sie umarmte Isolde und drückte sie fest an sich.

„Du bist es wirklich", flüsterte sie. Isolde spürte, wie ihre Ohren von Elsas Tränen benetzt wurden. Sie erinnerte sich an frühere Gelegenheiten, als das geschehen war. Als sie ihr gestanden hatte, dass sie ein Kind von Eugen von Lampeck erwartete. Oder als sie sich wiedergesehen hatten, nachdem beide die wichtigsten Menschen in ihrem Leben verloren hatten. Doch damals waren es Tränen der Angst und der Verzweiflung gewesen. Heute dagegen waren es Freudentränen.

Die beiden Schwestern hielten sich eine ganze Weile im Arm. Dann lösten sie sich voneinander. Isoldes Blick fiel auf Hilde, die scheu danebenstand und mit großen Augen bei etwas zusah, das sie sich nicht erklären konnte.

„Liebe Hilde", sagte Isolde und streckte dem Mädchen eine Hand entgegen. „Du hast mir vorhin erzählt, dass du eine Tante hast, die Isolde heißt. Das stimmt. Ich weiß es ganz sicher, denn ich bin deine Tante Isolde."

Nun klappte auch Hildes Mund auf. Sie nahm Isoldes Hand und ließ zu, dass diese sie zu sich und Elsa heranzog. Die drei umarmten sich erneut, ehe sie sich endgültig voneinander lösten.

„Aber wie kommst du hierher?", fragte Elsa, als sie endlich ihre Fassung wiedergefunden hatte.

„Mit dem Schiff, dem Zug und auf meinen Füßen", sagte Isolde und grinste. „Das ist jedenfalls die Kurzfassung. Wenn du die ausführliche Version hören willst, musst du bitte dafür sorgen, dass ich etwas zu essen bekomme. Ich habe einen Bärenhunger."

KAPITEL 4

Wugiri, 9. Juni 1906

„Ah, das hat gutgetan."

Isolde lehnte sich zurück und schmeckte dem letzten Bissen Mango nach. Der süße und zugleich auch ein wenig herbe Geschmack kitzelte ihren Rachen. Sie ließ den Blick über die eindrucksvolle Landschaft schweifen, die sie umgab. Im Licht der rasch untergehenden Sonne verblasste die weite Savannenlandschaft zum Horizont hin in sanften Blau- und Lilatönen. Die Berge, die sich in westlicher und östlicher Richtung erhoben, ragten beinahe schwarz in den wolkenlosen Abendhimmel auf. Im nahe gelegenen Dorf brannten Feuer und sie konnte Menschen dazwischen umhergehen sehen.

Sie sah zu Elsa hin, die Hilde eine Locke aus dem Gesicht strich. Das Mädchen war eingeschlafen und schnarchte leise vor sich hin. Während des Abendessens hatte sie sich nicht satthören können an den Geschichten aus fernen Ländern, die Isolde ihr erzählte. Sie hatte eine erkleckliche Menge an Abenteuern erlebt und als sie ihrer Nichte davon berichtet hatte, hatte sie die kleine Isolde vor sich gesehen, wie sie die Nase in einem dicken Schmöker von Expeditionen in unbekannte Länder geträumt hatte.

„Deine Tochter ist ein wunderbarer Mensch“, sagte Isolde. Sie nahm einen Schluck von dem Weißwein. Der Grauburgunder aus dem Badischen hatte auf verschlungenen Wegen nach Wugiri gefunden. Isolde war immer wieder verblüfft, wenn sie in der Ferne Dinge entdeckte, die sie von zu Hause kannte.

„Ja, das ist sie. Es steckt viel von ... von Moritz in ihr“, erwiderte Elsa mit leiser Stimme. „Es ist seltsam. Ich habe seinen Namen so lange nicht mehr ausgesprochen. Und es fällt mir nach wie vor schwer, es in Hildes Gegenwart zu tun.“

„Sie glaubt, dass Müller ihr Vater ist?“

„Ja, und vor ihrem 21. Geburtstag werde ich ihr auch nicht die Wahrheit sagen. Ich will nicht, dass Eugens Vater mir noch ein Kind nimmt. Das würde ich nicht überleben.

„Geht Müller gut mit Hilde um?“

Elsa legte den Kopf schief und sog ihre Unterlippe ein. Dann nickte sie. „Ja. Ich kann in dieser Hinsicht nichts Schlechtes über ihn sagen. Er hat Hilde von Geburt an angenommen, hat immer dafür gesorgt, dass es ihr an nichts mangelte. Einmal, als sie hohes Fieber hatte, hat er sie nach Wilhelmstal getragen. Im strömenden Regen. Er kümmert sich um Hilde, so wie er sich wohl um sein eigenes Kind sorgen würde.“

„Ich kann mir diesen stocksteifen Preußen nicht als einen Vater vorstellen“, erwiderte Isolde.

Elsa nickte. „Ich bin froh, dass ich keinen Sohn geboren habe. In Werners Denken ist ein weibliches Wesen schützenswert. Einen Jungen hätte er von klein auf zu einem Mann erziehen wollen. Zu einem preußischen Soldaten. Gelobt sei, was hart macht. Du kennst das.“

Isolde nickte. „Und wie geht Müller mit dir um?“

Elsa schluckte. Sie griff nach ihrem Glas und Isolde sah, dass die Hand ihrer Schwester ein wenig zitterte.

„Es ist … schwierig“, begann sie und sah dann sofort zu Hilde hinüber, die jedoch weiterhin selig schlief. „Er ist schwierig.“

Isolde nickte. „Wie lange trinkt er schon?“

Elsa sah sie mit großen Augen an. „Woher weißt du das?“

„Als ich zu eurer Plantage gekommen bin, lag er auf dem Sofa im Salon und hat seinen Rausch ausgeschlafen. Auf dem Boden stand eine leere Flasche Branntwein.“

Elsa seufzte. „Dann hat meine oder besser gesagt unsere Abwesenheit also keine Besserung bewirkt.“

„War das deine Absicht? Bist du deswegen nach Wugiri gegangen? Um Müller zum Nachdenken zu bewegen?“

Elsa schüttelte den Kopf. „Nein, deswegen bin ich nicht hierhergekommen.“

„Warum dann?“

Elsa seufzte noch einmal. „Die letzten Jahre waren sehr schwierig für mich. Als ich München verlassen habe, war ich eine gebrochene, gebrandmarkte Frau an der Seite eines stolzen, aber nicht allzu lebenstüchtigen Mannes. Zunächst schien Müller kein großes Interesse an mir zu haben und dafür war ich ihm dankbar. Wir sind mit dem Zug nach Genua gefahren und haben uns dort nach Tanga eingeschifft. Während der zweiwöchigen Seereise war ich ständig seekrank. Das mag natürlich auch an der Schwangerschaft gelegen haben, aber es hat auch nicht dazu beigetragen, dass sich Werner mit mir beschäftigt hätte. Er hat sich viel lieber mit anderen Passagieren im Clubraum getroffen und politisiert. Das kann er gut. Und das macht er gerne. Ich bin alleine in meiner Kajüte gelegen und habe um mein ungeborenes Kind gebangt."

Sie strich ihrer Tochter eine Strähne aus dem Gesicht.

„Wäre es dir lieber gewesen, wenn Müller als aufmerksamer, treu sorgender Ehemann nicht von deiner Seite gewichen wäre?"

Elsa zuckte mit den Achseln. „Ich schätze, dass Werner es gar nicht richtig anstellen konnte. Er ist nicht Moritz. Nicht einmal im Ansatz. Es wird nie wieder einen Mann geben, der sein wird wie er. Ich denke, Werner hat das rasch erkannt. Er verstellt sich nicht, er versucht nicht, jemand anderer zu sein. Aber genau das ist das Problem. Er ist, wie er ist."

„Wie ging es weiter?"

„Nun, als wir in Tanga an Land gegangen sind, haben wir im Haus eines seiner ehemaligen Arbeitskollegen von der Usambara-Bahn übernachtet. Ich hatte mich auf ein weiches Hotelbett gefreut, aber Werner wollte nicht unnötig Geld ausgeben. Das hat sich fortgesetzt. Auf der Zugfahrt nach Korogwe hat er die ganze Zeit darüber gewettert, dass er gezwungen war, die zweite Klasse zu bezahlen, weil er nicht mit Farbigen zusammen in der dritten Klasse reisen durfte. Dabei war es ihm andererseits ganz recht, dass er nicht bei Afrikanern sitzen musste.

Damals ging die Bahnlinie nur bis Korogwe und dort hat er zwei Maultiere gemietet. Eines für mich, eines für das Gepäck. Ich bin mir vorgekommen wie die Jungfrau Maria auf dem Weg nach Betlehem."

Isolde konnte sich ein Lachen nicht verkneifen und Elsa stimmte mit ein. Sie wurde allerdings gleich wieder ernst.

„Leider war die Plantage, der Werner den hochtrabenden Namen Müllerau gegeben hatte, dann auch nur ein besserer Stall. Der Vorbesitzer hatte sich in einem Anfall von Schwermut im Lagerschuppen erhängt und die Wilhelmstaler mieden den Ort, weil es hieß, dass es dort spuke. Ich kann das nicht bestätigen. Mir ist um Mitternacht nie ein Erhängter in meinem Schlafzimmer erschienen. Diese Gerüchte führten jedoch dazu, dass Werner den Grund und Boden günstig erwerben konnte. Es war schon immer sein Traum gewesen, eine eigene Scholle Landes zu bewirtschaften, auf dem sein Geschlecht sprießen und gedeihen könnte, frei und unabhängig."

„Aber mit dem eigenen Geschlecht wurde es wohl nichts, oder?", fragte Isolde, die mit banger Erwartung Elsas Erzählung verfolgte.

Ihre Schwester schüttelte den Kopf. „Hilde hat mir bei ihrer Geburt zwei schwere Tage bereitet. Wir hatten eine einheimische Hebamme aus einem benachbarten Dorf kommen lassen, weil wir den Geburtstermin geheim halten wollten. Das Kind lag verkehrt herum. Die Hebamme konnte sie aber drehen. Trotzdem habe ich viel Blut verloren und wäre beinahe gestorben. Im Wochenbett habe ich mir dann noch ein böses Fieber eingefangen, das mich erneut an den Rand des Grabes gebracht hat. Aber ich wollte leben und so habe ich mich durchgebissen. Hilde war es wert. Sie ist ein Stück von Moritz, das weiterlebt. Nun, jedenfalls vermute ich, dass die Schwierigkeiten bei ihrer Geburt dazu geführt haben, dass ich keine weiteren Kinder empfangen kann."

Sie wandte den Blick von Isolde ab und sah in die Dunkelheit, die sich vor der Veranda breitmachte. Ihre Wangen röteten sich, als sie fortfuhr: „Wir haben es versucht. Du kannst dir sicher vorstellen, dass es keine angenehme Erfahrung für mich war, Werner ein Eheweib zu sein. Wenigstens hat er keine ausgeprägten Bedürfnisse. Und mit der Zeit hat er mich dann ganz in Ruhe gelassen. Das mag daran gelegen haben, dass seine Besuche nicht das gewünschte Ergebnis gezeigt haben. Und natürlich hat dann wohl irgendwann auch der Alkohol seinen Tribut gefordert. Wie auch immer, ein gemeinsames Kind blieb uns vorenthalten. Vielleicht war das aber auch besser so."

„Warum?"

Elsa holte tief Luft. „Nachdem ich mich von Hildes Geburt erholt hatte, habe ich miterleben müssen, wie ungeeignet Müller zum Führen einer Plantage war. Wir haben damals noch Kaffee angebaut. Die Pflanzen hatte der Vorbesitzer ausgesät. Doch die Ernte blieb weit hinter den Erwartungen zurück. Der Boden war nicht geeignet für die Kaffeepflanzung. Das haben wir erst nach zwei Jahren erfahren und in dieser Zeit war das Kapital, das Müller in seinen Betrieb eingebracht hatte, beinahe aufgebraucht.

Also habe ich meine letzten Ersparnisse zusammengekratzt und Werner dazu überredet, in Kautschukbäumchen zu investieren. Ich hatte davon in *Der Pflanzer* gelesen, einer Beilage der *Usambara-Post*. Das Wenigste von dem, was drinsteht, habe ich wirklich verstanden. Aber dass mit Kautschuk mehr Gewinn möglich wäre als mit Kaffee, hat mir Hoffnung gegeben. Wir haben vor drei Jahren knapp zweitausend Kautschukbäumchen gepflanzt. Und heuer sollte die erste Ernte möglich sein. Das wäre auch bitternötig, denn unsere Mittel sind nahezu erschöpft.

Die größte Belastung ist aber Werners Trinkerei. Einmal hat er im Suff aus Versehen ein halbes Dutzend Bäume ausgerissen. Und wenn er versucht hat, die Pflanzen anzuschneiden, war er meistens ungeschickt und ließ den wertvollen Kautschuksaft in die Erde fließen. Die Zeiten, in denen er nüchtern war, wurden immer weniger. Und dann kam jener Tag im Februar. Es war der sechste Todestag meines geliebten Moritz. Ich vermute, dass Werner das wusste. Wahrscheinlich hatte sich so viel Wut in ihm angestaut, dass er sie einmal loswerden musste. Als ich in den Lagerschuppen gekommen bin, hat er den Sattel, den ich mit Moritz gebaut hatte, mit einer Axt zerschlagen."

Isolde hielt sich eine Hand vor den Mund.

„Ich bin ihm in den Arm gefallen, aber in seiner blinden Wut hat er mich mit dem Stiel der Axt an der Schläfe getroffen und dann wurde ich ohnmächtig. Das war alles zu viel für mich. Immerhin hat er den Sanitätssergeant Lüdecke gerufen und der hat erkannt, wie es um mich stand. Er hat Werner überredet, mich nach Wugiri zu schicken, und hier bin ich."

Elsa griff nach ihrem Glas. Ihre Hand zitterte nun stärker. Sie leerte es in einem Zug und lehnte sich dann seufzend zurück.

„Hast du nie erwogen, Müller zu verlassen und nach Deutschland zurückzukehren?“, fragte Isolde.

Elsas Augen schimmerten feucht. „Natürlich habe ich das. Nicht nur einmal. Dutzende Male war ich kurz davor, meine Sachen zu packen, Hilde zu nehmen und mich nach Deutschland einzuschiffen. Aber die Angst, noch ein Kind an Eugens Vater zu verlieren, hält mich bis heute davon ab.“

„Du musst doch nicht nach München gehen. In Köln, Bremen oder Königsberg könntet ihr beiden genauso gut ein neues Leben beginnen, ohne dass Eugens Vater etwas davon mitbekäme.“

Elsa schüttelte den Kopf.

„So einfach ist das nicht. Müller mag sein, wie er will, aber bislang hat er sich an unsere Vereinbarung gehalten und Hilde als sein eigenes Kind ausgegeben. Ich bezweifle aber, dass er sich an sein Wort gebunden fühlen würde, wenn ich mich von ihm trennen oder mich gar scheiden lassen würde. Werner hat viel Wut in sich. Er ist stolz und kann sehr nachtragend sein. Der Alkohol hat diesen Teil seines Wesens leider nur noch weiter verstärkt. Wenn ich ihn verlassen würde, würde er auf Rache sinnen. Er weiß genau, wie er mich treffen könnte. Ein Brief an Eugens Vater, in dem er Hildes wirkliches Geburtsdatum offenbart, wäre genug, um diesen anzustacheln, mir meine Tochter zu nehmen. Und davor wären wir auch in Köln, Bremen oder Königsberg nicht sicher. Nein, ich bin bis zu Hildes 21. Geburtstag an Müllerau gebunden. Oder bis Werner stirbt. “

Isolde fuhr sich mit der Zungenspitze über die Oberlippe.

„Das kann doch nicht sein. Es muss doch einen Ausweg aus dieser Situation geben?“

„Nein, es gibt keinen. Aber genug davon. Wie ist es dir ergangen?“

„Ich bin viel gereist, um über Emilys Tod hinwegzukommen.“

„Hast du es geschafft? Das Hinwegkommen, meine ich?“

Isolde schüttelte den Kopf. „Ich träume noch immer von ihr. Von ihren letzten Augenblicken.“

Elsa nickte. „So geht es mir mit Moritz. Auch wenn ich nicht dabei war, als er gestorben ist, träume ich oft von dem Duell. Und dann wache ich schreiend auf.“

Die Schwestern schwiegen und sahen hinaus ins Dunkel.

„Müller hat mich gebeten, dich zu überreden, auf die Plantage zurückzukehren“, sagte Isolde schließlich.

Elsa nickte. „Das habe ich mir beinahe gedacht. Wenn du deswegen gekommen bist, wirst du wahrscheinlich nicht allzu erfolgreich sein. Ich kann mich nicht von ihm trennen, aber solange ich krank bin, muss ich seine Nähe nicht ertragen.“

Isolde schüttelte den Kopf. „Nein, deswegen bin ich nicht gekommen. Ich wollte zu dir. Mit dir sprechen. Elsa, wir sind Schwestern und wir haben uns so lange Zeit nicht mehr gesehen.“

„Wir hatten nicht immer das beste Verhältnis zueinander", gab Elsa zu bedenken.

„Aber in den entscheidenden Momenten haben wir zusammengehalten."

Elsa nickte. „Ja, das stimmt. Wir haben schlimme Zeiten durchlebt."

„Und ich möchte dir auch in dieser schlimmen Zeit eine Hilfe sein."

„Wie willst du das anstellen?"

Isolde überlegte einen Moment. „Was brauchst du?"

Wieder sah Elsa sie lange an. „Einen nüchternen Mann. Und eine erfolgreiche Kautschukernte."

Isolde lächelte. „Nun, das Erstere ist ein wenig knifflig. Ich fürchte, dass wir nur wenig Einfluss darauf haben. Aber für Letzteres habe ich möglicherweise eine Lösung."

Elsa runzelte die Stirn. „Hast du auf deinen Reisen einen Kautschukspezialisten kennengelernt, der unsere Plantage auf Vordermann bringen könnte?"

Isolde schüttelte den Kopf. „Nein. Aber ich weiß, wo sich so jemand auftreiben lässt."

KAPITEL 5

Wugiri, 10. Juni 1906

Isolde trat auf die Veranda. Sie hatte die zweite Wohnung im Gästehaus beziehen können. Im Osten hinter der Hügelkuppe stieg der rote Ball der Sonne aus einem glutfarbenen Wolkenmeer empor. Im Tal zu ihren Füßen waberten Nebelschwaden zwischen den Bäumen des Regenwaldes. Es war ein magischer Anblick und einem Teil von ihr gelang es auch, diesen zu genießen. Ein anderer Teil jedoch machte sich Sorgen um Elsa.

Isolde war der Erzählung ihrer Schwester mit einer Mischung aus Unglauben und Entsetzen gefolgt. Die spärlichen Informationen, die sie über Elsas Leben in Afrika erhalten hatte, hatte Isolde aus Briefen erfahren, die ihre Schwester an ihren Onkel geschickt hatte. Diese Berichte hatten ein massiv geschöntes Bild gemalt, wie Isolde nun wusste. In ihnen führte Elsa das gleichförmige Dasein einer Plantagenbesitzerehefrau, deren Mann damit beschäftigt ist, Profite einzufahren und für sie und die gemeinsame Tochter zu sorgen. Müllers Alkoholismus hatte sie ebenso mit keiner Silbe erwähnt wie die wirtschaftlichen Schwierigkeiten, in der sich die Plantage befand. Nur einmal hatte Isolde Verdacht geschöpft, dass etwas faul war, als ihre

Schwester dem Onkel geschrieben und ihn gebeten hatte, aus ihrem Sparbuch einen Betrag von 2000 Mark an eine Bank in Tanga anzuweisen. Das musste das Geld gewesen sein, mit dem Sie die Kautschukbäume gekauft hatten.

Isolde trat zu ihrem Rucksack, der an einer Wand der Wohnung lehnte, und entnahm ihm ein ordentlich zusammengefaltetes Blatt. Sie legte es auf den Tisch, faltete es auseinander und strich es glatt. Dann tauchte sie die bereitstehende Feder in das Tintenfässchen und füllte die vorgedruckten Felder auf dem Formular aus. Sie ließ es eine Weile zum Trocknen liegen und ging derweil wieder auf die Veranda, um der Sonne dabei zuzusehen, wie sie langsam, aber stetig ihren Lauf am Himmelsgewölbe fortsetzte. Sie konnte verstehen, dass viele Kulturen das Gestirn als ein Lebewesen oder ein von einem Gott gelenktes Objekt angesehen hatten, wie etwa die alten Griechen, die daran glaubten, dass der Titan Helios einen vierspännigen Wagen über das Himmelszelt lenkte.

„Guten Morgen, Tante Isolde."

Die Stimme ihrer Nichte riss sie aus ihren Gedanken. Sie sah auf die Nachbarveranda hinüber. Hilde stand in ihrem Nachthemdchen da und rieb sich die Augen mit ihren Fäustchen.

„Bist du schon wach?", fragte Isolde.

Zur Antwort gähnte das Mädchen herzhaft. „Ich stehe immer so früh auf. Mit dem Sonnenaufgang. Und wenn sie untergeht, gehe ich schlafen. So ist das richtig."

„Hier in Afrika dauern die Sonnenaufgänge- und Untergänge auch nicht so lange wie bei uns in Bayern", sagte Isolde. „Im Sommer ist es manchmal noch bis spät am Abend hell.“

„Ich möchte auch einmal nach Bayern. Am liebsten mit dir.“

„Da wirst du dich wohl noch gedulden müssen“, hörte Isolde Elsa sagen. Ihre Schwester trat auf die Veranda, eingehüllt in einen Morgenmantel.

„Guten Morgen“, sagte Isolde.

„Können wir Tante Isolde nicht einfach nach Bayern begleiten?“

Hilde sah ihre Mutter mit großen, flehenden Augen an. Elsa kniete sich vor sie hin und umfasste ihr kleines, rundes Gesicht mit ihren Händen.

„Die Tante Isolde kehrt noch gar nicht nach Bayern zurück. Sie reist jetzt erst einmal nach Amani zum *Biologisch-Landwirtschaftlichen Institut*.“

„Aber danach fährt sie dann wieder nach Hause. Und da soll sie uns mitnehmen.“

Elsa seufzte. „So einfach ist das leider nicht.“

In Hildes Augen traten dicke Tränen. Elsa drückte sie fest an sich. Isolde kniff die Lippen zusammen. Kinder leiden zu sehen, ertrug sie nur schwer.

„Mein Angebot steht weiterhin“, sagte sie. „Begleite mich nach Amani und lass dich dort von den Gärtnern beraten, wie du deine Kautschukernte optimieren kannst. Es gibt keinen besseren Ort dafür.“

Elsa streichelte Hilde sanft über den Kopf. Sie sah Isolde an.

„Ich kann dich nicht begleiten. Ich ... ich bin nicht gesund. Ich fürchte, dass das über meine Kräfte gehen würde. Und was soll ich in der Zeit mit Hilde tun?“

„Sie kann mit uns kommen“, sagte Isolde. „Es ist schließlich keine Weltreise nach Amani. Wir lassen uns mit dem Sanatoriumswagen nach Korogwe fahren und nehmen von dort aus den Zug nach Nyussi. Dort steigen wir auf Maultiere um. Das wird Hilde gefallen.“

Das Mädchen nahm ihr Gesicht vom Arm der Mutter und sah ihre Tante mit großen, vom Weinen geröteten Augen an.

„Au ja, das wird mir gefallen. Ganz bestimmt.“

Elsa schüttelte den Kopf. „Nein, das ist keine gute Idee. Wir bleiben hier. Das Reisen kostet nur Geld. Und selbst wenn wir in Amani gute Ratschläge für die Kautschukpflanzung bekommen – ich ahne schon, worauf das hinausläuft. Wir benötigen Geräte, Arbeiter, Maschinen. Und wo sollen wir die Mittel dafür hernehmen?“

„Auch dafür habe ich eine Lösung“, sagte Isolde. Sie trat in ihre Wohnung und nahm das Blatt von Tisch, auf dem die Tinte inzwischen getrocknet war. Sie reichte es Elsa, die es in einer Hand hielt und musterte, während sie mit der anderen ihrer Tochter über den Kopf strich.

„Das ist nicht dein Ernst“, sagte sie.

„Doch“, erwiderte Isolde.

„Ein Wechsel über dreitausend Mark? Das kann ich nicht annehmen.“

„Ich bitte dich darum. Es kommt von Herzen.“

„Das ist viel Geld.“

„Ich kann es entbehren.“

„Es ist zu viel.“

„Sieh es als eine Investition in Hildes Zukunft an“, drängte Isolde in der Hoffnung, damit einen Trumpf auszuspielen, den ihre Schwester nicht mehr parieren konnte.

Elsa sah sie lange an. Schließlich schüttelte sie den Kopf und reichte Isolde den Wechsel.

„Nein, das geht nicht."

***

Elsa sah Hilde nach, die den Weg entlang tollte. Hinter ihr stieg eine kleine rote Wolke auf. Elsa seufzte. Manchmal wünschte sie sich, sich so unbeschwert am Leben freuen zu können wie ihre Tochter. Für sie war alles noch ein Abenteuer. Elsa erinnerte sich daran, dass Hilde vor ein paar Tagen der mürrischen Schwester Pauline erzählt hatte, dass sie eine Affenhorde im nahen Urwald mit Essensresten angefüttert hatte. Ihre Tochter war weinend und ihre rote Backe reibend zurückgekommen und Elsa hatte sich einmal mehr mit der resoluten Krankenschwester gestritten. Wenn es um ihr Kind ging, konnte sie noch kämpfen. Für sich selbst und ihre Bedürfnisse schien sie das verlernt zu haben.

Insofern hatte Isolde eine geschickte Taktik gewählt, indem sie an ihren Mutterinstinkt appelliert und sie gebeten hatte, das Geld für Hilde anzunehmen. Beinahe hätte sie auch zugestimmt. Aber dann war ihr bewusst geworden, was das bedeutete. Sie würde zurückkehren müssen in das freudlose Leben auf der Plantage. Wahrscheinlich würden sie ein paar Arbeiter einstellen und mit diesen ihre erste Ernte einfahren können. Und dann würde sich das von Jahr zu Jahr wiederholen, der ewig gleiche Kreislauf von Anbau und Ertrag. Hilde würde wachsen, vielleicht würden sie sich eine Hauslehrerin für sie leisten können. Und irgendwann würde sie nach Europa reisen, um dort ihre Tante zu besuchen. Elsa würde sie natürlich begleiten, aber dann wäre sie schon eine alte Frau. Das Leben wäre an ihr vorübergezogen.

So sehr Elsa sich auch danach sehnte, nach München zurückzukehren, so fürchtete sie doch gleichermaßen, dass eine Reise nach Europa eine äußerst schmerzvolle Erfahrung für sie werden könnte. Zu viele böse Erinnerungen, zu viele Albträume, zu viele Menschen, die ihr nicht wohlgesinnt waren. Und dann noch die Gefahr, Hilde an Eugens Vater zu verlieren wie schon ihren Sohn Herrmann. Auf Müllerau waren sie sicher. Und trotzdem fühlte sie sich dort weder geborgen noch wohl.

Wieder kam ihr Moritz in den Sinn. Sein schelmisches Lachen, seine unbändige Begeisterungsfähigkeit, sein Mitgefühl. Er war so ganz anders gewesen als Müller. Wie leicht es ihr gefallen wäre, sich mit ihrem Geliebten in einer kleinen Plantage zwei Stunden von Wilhelmstal entfernt einzurichten. Sie hätten sich gehabt. Und ihre wachsende Zahl von Kindern. Die Vorstellung trieb Elsa die Tränen in die Augen. Sie wischte sie beiseite. Es war sinnlos, eine Vergangenheit zu beweinen, die nie Gegenwart geworden war.

Isoldes Ankunft hatte sie nun jedoch gezwungen, sich darüber Gedanken zu machen, wie ihre Zukunft aussehen sollte und konnte. Das war eine knifflige Frage, bei der nur eines feststand: Allzu lange würde sie sich nicht mehr in Wugiri aufhalten können, da ihre Geldmittel zur Neige gingen. In wenigen Wochen musste sie wieder nach Müllerau zurückkehren. Werner würde sich nicht geändert haben. Er würde weiter trinken. Und mit der Plantage würde es bergab gehen. Vielleicht mussten sie sie verkaufen. Und dann? Würde Werner wieder bei der Eisenbahn anheuern? Würden sie in einem kleinen Haus in Tanga leben? Diese Vorstellung erschien Elsa gar nicht so abwegig, immerhin war Tanga eine Stadt. Ganz anders als Wilhelmstal. Das war ein Kaff.

„Mama, Mama, schau mal!"

Hildes aufgeregte Stimme riss sie aus ihren Gedanken. Das kleine Mädchen kam auf sie zugerannt, die Arme ausgestreckt, die Hände zu einem kugelförmigen Behältnis geschlossen. Sie eilte die Stufen zur Veranda herauf und hielt schwer atmend von Elsa an.

„Ich habe einen Schmetterling gefangen", sagte sie. „Schau mal."

Sie öffnete vorsichtig ihre Hände, und Elsa konnte ein blaugrün schimmerndes Insekt erkennen, das still auf dem Daumenballen ihrer Tochter saß.

„Magst du ihn in ein Glas sperren? Dann kannst du ihn besser ansehen?"

Hilde schüttelte empört den Kopf. „Tiere gehören nicht eingesperrt. Genauso wenig wie Menschen."

Elsa schluckte. „Kommst du dir auch manchmal eingesperrt vor?"

Das kleine Mädchen runzelte die Stirn. „Nein, ich bin frei. Und du?"

Elsa schloss die Augen. „Frei." Was für ein Begriff. Wann war sie zuletzt frei gewesen? Es war Isolde, die

Elsa die Verlegenheit abnahm, ihrer Tochter zu antworten. Sie stieg die Treppen zur Veranda empor, ihren Rucksack auf den Schultern, einen gefüllten Wasserschlauch in den Händen.

„Du brichst schon auf?", fragte Elsa.

Isolde nickte. „Ich möchte den Zug erreichen, der heute Nachmittag nach Nyussi fährt. Dann komme ich noch vor Einbruch der Dunkelheit in Amani an."

Elsa sah ihre Schwester an. Ihre Augen funkelten vor Unternehmungsdrang und Abenteuerlust. Wie sehr sie sie beneidete.

„Ich will nicht, dass du gehst", rief Hilde. Sie eilte auf Isolde zu. Der Schmetterling löste sich von ihrer Hand und flatterte davon. Elsa sah dem Insekt hinterher, das in die Freiheit entschwand. Es bestimmte selbst, wohin es flog. Es handelte.

„Wohin wirst du dich wenden, wenn du Koch in Amani fotografiert hast?", fragte sie Isolde.

Ihre Schwester zuckte mit den Schultern. „Ich weiß es nicht. Wenn Koch mich einlädt, ihn zu den Epidemiegebieten am Victoriasee zu begleiten, werde ich nicht nein sagen. Vielleicht reise ich von dort aus durch den Kongo. Wenn ich schon einmal hier bin, möchte ich so viel von Afrika vor meine Linse bekommen, wie ich kann."

Elsa schluckte. „Dann sehen wir uns nicht wieder?"

Isoldes Zungenspitze strich über ihre Lippen. „Bislang hatte ich nicht geplant, auf derselben Route wieder zurückzukehren."

Elsa spürte, wie eine kalte Faust sich um ihre Kehle legte und zudrückte. Sie hatte fest damit gerechnet, dass Isolde nach ihrem Besuch in Amani wieder zurückkehren würde, dass sie die Entscheidung, die sie treffen musste, vielleicht noch zwei oder drei Wochen aufschieben würde können. Aber da hatte sie wieder einmal die Rechnung ohne die Wirtin gemacht. Isolde hatte schon immer ihren eigenen Kopf gehabt. Und konnte sie es ihr verdenken? Warum sollte ihre Schwester ihr in Wilhelmstal Gesellschaft leisten, wenn sie zahllose Abenteuer im Herzen Afrikas erleben konnte?

„Also dann, ich muss los", sagte Isolde und breitete die Arme aus. Hilde schluchzte und warf sich hinein. Elsas Kehle wurde noch enger, als sie sah, wie vertraut diese beiden Menschen miteinander waren, die sich kaum einen Tag lang kannten. Sie atmete tief durch, dann sagte sie: „Wir kommen mit."

KAPITEL 6

Amani, 11. Juni 1906

„Warum muss diese Einrichtung ausgerechnet im Gebirge liegen?", stöhnte Elsa. Isolde grinste. Früher war ihr das endlose Gejammer ihrer Schwester gehörig auf die Nerven gegangen, doch nachdem sie sich so lange nicht mehr gesehen hatten, war es beinahe Musik in ihren Ohren. Sie wandte sich auf ihrem Maultier um und sagte: „Weil die Luft im Gebirge besser ist. Das ist wie in München. Zur Sommerfrische waren wir doch auch immer in den Bergen."

„Aber da war nicht so eine mörderische Hitze", erwiderte Elsa und wischte sich den Schweiß von der Stirn.

„Es kann nicht mehr weit sein", sagte Isolde und blickte wieder nach vorne.

Der Entschluss ihrer Schwester, nach Amani mitzukommen, hatte sie einen Tag gekostet. Sie hoffte, dass das nicht die entscheidenden Stunden waren, um die sie Robert Koch erneut verpassen würde. Elsa hatte eine halbe Ewigkeit dafür benötigt, ihre beiden Koffer zu packen und sich von den Angestellten und Mitpatienten im Sanatorium zu verabschieden. Sie hatte dabei eine Energie an den Tag gelegt, die den Chefarzt zu der

Bemerkung veranlasste, dass eine bevorstehende Abreise mehr zu Elsas Gesundung beigetragen habe als zwei Monate Therapie.

Sie waren mit der Kutsche der Einrichtung in aller Herrgottsfrühe nach Korogwe aufgebrochen, wo Elsa den größeren ihrer beiden Koffer nach Mombo geschickt hatte, damit sie ihn bei ihrer Rückkehr nach Wilhelmstal von dort mitnehmen konnte. Dann hatten sie den Zug nach Nyussi bestiegen, der nächsten Station in Richtung Osten. Von dort waren sie drei Stunden durch einen dichten Bergwald gewandert, begleitet von einem einheimischen Träger, der den kleineren Koffer geschultert hatte und ihnen pfeifend und singend so rasch vorangegangen war, dass sie Mühe gehabt hatten, mit ihm Schritt zu halten. Schließlich hatten sie eine Bergkuppe erreicht und dort hatte ein Führer mit vier Maultieren auf sie gewartet. Isolde hatte dem *Biologisch-Landwirtschaftlichen Institut* ihre Ankunft bereits angekündigt und der Direktor hatte ihnen Reittiere entgegengeschickt.

Das Gelände war nun eben, sie ritten durch einen dichten Wald. Nach einer Weile öffnete dieser sich zu einer Lichtung und Isolde konnte lange Reihen von niedrigen Büschen erkennen.

„Kaffee", sagte Elsa in einem säuerlichen Ton. „Hier scheint er zur gedeihen."

Sie passierten den Eingang zu einer Plantage. Auf einem prächtig verzierten Schild stand zu lesen: *Pflanzung Kwamkoro, Inh. S. Kgl. Maj. Prinz Albrecht von Preußen.*

„Na, das war ja klar", brummte Elsa. „Der hat sich das beste Stück Land unter den Nagel gerissen."

Nach einer Weile hörte Isolde das Kreischen einer Säge. Ein weiteres Schild wies den Weg zu einem holzverarbeitenden Betrieb, der sich ebenfalls im Besitz der prinzlichen Hoheit zu befinden schien. Isolde war jedoch eher an dem Wegweiser interessiert, der geradeaus zeigte. Auf diesem stand: *Biologisch-Landwirtschaftliches Institut Amani.*

Vor ihnen öffnete sich ein weiter Talkessel, dem man sofort ansah, dass er intensiv bewirtschaftet wurde. Zahlreiche verschiedene Gewächse waren in streng geometrisch angeordneten Feldern gepflanzt worden. Sie ritten an Orangen- und Zitronenbäumen vorbei, an Kokospalmen, Sisal und Kaffeepflanzen. Auf einem Hügel thronte ein stattliches Gebäude, weiß getüncht mit rotem Dach. Etwas darunter gruppierten sich weitere Bauten. Das musste die Einrichtung sein.

Sie ritten auf einen lang gestreckten Bau zu, der wie eine Art Stallung aussah. Davor waren Gestelle angebracht worden, an denen bereits zwei Maultiere grasten. Isolde zügelte ihr Tier, schwang sich herab und band es an. Dann trat sie zu Elsa und nahm ihr Hilde ab, die vor ihrer Mutter auf dem Maultier gesessen hatte. Sie stellte das Mädchen auf den Boden und half Elsa beim Absteigen. Der Führer hatte inzwischen das dritte Reittier angebunden und war nun damit beschäftigt, Elsas Gepäck abzuladen.

Vom Hügel herab kam ein Mann in einem kakifarbenen Tropenanzug auf sie zu. Er trug einen Helm in der gleichen Farbe und hatte einen ausladenden Schnurr- und Backenbart. Er hielt in einigem Abstand und musterte die beiden Frauen mit kühlem Blick.

„Guten Tag", sagte er schließlich. „Mein Name ist Stuhlmann. Dr. Stuhlmann. Geheimer Regierungsrat. Ich bin der Direktor dieser Einrichtung."

„Hartmann", sagte Isolde, trat auf ihn zu und streckte ihm die Hand entgegen. „Isolde Hartmann."

Er richtete einen Blick auf die ausgestreckte Hand und für einen Augenblick dachte Isolde, dass er ihr den Händedruck verweigern würde. Dann griff er jedoch zu und drückte sie erstaunlich kraftlos.

„Ich muss gestehen, dass ich ein wenig verwirrt bin", sagte Stuhlmann. „Als wir die Ankündigung eines Besuches erhielten, gingen wir davon aus, dass es sich um einen Herrn Hartmann handele. Einen Fotografen, der die Arbeiten in unserem Institut dokumentieren wollte."

Isolde hinderte sich daran, mit den Augen zu rollen. „Nun, das stimmt alles. Nur mit dem Geschlecht haben Sie sich geirrt. Ich bin eine Fotografin, die gerne die Arbeiten in Ihrem Institut dokumentieren und der Öffentlichkeit in Deutschland zeigen möchte, welch wertvollen Beitrag zur Urbarmachung der Kolonie Sie leisten."

Leider verfing das Kompliment nicht so, wie Isolde es sich erhofft hatte.

„Und wer ist diese Dame? Und dieses Kind? Sind das Ihre Gehilfinnen?"

Isolde spürte, wie die altbekannte Wut in ihr aufkochte. Am liebsten hätte sie Stuhlmann geohrfeigt. Sie wollte etwas erwidern, doch Elsa kam ihr zuvor. Sie trat auf den Direktor zu und deutete einen Knicks an.

„Mein Name ist Elsa Müller. Ich bin die Frau eines Plantagenbesitzers und die Schwester von Frau Hartmann. Das hier ist meine Tochter Hilde.“

Wie auf ein Signal hin knickste nun auch das kleine Mädchen.

„Plantagenbesitzer? Was pflanzt Ihr Mann an?“

„Kautschuk.“

Stuhlmann strich sich durch den Backenbart. „Sehr vernünftig. Was führt Sie zu uns?“

„Wir möchten unsere Erträge verbessern und ich hatte gehofft, dass Sie uns einige hilfreiche Ratschläge erteilen könnten. Mein Mann wäre natürlich selbst gerne gekommen, aber er ist damit beschäftigt, Arbeiter aufzutreiben.“

„Das alte Leid. Ein Land voll billiger Arbeitskräfte und doch Mangel aller Orten. Ich werde Ihnen meinen besten Kautschukexperten zur Seite stellen“, sagte er und auf seinen schmalen Lippen deutete er ein Lächeln an, das gleich wieder verschwand, als er sich an Isolde zuwandte. „Und Sie werden meine Angestellten bitte nicht bei ihrer Arbeit behindern.“

Isolde hatte sich inzwischen so weit unter Kontrolle gebracht, dass sie freundlich nicken und erwidern konnte: „Aber natürlich. Sie werden mich kaum bemerken. Ist Dr. Koch noch bei Ihnen?“

Stuhlmann schüttelte den Kopf. „Nein, der ist vor drei Tagen nach Muansa weitergereist.“

***

„Du musst ein wenig diplomatischer Auftreten“, sagte Elsa. Sie hatten inzwischen ihre Räumlichkeiten im

Gästehaus des Instituts zugewiesen bekommen, worum sich ein Herr Mannesschmidt, der Sekretär der Einrichtung gekümmert hatte. Elsa und Hilde teilten sich ein Zimmer, Isolde hatte ihre eigene Unterkunft.

„Ich war doch diplomatisch", erwiderte Isolde.

Elsa schnaubte. „Du warst viel zu forsch. Die Herren Geheimräte mögen es nicht, wenn eine Frau ihnen vor Augen führt, dass sie sich geirrt haben."

„Was hätte ich tun sollen? Mich dafür entschuldigen, dass ich kein Herr Hartmann bin?"

„Möglicherweise. Aber das ist jetzt nicht mehr so schlimm. Ich habe die Wogen glätten können. Die unschuldig in Not geratene Dame wirkt immer. Schön bescheiden, ein wenig mit den Augen klimpern und an die Kompetenz des Herrn Direktors appellieren. Und schon wird er freundlicher."

Isolde schnaubte. „Dafür bin ich nicht geschaffen."

„Ja, das weiß ich. Das warst du noch nie", erwiderte Elsa, der sofort ein gutes dutzende Male in Erinnerung trat, an denen Isoldes Schroffheit ihr Nachteile eingebracht hatte. „Aber jetzt wollen wir uns frisch machen. Wenn der Herr Direktor uns schon zum Abendessen einlädt, dürfen wir nicht zu spät kommen."

Es war finstere Nacht, als sie den Weg zum Angestelltencasino des Instituts einschlugen, der von Fackeln beleuchtet wurde. Im Speisesaal war eine Tafel für zehn Personen gedeckt worden. Der Direktor wartete bereits mit seinen aufgereihten Angestellten, die die Neuankömmlinge teils neugierig, teils gelangweilt musterten.

„Darf ich Ihnen meinen Stab vorstellen?", fragte Stuhlmann.

Elsa schenkte ihm ein strahlendes Lächeln. Er wies nacheinander auf die Herren.

„Prof. Dr. Zimmermann und Dr. Braun sind Botaniker. Prof. Dr. Vosseler ist Zoologe. Dr. Schellmann und Herr Lommel sind Chemiker und die Herren Warnecke und Trugbild sind Gärtner, wobei Ersterer die Stelle des Obergärtners einnimmt.“

„Ich bin sehr erfreut, Sie kennenzulernen, meine Herren“, sagte Elsa. „Mein Name ist Elsa Müller, Pflanzersgattin. Ich hoffe, von Ihnen viel über den Kautschuk zu lernen.“

Der Obergärtner zwinkerte ihr zu und Elsa registrierte zufrieden, dass sie bereits einen Verehrer hinzugewonnen hatte.

„Nun wollen wir zu Tisch gehen“, sagte Stuhlmann und klatschte in die Hände.

Drei der Herren traten an die Stühle und schoben sie zurück, sodass Elsa, Hilde und Isolde sich setzen konnten. Als alle Platz genommen hatten, trugen Bedienstete dampfende Schüsseln mit Eintopf auf. Elsa half Hilde beim Essen, dann schlug sie selbst mit großem Appetit zu.

Isolde schien währenddessen keine Zeit verloren zu haben. Sie löcherte den neben ihr sitzenden Chemiker bereits mit Fragen zu den Forschungsarbeiten, die Dr. Koch im Institut durchgeführt hatte. Das interessierte Elsa überhaupt nicht, genauso wenig wie die Unterhaltung der ihr gegenübersitzenden Herren, die über die Lage in den Aufstandsgebieten im Süden sprachen. Sie wandte sich an Herrn Warnecke, den weißbärtigen Obergärtner.

„Wir sind auf dem Weg an zahlreichen Pflanzungen vorbeigekommen. Haben Sie diese alle angelegt?"

Warnecke lächelte. „Angelegt haben die meine Arbeiter. Aber die Planungen und die genaue Anordnung der Pflanzungen habe ich übernommen."

„Welche Gewächse haben Sie hier zusammengetragen?"

„Wir haben Tee, Kaffee, Kakao, Koka und Kola, Zimt, Nelken, Vanille, Chinin, Kampfer, Aloe, Rizinus, Rhabarber, Kordon, Zeder, Eukalyptus, Mahagoni, Ebenholz, Palmen jeder Art, Orangen, Zitronen, Limonen, Pfirsich, Aprikose, Mandeln, Melone, Mango, Gemüse aller Arten und Blumen von der Orchidee und Rose zur Nelke bis zu speziellen Veilchenarten, die hier heimisch sind und einen wunderbaren Duft verströmen."

„Das müssen Sie mir unbedingt zeigen", sagte Elsa und klatschte in die Hände. Sie wandte sich an Hilde. „Nicht wahr, du würdest doch auch gerne an einem der Veilchen riechen, von denen der Herr Obergärtner gesprochen hat."

Das Mädchen quietschte vergnügt und rief: „Au ja", was von den Herren am Tisch mit pflichtschuldigem Lächeln bedacht wurde.

„Zu welchem Zweck haben Sie denn diese ganzen Pflanzen aus aller Welt zusammengetragen?", fragte Elsa.

„Das Institut ist für Forschungen auf dem Gebiet der Landeskultur bestimmt", erwiderte Stuhlmann. Seiner Rede war zu entnehmen, dass er diesen Vortrag schon Dutzende Male gehalten hatte. „Das Arbeitsfeld des Instituts Amani soll sich nach den praktischen Bedürfnissen der Kolonie richten, und namentlich die Feststellung der Lebensbedingungen und Krankheiten der tropischen Kulturpflanzen, die Untersuchung des Bodens und die Ermittlung rationeller Düngungsmethoden, die Untersuchung von Rohstoffen und Produkten des Tier- und Pflanzenreiches, die für den Export, den menschlichen Konsum oder als Medikamente infrage kommen und schließlich auch die Erforschung der Fauna und Flora von Deutsch Ostafrika zum Gegenstand haben."

Elsa nickte. „So viel Wissen auf so kleinem Raum. Ich bin beeindruckt. Wird Ihre praktische Arbeit denn von den Siedlern vor Ort auch angemessen wertgeschätzt?"

Stuhlmann räusperte sich. Elsa unterdrückte ein Schmunzeln. Sie hatte in der *Usambara-Post* gelesen, dass viele Siedler den Forschungen in Amani misstrauten und sich lieber auf ihr Bauchgefühl bei der Bestellung ihrer Plantagen verließen.

„Nun, wir würden uns wünschen, dass mehr Pflanzer sich an uns wenden. Gerade in den Anfangstagen der Kolonie wurden viele Fehler gemacht. So wurde häufig Kaffee in Lagen angebaut, die dafür vollkommen ungeeignet waren. Das geschah nicht aus bösem Willen, sondern schlichtweg aus Unwissen. Wir sind eine Einrichtung, die das Licht des Wissens in dieses Land tragen soll. Allerdings ist die Nachfrage nach unseren Erkenntnissen bislang leider noch gering."

„Das ist ein Jammer", sagte Elsa.

Stuhlmann nickte. „Ein wahres Wort. Wir könnten viel Gutes bewirken. Aber wenn die Pflanzer unser Angebot nicht annehmen, sind wir wie der Rufer in der

Wüste. Wir planen, regelmäßige Lehrgänge zu den verschiedenen Kulturpflanzen anzubieten, in der Hoffnung, dass einige Plantagen ihr Leitungspersonal schicken."

„Geben Sie mir bitte Bescheid, wenn Sie damit beginnen. Ich werde dafür sorgen, dass mein Mann persönlich teilnimmt. Es wäre eine Schande, so ein hilfreiches Angebot auszuschlagen", sagte Elsa. Sie hob ihr Glas.

„Auf das *Biologisch-Landwirtschaftliche Institut Amani*."

Die Männer taten es ihr nach, und als Elsa den herben Geschmack des Weins auf ihrer Zunge spürte, breitete sich ein Lächeln auf ihren Lippen aus.

KAPITEL 7

Amani, 12. Juni 1906

Isolde stellte das Kamerastativ auf den Rasen neben dem Haus des Direktors. Von dort aus hatte man einen wunderbaren Ausblick über die Pflanzungen im weitläufigen Talkessel, der sich unterhalb des Forschungsinstituts erstreckte. Sie glich die Neigung des Bodens an den Füßen des Stativs aus und montierte ihre Kamera. Mit geübten Bewegungen legte sie eine Glasplatte ein und adjustierte Blende und die Schärfe, ehe sie den Deckel vom Objektiv nahm, bis drei zählte und ihn dann wieder aufsetzte.

„Sie verstehen Ihr Handwerk", hörte sie eine Stimme hinter sich. Isolde drehte sich um und erkannte Professor Vosseler, der am vorigen Abend ebenfalls bei dem Diner anwesend gewesen war.

„Ich habe das Fotografieren auch in einem der besten Ateliers in München gelernt", sagte sie.

Vosseler nickte anerkennend. „Gute Fotografen und auch Fotografinnen sind viel wert, besonders in meinem Beruf."

„Sie sind Zoologe?"

„Ja, ich bin auf Pflanzenschädlinge aller Arten spezialisiert. Doch zuletzt galt mein Interesse notgedrungen einer anderen Plage.“

„Der Tsetsefliege?“, fragte Isolde, die vermutete, dass Vosseler an Kochs Projekten zur Erforschung der Schlafkrankheit mitgewirkt hatte.

„Wir nennen sie in der Fachsprache Glossinen und es gibt mehrere Unterarten. Aber ja, das hat mich zuletzt beschäftigt.“

„Haben Sie mit Dr. Koch zusammengearbeitet?“

Vosseler schmunzelte. „Nun, ich durfte tatsächlich anwesend sein, als der große Meister sein Werk getan hat.“

„Höre ich da einen Hauch von Ironie in Ihren Worten?“

Das Schmunzeln verbreiterte sich zu einem Lächeln. „Ich würde nie schlecht über einen meiner Kollegen sprechen, vor allem, wenn er eben erst den Nobelpreis für Physiologie zugesprochen bekommen hat.“

„Ich höre ein *aber*.“

„Sie müssen verstehen, dass unser Dr. Koch seine Arbeit mit einer sehr großen Leidenschaft betreibt. Man könnte es vielleicht auch Besessenheit nennen. Wenn er sich auf die Erforschung einer Krankheit stürzt, gibt es nichts anderes mehr für ihn.“

„Ist das etwas Schlechtes?“

Vosseler zuckte mit den Schultern. „Natürlich erfordert die volle Konzentration auf einen Gegenstand, dass man Störungen ausblendet. Aber wenn man dabei Scheuklappen trägt, kann sich das auch nachteilig auswirken. Schade, dass Sie Dr. Koch nicht persönlich kennenlernen durften, dann hätten Sie sich Ihr eigenes Bild machen können."

Isolde schraubte die Kamera wieder ab. „Ich werde ihn schon noch kennenlernen, da ich ihm nach Muansa folgen will."

Vosselers Augenbrauen schossen nach oben. „Sie wollen tatsächlich ins Innere dieses wilden Kontinents reisen? Bedenken Sie die Gefahr. Hier in Amani sind wir einigermaßen sicher. Das Klima ist vorteilhaft, wir sind der Malaria nicht ausgesetzt und auch die Schlafkrankheit kommt hier nicht vor. Aber in Muansa werden Sie allerhand Schädlinge und Parasiten plagen."

Isolde machte sich nun daran, auch das Stativ zusammenzuklappen. „Ich habe auf meinen Reisen schon viel Erfahrungen mit Schädlingen und Parasiten aller Art machen können. Das schreckt mich nicht."

Vosseler lächelte. „Nun, dann hoffe ich, dass Sie die Tierchen auf diesem Kontinent nicht als eine besondere Herausforderung erleben werden. Möchten Sie sehen, woran Dr. Koch gearbeitet hat? Wir führen die Versuche fort."

Isolde spürte, wie ihr Puls ein klein wenig zulegte.

„Mit Vergnügen", sagte sie.

„Dann kommen Sie mit."

Sie brachte ihre Fotoausrüstung zu ihrer Unterkunft und folgte dem Zoologen zu einer flachen, langgestrickten Hütte am Rande des Bergwaldes. Die Tür war mit einem doppelten Moskitonetz verhängt. Im Innern brannten Petroleumlampen, es roch nach Öl und Spiritus. Vosseler führte sie zu einem Käfig, in dem kleine

Tiere herumwuselten. Als sie nähertrat, sah sie, dass es Ratten waren.

„Den ersten Nachweis, den wir führen müssen, ist, dass die Glossinen auch tatsächlich für die Übertragung der Erreger der Schlafkrankheit, die Trypanosomen, verantwortlich sind. Zu diesem Zweck haben wir zunächst eine große Menge der einheimischen Fliegenarten gefangen. Dr. Koch war besonders begeistert bei der Sache, er zog schon früh am Morgen mit einem Köcher los und jagte dann den ganzen Vormittag auf einer stillgelegten Kaffeeplantage nach den Insekten. Der nächste Schritt war, diese Glossinen nachzuzüchten, was eine besonders heikle Aufgabe darstellte, deren Gelingen ich mir auf die Fahnen schreiben darf. Während Dr. Koch seinen Nobelpreis in Empfang genommen hat, habe ich etwa fünfzig junge Fliegen nachgezüchtet, von denen wir sicher sein konnten, dass sie nicht mit Trypanosomen infiziert waren.“

Isolde sah fasziniert zu einem Glaskasten, der oben mit einem Netz verschlossen war. In diesem saßen Dutzende von rautenförmigen Insekten, die nur etwas größer als ihr Daumennagel waren.

„Und dann haben Sie diese mit den Erregern infiziert, um nachzuweisen, dass sie die Krankheit übertragen?“

Vosseler schüttelte den Kopf. „Wir wollten zunächst herausfinden, ob alle hier ansässigen Arten sich mit dem Erreger infizieren können.“

„Und wie haben Sie das angestellt?“

Er deutete auf die Ratten. „Diese putzigen Tierchen hier sind mit Trypanosoma gambiense infiziert. Wir haben die verschiedenen Insektenstämme mit ihrem Blut ernährt und nach etwa zwei Wochen die Fliegen untersucht. Bei etwa der Hälfte der Insekten konnten wir den Erreger nachweisen, womit bewiesen war, dass mehrere Glossinenarten diesen übertragen können."

„Ist das nicht ein sehr mühsames Vorgehen?", fragte Isolde. „Verstehen Sie mich nicht falsch, aber es geht doch darum, die Schlafkrankheit zu heilen und nicht darum, herauszufinden, ob eine Unterart der Fliegen die Erreger überträgt oder nicht?

Vosseler lächelte. „Dass es mühsam ist, stimmt. Aber dass es nicht zur Heilung der Krankheit beitragen würde, damit haben Sie Unrecht. Es ist ein kleiner Baustein auf dem Weg zum vollen Verständnis der Schlafkrankheit. Wenn wir wissen, welche Unterarten den Erreger übertragen, können wir diese gezielt bekämpfen, indem wir beispielsweise großzügig das Unterholz roden, in dem sie sich verstecken. Das haben wir auf dem Weg zum Dorf Kerenge auf einer Breite von 100 Schritten getan und danach keine einzige Glossine mehr nachweisen können. Dort wird sich also auch niemand mehr mit der Schlafkrankheit anstecken können."

„Ich hatte mir das alles etwas … etwas glanzvoller vorgestellt. Wenn man in den deutschen Zeitungen von Dr. Kochs Forschungen liest, klingt das immer so heroisch."

Vosseler lachte. „Nun, ich kann Ihnen versichern, die meiste Forschungsarbeit ist alles andere als heroisch. Aber sie ist wichtig. Unendlich wichtig."

Isolde nickte. „Danke für diesen Einblick!"

***

Elsa hielt Hilde an der Hand. Das Mädchen roch an einer Blume, deren dunkelblaue Blüten dieselbe Farbe hatten wie ihre Augen. Wie schade, dass Moritz seine Tochter nie kennengelernt hatte. Bei der Erinnerung an ihren verstorbenen Geliebten schluckte Elsa. Es stach sie noch immer direkt ins Herz, auch wenn sein Tod bereits sechs Jahre zurücklag.

„Die riechen ganz süß", sagte Hilde. „Können wir die mitnehmen?"

„Nein, die Veilchen, die hier wachsen, dürfen wir nicht auspflanzen. Die werden hier erforscht."

„Was heißt erforscht?"

„Es heißt, dass wir herausfinden wollen, wie die Blumen am schönsten wachsen", schaltete sich Herr Trugbild, der Gärtner, ein, den der Direktor Elsa zur Seite gestellt hatte, um ihr alles über die Pflanzung von Kautschuk beizubringen. „Aber ich kann dir gerne Samen der Pflanze mitgeben, die du dann bei dir in der Plantage ansähen kannst"

Hilde klatschte in die Hände. „Au ja, das ist fein."

Sie spazierten weiter an den langen Reihen verschiedener Kulturpflanzen entlang.

„Das ist viel Arbeit", bemerkte Elsa.

„Ja, das ist es", pflichtete Trugbild ihr bei. „Aber wir verfügen über relativ großzügige Mittel und können viele einheimische Arbeiter beschäftigen. Die Arbeit im Institut war auch immer eine Möglichkeit für die Eingeborenen, die Hüttensteuer abzuleisten. Leider soll diese ja nun abgeschafft werden. Der Aufstand. Sie wissen schon."

Elsa nickte. Sie hatte im vergangenen Jahr mit wachsendem Entsetzen verfolgt, wie sich die einheimische

Bevölkerung im Süden der Kolonie im sogenannten Maji-Maji-Aufstand erhoben hatte, der von der Schutztruppe mit äußerster Brutalität niedergeschlagen worden war. Ein Auslöser war die Besteuerung der Einheimischen gewesen, die gezwungen waren, zusätzlich zu ihrem eigenen Broterwerb Lohnarbeit anzunehmen, um die Beträge bezahlen zu können. Trugbild hielt vor einer Reihe von kleinen Bäumchen, die Isolde als Kautschukpflanzen erkannte.

„Die hier haben wir letztes Jahr gepflanzt. Es wird noch zwei, vielleicht auch noch drei Jahre dauern, bis wir mit der Ernte beginnen können."

Elsa rechnete kurz nach, dann sagte sie: „Wir haben die Bäumchen vor drei Jahren gesetzt. Können wir dann dieses Jahr schon ernten?"

„Das kommt darauf an, wie gut die Stämme gewachsen sind. Das kann ich nur beurteilen, wenn ich das selbst zu Gesicht bekomme."

„Würden Sie mich zu unserer Plantage begleiten?", fragte Elsa mit klopfendem Herzen. An Trugbilds bedauernder Miene sah sie, dass ihre Bitte vergebens war.

„Ich bin hier leider nicht abkömmlich."

Elsa schluckte.

„Aber vielleicht können wir einen der Gehilfen entbehren", sagte er. „Da müssten Sie aber noch einmal mit dem Direktor sprechen."

Elsa lächelte ihn erleichtert an. „Das wäre mir eine große Hilfe!"

Der Gärtner deutete auf die Bäumchen. „Wenn sie ausgewachsen sind, können sie bis zu vierzig Metern hoch werden und ähneln dann Birken. Allerdings lässt man sie in den Plantagen nicht so hoch werden. Da zählt vor allem die Dicke des Stamms. Wir haben diese Pflanzen aus Südamerika importiert, sie wachsen in diesem Klima sehr gut und sind robust. Inzwischen ist es möglich, die Sämlinge legal zu kaufen. Die ersten in Europa nachgezüchteten Exemplare musste ein Brite noch aus Brasilien stehlen. Der für uns interessanteste Teil des Baumes befindet sich direkt hinter der Borke. Dort liegt der Bast, in dem die Milchröhren verlaufen. In ihnen wird der Milchsaft transportiert, der abgezapft und zu allen Arten von Gummiprodukten weiterverarbeitet werden kann. Die Milchröhren drehen sich entgegen dem Uhrzeigersinn in einer Spirale nach oben. Deshalb muss bei der Ernte der Schnitt so gesetzt werden, dass die Röhren angeschnitten, das daruntergelegten Gewebe aber auf keinen Fall zerstört wird. Zudem wird der Schnitt nur über die Hälfte des Baumes ausgeführt, damit er weiterhin ernährt werden kann."

„Ist es schwierig, den Schnitt auszuführen?" Elsa dachte an die verkümmerten Bäumchen, die Werner in seiner Verzweiflung angezapft hatte.

„Es benötigt ein wenig Erfahrung, die richtige Schnittreife und den passenden Winkel zu finden. Aber das kann Ihnen unser Gehilfe erklären, falls er Sie begleiten darf. Er hat die Kautschukernte bei einem Besuch der Kew Gardens in England erlernen dürfen."

Elsa sah ihn mit großen Augen an. „Sie haben echte Spezialisten hier", sagte sie anerkennend.

Er lächelte zufrieden. „Ja, das Institut ist für uns Gärtner, aber auch für die Forscher aus den Universitäten ein Garten Eden. Wir haben bei den meisten Angelegenheiten freie Hand, lernen aber auch viel dazu. Es ist immer besser, Dinge zu erproben, als sich theoretisch Gedanken darüber zu machen."

„Da haben Sie wohl recht."

„Eine Sache noch: Sie müssen bedenken, dass ein Kautschukbaum nur etwa 25 Jahre lang Saft produziert. Das bedeutet, dass Sie mit ihren Anbauflächen gut wirtschaften und immer dafür sorgen müssen, dass in regelmäßigen Abständen genügend neue Bäume nachgepflanzt werden können."

„Und was geschieht dann mit den alten Bäumen?"

„Die können Sie schlagen und das Holz verkaufen. Es ist hart, härter als die im Reich heimischen Gehölze. Man kann sehr haltbare Möbel daraus fertigen. Handeln Sie am besten frühzeitig Verträge mit einem Sägewerk aus. Dann können Sie die Bäume schon verkaufen, solange Sie sie noch für die Ernte verwenden."

Elsa lächelte ihn an. „Danke für diesen Ratschlag. Das sollte es einfacher machen, die Mittel für die Anschaffung neuer Bäumchen aufzutreiben."

Er nickte. „Ja, aber machen Sie sich bitte nichts vor. Das Siedlerleben ist hart. Selbst die großen Plantagen, die von schwerreichen Industriellen und Großgrundbesitzern betrieben werden, sind am Kämpfen. Es wird noch Jahre, wenn nicht gar Jahrzehnte dauern, bis die Investitionen sich wirklich auszahlen. Das Leben hier braucht einen langen Atem. Und Sie müssen sich darüber klar werden, ob Sie ein derart großes Durchhaltevermögen haben."

KAPITEL 8

Amani, 14. Juni 1906

Isolde nahm die Pinzette und griff vorsichtig nach einer Ecke des Fotopapiers. Sie zog es durch die flache Schale, in der sich die Fixierlösung befand, die dafür sorgte, dass die Graustufen und der Hintergrund sich dauerhaft miteinander verbanden. Eine schwache rote Lampe beleuchtete die Dunkelkammer. Isolde hätte selbst dieses Licht nicht gebraucht. Sie war daran gewöhnt, in vollkommener Dunkelheit zu arbeiten. Auf ihren Reisen war sie oft dazu gezwungen gewesen, denn nicht überall standen Räumlichkeiten zur Verfügung, die speziell für das Entwickeln von Fotoplatten eingerichtet worden waren.

Das Forschungsinstitut von Amani besaß einen derartigen Raum. Und Isolde hatte das Angebot des von Elsas Charme besänftigten Direktors, ihre bisher angefertigten Aufnahmen gleich hier zu entwickeln, gerne angenommen. Sie hatte schon eine ganze Menge Material belichtet, und die Glasplattenpositive durch die Wildnis zu transportieren war immer mit der Gefahr verbunden, dass das Glas zu Bruch ging. Auch das zweite und dritte Angebot des Direktors hatte sie akzeptiert.

Sie würde ihre Negative in Amani einlagern und bei ihrer Rückkehr mitnehmen. Zudem würde sie die exzellente Postverbindung der Station nutzen und die ersten Fotografien an die *Gartenlaube* schicken, damit diese ihrer Leserschaft Eindrücke der Reise auf den Spuren des großen Forschers Robert Koch präsentieren konnte – auch wenn sie dessen Porträts zunächst einmal noch schuldig bleiben musste. Ein Klopfen riss sie aus ihren Gedanken.

„Einen Moment noch", rief Isolde und breitete sicherheitshalber eine lichtdichte Decke über die bereits entwickelten Platten. Dann wandte sie sich um und öffnete die Tür. Sie hatte beinahe zwei Stunden im dämmrigen Licht gearbeitet und die plötzliche Helligkeit blendete sie. Sie konnte nur die Umrisse der Gestalt erkennen, die vor ihr stand und die waren ziemlich groß und breit.

„Hier finde sich Sie also", hörte sie eine Stimme sagen, die ihr bekannt, aber nicht vertraut war.

„Nun, ich bin schließlich eine Fotografin, wenn Sie mich in einer Dunkelkammer suchen, sind Sie selten am verkehrten Ort, Herr von Nehring."

Ein dröhnendes Lachen antwortete ihr. „Dann müssten Sie mich in der Savanne suchen, wo ich auf der Lauer liege und in neun von zehn Fällen nicht einmal ein Eichhörnchen vor die Kimme bekomme."

„Großwildjäger haben schon ein furchtbares Los", sagte Isolde. „Hatten Sie eine gute Reise?"

Er nickte. „Hier reist es sich besser als in manchen Gegenden von Österreich-Ungarn", erwiderte er. „Der Zug kommt pünktlich und selbst das Anmieten von Reittieren funktioniert reibungslos. Dieser Herr Zuganatto ist ein Teufelskerl. Wussten Sie, dass er neben dem Hotel in Wilhelmstal auch eine Spedition betreibt? Er hat mein Gepäck nach Amani liefern lassen, noch ehe ich selbst eingetroffen bin. Ist das nicht fantastisch?"

Isolde zuckte mit den Schultern. „Ich schätze mal, dass er im Schutzgebiet mit weniger organisatorischen Beschränkungen und Vorschriften kämpfen muss als daheim im Reich. Und die Arbeitskräfte sind wohl auch günstiger. Die Einheimischen werden hier nach Strich und Faden betrogen und ausgenutzt, so wie in allen anderen Kolonien auch."

Sie sah, dass der Großwildjäger die Brauen hob. „Sie haben aber keine gute Meinung von den Siedlern."

„Ich hatte gehofft, hier andere Verhältnisse vorzufinden als in Indien. Aber die Deutschen sind keinen Deut besser als die Briten. Die Einheimischen werden zwar nicht mehr versklavt, aber doch behandelt wie Leibeigene. Und wenn sie sich beschweren, werden sie mit Maschinengewehren niedergemäht."

„Ihr Bild von den Kolonien ist düster."

„Ich würde es nicht als düster bezeichnen. Es ist wohl eher realistisch. Aber es gibt auch positive Aspekte. Diese Station hier ist ein außergewöhnlicher Ort des Wissens und der praktischen Gelehrsamkeit. Natürlich werden auch hier Einheimische zu Arbeiten gezwungen, die sie ohne die Anwesenheit der Deutschen nie leisten würden. Aber der Grundgedanke, systematisch Pflanzen und ihre Wachstumsbedingungen zu erforschen, ist etwas Schönes, etwas Erhabenes."

Sie sah, dass von Nehring lächelte. „Sehen Sie, und dieses Große und Erhabene, das suche ich nicht in der Flora, sondern in der Fauna."

Isolde legte den Kopf schief. „Indem Sie Tiere totschießen.“

Von Nehring schüttelte den Kopf „Es geht mir nicht ums Totschießen. Gut, ich will nicht leugnen, dass ich meinen Salon zu Hause im Fränkischen sehr gerne mit Trophäen schmücke. Aber die meisten Tiere töte ich gar nicht. Es ist ein unbeschreibliches Gefühl, sich im Morgengrauen an eine Herde Elefanten oder Giraffen heranzupirschen, ihnen beim Fressen zuzusehen, zu beobachten, wie sie ihren Nachwuchs pflegen. Waren Sie schon einmal im Zoologischen Garten?“

Isolde nickte. „Ja, aber das erschien mir ein sehr trauriger Ort zu sein. Die Tiere sind dort zwar sicher vor Ihren Gewehren, aber sie sind auch eingesperrt.“

„Genau, das war auch mein Eindruck. Gut 200 Meilen westlich von hier, wo sich die großen Savannen erstrecken, zieht das Großwild durch die unendliche Weite. Löwen, Leoparden, Elefanten, Giraffen, Flusspferde, Antilopen, Gnus, Hyänen und viele mehr. Keine Gitter, keine Wärter. Nur Fressfeinde und ab und zu ein tollkühner Jäger, der sein Leben für ein Löwenfell aufs Spiel setzt.“

„Sie machen mir ja beinahe Lust darauf, einen Abstecher in die Savanne in meine Reiseroute einzuplanen.“

Von Nehring lachte. „Nun, warum denn nicht? Wie wollten Sie denn zum Victoriasee reisen?“

„Woher wissen Sie denn, dass mein Ziel der Victoriasee ist?“

Er zwinkerte ihr zu „Das ist nicht schwer zu erraten. Sie sind nach Deutsch Ostafrika gekommen, um Robert Koch zu fotografieren. Nun haben sie ihn schon zweimal verpasst, einmal in Tanga und einmal in Amani.

Ich kenne sie nur flüchtig, aber ich schätze sie als jemanden ein, der sich von derartigen Rückschlägen nicht entmutigen lässt. Sie wollen Koch vor Ihre Linse bekommen, so wie ich einen weißen Tiger vor meine Flinte bekommen möchte, und sei es auch nur, um die außergewöhnliche Schönheit eines derartigen Tieres zu bewundern. Sie werden nicht rasten, bevor sie Koch eingeholt haben. Und warum sollte sie eine Reise ins Herz des Kontinents schrecken? Sie haben Indien und Südamerika durchquert."

Isolde lachte. „Sie mögen mich zwar nur flüchtig kennengelernt haben, aber dafür kennen Sie mich ganz schön gut. Ja, ich werde Koch folgen. Morgen reise ich mit der Bahn nach Tanga und dann mit dem Dampfer nach Mombasa. Von dort aus nehme ich die Bahn an den See."

Nun legte der Großwildjäger den Kopf schief. „Das ist nicht Ihr Ernst?"

Isolde sah ihn irritiert an. „Warum nicht? Das ist der schnellste Weg."

„Ich hätte Sie als jemanden eingeschätzt, dem es nicht um Schnelligkeit geht. Sondern um Erlebnisse. Um Abenteuer."

„Und welche Route würden Sie vorschlagen?"

„Ich werde morgen früh aufbrechen und mit der Bahn nach Mombo fahren. Von dort nehme ich die Karawanenstraße zum großen Berg, den die Einheimischen Kilimandscharo, die Deutschen Kaiser-Wilhelm-Spitze nennen. Ich wende mich weiter nach Westen, passiere den Natronsee und den großen Grabenbruch und gelange von dort aus in die Savanne, die sich bis zum Victoriasee erstreckt und den Massai und ihren Herden Heimat bietet."

„Das hört sich tatsächlich wie ein Abenteuer an", sagte Isolde.

Von Nehring zwinkerte ihr zu. „Nun, wenn Ihnen nach einem Abenteuer steht, warum begleiten Sie mich dann nicht?"

***

„Danke", rief Hilde und drückte das kleine Päckchen fest an ihren Körper. Sie strahlte Herrn Warnecke, den Obergärtner der Forschungsstation mit ihren leuchtend blauen Augen an. Elsa streichelte ihr über den Kopf.

„Ihre Veilchen werden einen Ehrenplatz bei uns bekommen", sagte sie.

„Ihre Schwester hat eine schöne Fotografie der Veilchen angefertigt. Sie wird sie an die *Gartenlaube* senden. Wenn sie auf eine gute Resonanz der Leserinnen stoßen, können wir bald erste Samen in die Heimat schicken und vielleicht wird es dann irgendwann einmal in jeder Gärtnerei unsere Usambara-Veilchen zu kaufen geben." Er sah sie lächelnd an, dann fügte er hinzu: „Ein alter Mann wird doch noch träumen dürfen."

„Nun, so alt sind Sie doch noch gar nicht", sagte Elsa.

Warnecke winkte ab. „Ich fürchte, dass die kommende Saison meine letzte hier in Amani sein wird. Das Klima bekommt mir nicht. Ich stamme aus der Uckermark. Da ist es flach und trocken. Hier ist es gebirgig und feucht. Das ist meinem Körper fremd."

„Ich komme erstaunlich gut mit dem Klima in Wilhelmstal zurecht. Mir sind eher die Leute zuwider."

„Nun, die kann man sich leider nicht aussuchen", erwiderte Warnecke. „Passen Sie auf sich und auf meinen Gehilfen auf. Petersen ist ein grüner Junge, der nur seine Pflanzen im Kopf hat."

„Das klingt so, als ob er die beste Wahl wäre, wenn es darum geht, meinen Mann und mich in die Geheimnisse der Kautschukwirtschaft einzuweihen."

„Das ist er. Allerdings handelt es sich dabei keineswegs um Geheimnisse. Das Wissen ist jedermann in diesem Schutzgebiet zugänglich. Nur leider machen die wenigsten Gebrauch davon. Ich hoffe und wünsche, dass Ihre Plantage gedeiht. Zunächst einmal natürlich, weil ich Ihnen einen Erfolg wünsche. Aber wenn sich herumspricht, dass Sie auf unsere Forschungen zurückgegriffen haben, wird hoffentlich auch das Ansehen unserer Station unter den Pflanzern steigen."

Elsa kniff die Lippen zusammen. Es hatte ihr auf der Zunge gelegen, ihm zu erwidern, dass Werner und sie wohl am wenigsten dazu geeignet waren, gut Wetter für das Forschungsinstitut zu machen. Die anderen Plantagenbesitzer mieden sie wie Aussätzige. Daher nickte sie nur und reichte Warnecke die Hand.

Arnulf Petersen, ein strohblonder junger Mann mit großen, abstehenden, von der Sonne geröteten Ohren kam aus dem Stall. Er führte ein Maultier hinter sich her, auf dessen Rücken sein, Elsas und Hildes Gepäck befestigt war. Ein einheimischer Gehilfe brachte ein zweites Tier, das dazu gedacht war, sie und ihre Tochter zu tragen. Vom Hügel her kam der Direktor den breiten Kiesweg herab.

„Sie verlassen uns schon?", fragte er. Es war eine rhetorische Frage, denn er wusste, dass sie heute abreisten. Schließlich hatte er Petersen persönlich die Erlaubnis erteilt, Elsa zu begleiten.

„Ja, wir wollen Ihnen nicht länger zur Last fallen als nötig."

Er winkte ab. „Sie sind uns doch keine Last. Eine derart angenehme Gesellschaft hatten wir in unserer Männerkolonie schon lange nicht mehr, nicht wahr, Warnecke?"

Der Obergärtner nickte. „Es war mir ein Vergnügen, Frau Müller. Kommen Sie gut nach Hause und passen Sie auf unseren Petersen auf. In dreißig Tagen möchte ich ihn gesund und munter wiederhaben."

Er klopfte dem Gärtnergehilfen so fest auf den Rücken, dass dieser beinahe gestürzt wäre. Elsa schüttelte die Hand des Direktors und half Hilde dann, auf dem Maultier Platz zu nehmen.

„Da, schau, Tante Isolde", rief ihre Tochter.

Elsa drehte sich um. Isolde kam schnellen Schrittes von einer niedrigen Hütte her auf sie zu. Sie hielt etwas in der Hand.

„So trennen sich unsere Wege also wieder", sagte sie, als sie vor Elsa stand.

„Aber hoffentlich nicht für lange."

Isolde schüttelte den Kopf. „Nein, ich werde nach meinem Abstecher zum Victoriasee wieder in Wilhelmstal Rast machen und ein wenig länger bleiben. Solange ihr mich haben wollt."

Elsa sah sie überrascht an. „Ich dachte, du wolltest Afrika durchqueren?"

Isolde schüttelte den Kopf. „Dann würde ich doch die Gelegenheit verpassen, Zeit mit meiner bezaubernden kleinen Nichte zu verbringen.“

Hilde klatschte in die Hände. „Du darfst für immer bleiben.“

Isolde lachte. „Für immer ist eine sehr lange Zeit. Vielleicht fangen wir mal mit einer Woche an. Oder zwei“, fügte sie hinzu, als sie das enttäuschte Gesicht ihrer Nichte sah.

„Wann brichst du auf?“, fragte Elsa. Täuschte sie sich oder sah Isolde ein wenig verlegen aus?

„Ich werde morgen Früh mit von Nehring in Richtung Westen aufbrechen.“

Elsa zog eine Augenbraue nach oben. „Na, Schwesterchen, damit hatte ich nun wieder einmal gar nicht gerechnet. Kaum bist du zwei Wochen in Deutsch Ostafrika, angelst du dir den bestausehendsten Mann als Reisebegleitung. Respekt.“

Ihre Worte hatten den erwarteten Effekt. Isoldes Gesicht lief knallrot an.

„Du weißt, dass ich darauf ganz bestimmt keinen Wert lege.“

„Ich weiß das. Aber weiß das auch dein Großwildjäger?“

Isolde sog ihre Unterlippe ein. „Ich habe klargestellt, dass ich ihn nur als meinen Reisegefährten sehe. Und das hat er akzeptiert.“

„Das würde ich an seiner Stelle auch tun. Es wird ihn nicht daran hindern, dir näherkommen zu wollen, wenn er das beabsichtigt.“

„Wenn er das beabsichtigt, wird er sich eine blutige Nase holen“, brummte Isolde. „Er wäre nicht der Erste.“

Die Schwestern sahen sich an und brachen gleichzeitig in ein schallendes Gelächter aus.

„Na, dann wünsche ich dir eine schöne Reise und viel Erfolg mit deinem Dr. Koch."

„Und ich wünsche dir eine gute Ernte."

Elsa seufzte. „Ja, die können wir brauchen."

Kapitel 9

Moshi und Wilhelmstal, 16. Juni 1906

„Da, ein Elefant!"

Isolde hielt sich die Hand vor den Mund und bemerkte, dass von Nehring breit grinste.

„Wenn Sie jedes Mal so begeistert aufschreien, wenn uns ein wildes Tier begegnet, kann ich meine Hoffnungen auf Trophäen begraben. Und Sie Ihre Aspirationen auf schöne Fotografien."

Isolde machte eine entschuldigende Geste und glitt in einer fließenden Bewegung von ihrem Pferd. Sie band es an einem Baobab fest und eilte zu dem Maultier, das ihre Ausrüstung trug. Aus dem Augenwinkel sah sie, dass der Elefant von ihrem Ausruf nicht aus der Ruhe gebracht worden war. Er hatte seinen langen Rüssel ausgefahren und riss ganze Büschel von Blättern aus der Krone einer Zypresse. Es war ein beinahe komischer Anblick, wie die Unterlippe des riesigen Tieres hin und her zuckte, um das fallende Grünzeug aufzunehmen.

Sie schnallte das Stativ ab und platzierte es auf dem Savannenboden. Dann holte sie die Kamera aus ihrer Hülle und schraubte sie auf den Stativkopf. Sie warf den Vorhang nach oben und sah durch das Objektiv hindurch. Die Szene, die sich vor ihr erstreckte, löste das starke Gefühl eines De-ja-Vus in ihr aus. In der rechten, unteren Ecke des Bildes erkannte sie den Elefanten, der weiterhin unbeirrt Blätter vom Baum riss. Den ganzen Rest des Motivs nahm jedoch ein riesiger, kegelförmiger Berg ein, dessen Spitze mit Schnee bedeckt und von kleinen Wolkenfetzen umgeben war. Er ragte aus der topfebenen Savanne bis zum Himmel empor.

Sie hatte ein ganz ähnliches Bild schon einmal gesehen, damals bei einer Fotoausstellung in München, als sie noch davon geträumt hatte, selbst Reisen in ferne Länder zu unternehmen. Die Erinnerung ließ einen wohligen Schauer über ihren Rücken laufen.

„Was ist los?", hörte sie von Nehring fragen. „Wenn Sie nicht schnell machen, läuft der Dickhäuter zum nächsten Baum. Und dann würde ich mich gezwungen sehen, doch noch auf ihn zu schießen."

Isolde legte eine Platte ein. Den Fokus hatte sie bereits eingestellt. Sie blickte hoch zur Sonne, die von einem beinahe wolkenlos blauen Himmel herab schien. Dann sah sie zu dem Elefanten hin. An dem Ast, den er bearbeitet hatte, hingen nur noch ein paar wenige Blätter. Von Nehring hatte recht gehabt mit seiner Warnung. Bald würde das riesige Tier sich eine neue Nahrungsquelle suchen. Sie trat zum Objektiv, nahm den Deckel ab, zählt bis zwei und gab ihn dann wieder vor die Linse.

„So, jetzt kann er von mir aus zum nächsten Baum wandern", sagte sie, schlüpfte unter den Vorhang, entnahm das Positiv und steckte es in die lichtdichte Transportbox, die bereits gut gefüllt war.

„Wenn ich in diesem Tempo weiter fotografiere, habe ich bald keine Platten mehr“, sagte Isolde.

„Sie können sich in Moshi neu eindecken. Ich kenne dort einen burischen Händler, der Ihnen alles auftreiben kann, wonach Ihr Herz begehrt“, sagte der Großwildjäger.

„Mein Herz begehrt gerade nicht allzu viel. Das hier ist ein wahr gewordener Traum.“

Sie ließ ihren Blick über die weite Savannenlandschaft schweifen, die mit einzeln stehenden Zypressen durchsetzt war. Ein staubiger Weg führte direkt auf den Kilimandscharo zu.

„Wie weit ist es bis Moshi?“, fragte Isolde, während sie die Kamera wieder abschraubte.

„Etwa fünfzehn Meilen. Wir sollten bis zum Einbruch der Dunkelheit dort ankommen.“

„Und wie lange wollen Sie dortbleiben?“

„Nicht allzu lange. Die Hänge des Berges sind dicht bevölkert. Zudem drängen immer mehr Siedler nach Moshi und weiter nach Arusha. Das führt dazu, dass die Tiere nach Westen ausweichen. Ich möchte ihnen folgen. In fünf Tagen sollten wir bei meinem Freund Hans Siedentopf im Ngorongoro sein.“

„Was ist der Ngorongoro?“

„Wenn Ihnen das hier als ein Paradies erscheint, dann warten Sie mal ab, bis wir die Hänge des Ngorongoro-Kraters erreichen. Es handelt sich um einen erloschenen Vulkan, in dessen Krater sich eine Tiefebene befindet, in der eine Vielzahl an wilden Tieren lebt.“

„Und Ihr Freund mitten unter ihnen.“

Der Großwildjäger nickte. „Er hat seine Farm in den Krater hineingebaut. Es ist ein magischer Ort fern jeder

Zivilisation. Wenn die Sonne über dem Kraterrand aufgeht, werden Sie endgültig glauben, im Paradies angekommen zu sein."

Isolde wuchtete das Stativ auf den Rücken des Maultiers und zurrte es fest.

„Ich war schon an vielen magischen Orten", sagte sie. „Aber diese Landschaft hier nimmt einen ganz besonderen Platz in meinem Herzen ein."

„Warum?"

„Weil eine Ausstellung eines Reisefotografen mit Bildern vom Kilimandscharo meinen Wunsch geweckt hat, selbst zu fotografieren."

Von Nehring zog eine Braue nach oben. „Sie wollten es besser machen?"

Isolde schüttelte den Kopf. „Nein, das wollte ich mir nicht anmaßen. Warum auch? Ich wollte es ihm nachtun, wollte reisend die Welt erleben und meine Eindrücke mitteilen. In meiner Jugend träumte ich davon, Reiseschriftstellerin zu werden, aber ich musste leider erkennen, dass ich kein Talent fürs Schreiben habe. Das hätte beinahe dazu geführt, dass ich Lehrerin geworden wäre."

Von Nehring schlug in gespieltem Entsetzen die Hände vors Gesicht. „Das wäre unverzeihlich gewesen."

Isolde grinste. „Ich habe das Seminar auch nach wenigen Wochen verlassen und eine Ausbildung zur Fotografin begonnen."

„Wie beurteilen Sie diese Entscheidung im Nachhinein?"

„Sie war richtig. Sie hat mich auf den Weg geführt, der mich dem Glück am nächsten gebracht hat."

Sie schluckte. Von Glück zu sprechen fühlte sich immer noch falsch an nach allem, was sie in München erlebt hatte.

„Es hat Sie dem Glück nahegebracht. Aber Sie haben es noch nicht gefunden?"

Isolde nickte. „Ich bin viel gereist und ich habe viel gesehen. Dieser Ort hier ist wahrscheinlich die Krönung meiner Reisen. Ich wüsste nicht, wie ich diese Eindrücke noch überbieten sollte. Das ist ein wunderbares Gefühl. Und doch ... irgendetwas fehlt."

Von Nehring legte den Kopf schief. „Ich möchte Ihnen ja nicht zu nahetreten, aber könnte es sein, das nicht irgendetwas fehlt? Sondern irgendjemand? Ihre Art zu reisen erscheint mir als ein sehr einsames Vergnügen."

Isolde schüttelte den Kopf. „Nein, das ist es nicht. Ich bin gerne für mich und ich reise am liebsten allein. Dann muss ich mich schon nicht nach meinen Reisegefährten richten."

Von Nehring lachte. „Ich hoffe, dass ich Sie nicht aufhalte?"

„Im Gegenteil. Es ist angenehm, mit Ihnen zu reisen. Und trotzdem werden sich unsere Wege in Muansa trennen."

Er nickte. „Ja, und das ist schade."

Isolde kniff die Augen zusammen. Sie schwang sich aufs Pferd.

„So, und jetzt lassen Sie uns nach Moshi reiten. Ich möchte bei Ihrem burischen Händlerfreund Fotoplatten kaufen."

***

Mit klopfendem Herzen passierte Elsa das Tor der Plantage Müllerau. Sie hatte Petersen, den Gärtnergehilfen, für eine Nacht im Hotel *Zum kleinen Leutnant* in Wilhelmstal untergebracht und ihm mitgeteilt, dass sie zunächst eine Unterkunft für ihn herrichten müsste. In Wirklichkeit hatten jedoch zwei andere Gründe sie dazu bewogen, seine Ankunft auf der Plantage hinauszuzögern. Zum einen schämte sie sich dafür, in welchem Zustand er die Anlage antreffen würde. Sie wollte so viel wie möglich in Ordnung bringen, ehe sie ihn nach Müllerau nachkommen ließ. Zum anderen wartete aber noch eine knifflige Aufgabe auf sie: Sie musste ihrem Mann erklären, dass sie sich Hilfe geholt hatte.

Die Sonne stand hoch am Himmel und Elsa wischte sich mit dem Handrücken den Schweiß von der Stirn.

„Wenn wir daheim sind, möchte ich erst einmal etwas zu trinken“, sagte Hilde, die vor ihr im Sattel des Maultieres saß, das sie sich von Zuganatto in Wilhelmstal ausgeliehen hatten.

„Das bekommst du“, sagte Elsa gedankenverloren. Sie ritten direkt auf das Wohnhaus der Plantage zu. Es sah so schäbig aus wie eh und je. Sie würde es nie schaffen, es bis morgen in einen präsentablen Zustand zu versetzen. Als sie näherkamen, sah sie, dass eine Gestalt auf den Eingangsstufen saß. Es dauerte eine Weile, bis sie erkannte, um wen es sich handelte, dann jedoch legte sich eine eiserne Faust um ihre Kehle.

„Wer ist das?“, fragte Hilde. Sie klang ein wenig ängstlich und ihre kleine Hand griff nach ihrer Mutter.

„Du brauchst keine Angst haben“, krächzte Elsa. „Das ist Papa.“

Die Gestalt erhob sich und kam auf sie zu.

„Aber Papa hat keinen Bart", sagte Hilde mit hoher, dünner Stimme, die in eine Panik zu kippen drohte.

„Wir waren lange weg, wahrscheinlich hat er sich einen wachsen lassen", sagte Elsa. Müller hatte sie beinahe erreicht. Er schwankte. Die Kleidung, die er trug, war schmutzig, Bart und Haare verfilzt. Seine blutunterlaufenen Augen lagen in tiefen, schwarzen Höhlen.

„Da seid ihr ja", sagte er. Seine Stimme klang eingerostet, so als ob er sie schon lange nicht mehr benutzt hätte.

„Ja, da sind wir wieder", sagte Elsa. Sie hielt das Maultier an. Müller trat zu ihr und griff nach Hilde. Das Mädchen wand sich in seinen Armen. Er hob sie vom Rücken des Tieres und stellte sie auf den Boden. Sie trat sofort zwei Schritte von ihm weg. Er machte Anstalten, auch Elsa zu helfen, doch die schwang sich selbst aus dem Sattel. Sie band das Reittier an der Veranda fest.

„Seit wann haben wir Maultiere?", fragte Müller.

„Ich habe sie mir geliehen. Irgendwie musste ich schließlich nach Hause kommen."

„Nach Hause. Ich hätte nicht gedacht, dass du Müllerau so bezeichnen würdest. Nicht mehr."

Sie zuckte mit den Achseln. „Es kommt für mich einem Zuhause am nächsten."

Sie griff nach Hildes Hand und ging mit ihr ins Innere. Es roch modrig. Im Herd brannte ein Feuer und sie stellte einen Topf auf die Platte, nahm sich einen Krug, holte Wasser aus dem Brunnen hinter dem Haus und schüttete es in den Topf. Die Flüssigkeit zischte und begann bald, kleine Blasen zu schlagen. Elsa nahm zwei Steinguttassen aus dem Regal, blies den Staub weg und füllte sie mit dem heißen Wasser.

„Lass es ein wenig abkühlen", sagte sie zu Hilde. „Nicht, dass du dir die Lippen verbrennst."

„Ich gehe in mein Zimmer", sagte das Mädchen. „Zu meinen Spielsachen."

Elsa strich ihr über den Kopf, froh darüber, dass das Mädchen selbst auf diese Idee gekommen war. Als sie fort war, wandte sie sich ihrem Mann zu, der im Türrahmen stand und sie die ganze Zeit über beobachtet hatte.

„Du warst lange weg", sagte er.

Sie nickte und nippte an dem heißen Wasser.

„Geht es dir wieder gut?"

Elsa sah ihn an. „Gut? Nein, gut geht es mir nicht."

„Warum bist du dann zurückgekehrt?"

Sie atmete tief durch. „Weil es so nicht mehr weitergehen kann."

In den tief liegenden Augenhöhlen funkelte es. „Bist du gekommen, um mir zu sagen, dass du mich verlassen willst?"

Sie schüttelte den Kopf. „Nein. Auch wenn du mir das wahrscheinlich nicht glauben wirst, ich habe nicht vor, mich von dir zu trennen. Ich bin zurückgekehrt, um die Plantage zu retten."

„Zu retten? Wovor?"

„Vor dir."

Müllers Unterkiefer klappte nach unten und gab den Blick frei auf ungepflegte gelbe Zähne.

„Ich versteh nicht", sagte er.

Elsa unterdrückte den Drang, mit den Augen zu rollen. „Schau dich doch einmal um. Müllerau ist in einem erbärmlichen Zustand. Genauso wie du."

Er kniff die Lippen aufeinander, blieb ihr jedoch eine Erwiderung schuldig.

„Ich mache dir keine Vorwürfe. Wir beide haben uns nicht so um die Plantage gekümmert, wie es nötig gewesen wäre. Das wird sich jetzt ändern."

„Ich hatte bislang nicht den Eindruck, dass dir viel an der Pflanzung liegt", sagte Müller. „Woher kommt dein Sinneswandel? Hat deine Schwester mit dir gesprochen?"

Elsa nickte. „Ja, aber sie hat mich nicht zu etwas überredet, was mir nicht schon klar gewesen wäre. Es geht hier nicht um mich oder um dich. Es geht um Hilde. Um ihre Zukunft. Wir können das Ruder noch herumdrehen, die Plantage ist noch nicht dem Untergang geweiht. Es liegt viel Arbeit vor uns, aber wir können sie zu einem profitablen Unternehmen machen."

„Und wie willst du das anstellen?"

Sie holte tief Luft. Nun kam der schwierige Part.

„Ich war in Amani und habe mich über den Kautschukanbau informiert."

Müller riss seine Augen weit auf. „Du warst in Amani? Ohne mich zu fragen?"

„Ich wusste, dass du dagegen sein würdest."

„Und das mit gutem Grund. Diese Forscher haben keine Ahnung davon, was es braucht, um Kautschuk anzubauen."

„Nun, ich habe den Eindruck bekommen, dass sie sehr wohl wissen, wie man Kautschuk anbaut. Die Bäumchen in Amani sehen wesentlich gesünder aus als unsere."

„Kein Wunder. Die verprassen unsere Steuergelder für Dünger und Arbeiter."

Elsa schüttelte den Kopf. „Nein. Ich habe es mit eigenen Augen gesehen. Die Gärtner in Amani sind uns überlegen. Sie wissen so viel mehr als wir über die Pflanzen und wie man sie anbaut. Ich habe mir Hilfe geholt."

„Was heißt das?", fragte Müller.

„Ein Gärtnergehilfe begleitet mich. Er wird morgen bei uns eintreffen."

Müller schlug mit der Faust auf den Tisch. „Das ist unerhört. Ich verbiete es. Er kommt mir nicht auf meine Plantage."

Elsa knurrte. „Es ist auch meine Plantage. Ohne mein Geld hätten wir sie nicht halten können."

„Das ist mir gleichgültig. Mir pfuscht kein Grünschnabel aus Amani in die Ernte."

Elsa stemmte ihre Hände in die Seiten. „Du hast die Wahl. Entweder du lässt zu, dass wir uns von Amani helfen lassen. Oder ich schnappe mir Hilde und kehre mit Isolde nach Deutschland zurück."

KAPITEL 10

Muansa und Wilhelmstal, 30. Juni 1906

Isolde zog am Zügel und das Pferd hielt an. Sie beschirmte ihre Augen mit einer Hand und ließ den Blick schweifen.

„Wir haben unser Ziel erreicht", sagte von Nehring. Sie hörte ihn kaum, so gefangen war sie von dem Anblick, der sich ihr bot.

Unter der kleinen Anhöhe, auf der sie standen, lag eine Ortschaft am Ufer eines gewaltigen Sees, der sich bis zum Horizont erstreckte. Die Strahlen der Mittagssonne funkelten und glitzerten auf den Wellenkämmen. Zahllose Segelboote kreuzten auf dem Gewässer. Vom Kai am Hafen des Ortes zu ihren Füßen legte gerade ein Dampfer ab. Aus den beiden Schornsteinen quoll dunkelgrauer Rauch und der Kapitän ließ ein schrilles Pfeifen ertönen, als das Schiff sich langsam von der Mole entfernte.

„Bei meinem Glück befindet sich Dr. Koch auf diesem Boot", brummte Isolde.

Von Nehring schüttelte den Kopf.

„Warum sollte er so rasch schon wieder aufbrechen? Sein Ziel waren doch die von den Tsetsefliegen verseuchten Gebiete am Victoriasee."

Isolde nickte. „Ja, Sie haben Recht, ich sollte nicht immer so schwarzsehen. Lassen Sie uns nach dem Herrn Nobelpreisträger suchen.“

Sie drückte dem Pferd die Fersen in die Flanken und schnalzte mit der Zunge. Der gutmütige Braune setzte sich in Bewegung und trabte, das Maultier an einer Leine hinter sich herziehend, die letzte Meile in Richtung Muansa. Die Siedlung am Rande des Sees bestand aus einer langen Reihe von niedrigen Gebäuden, die sich an der zum Hafen führenden Hauptstraße entlang reihten. Isolde sah die übliche Mischung aus Gesichtern, die sie neugierig musterten. Einheimische, Inder und wenige Weiße. Sie hielten vor dem Hotel *Deutscher Kaiser*, einem seinem Namen zum Trotz ziemlich schäbigen, zweistöckigen Gebäude. Nachdem sie ihre Reittiere festgemacht hatten, stiegen sie die beiden Stufen zur Veranda empor, auf der mehrere Tische aufgestellt waren, an denen vereinzelt Europäer saßen.

„Wollen wir?“, fragte von Nehring.

Isolde nickte. Die schwüle Hitze hatte ihre Kehle ausgetrocknet und ihre Wasservorräte waren kurz vor Muansa zur Neige gegangen. Der Großwildjäger schob einen Stuhl zurück und Isolde nahm darauf Platz. Dann setzte er sich ihr gegenüber. Ein kleiner Mann mit einem schmalen, zu einer scharfen Spitze gewichsten Schnurrbart eilte auf sie zu.

„Was darf ich den Herrschaften bringen?“, fragte er.

„Ein Bier, wenn Sie das haben“, sagte von Nehring.

„Für mich auch“, fügte Isolde hinzu.

Der Kellner sah sie mit großen Augen an und sie war sich sicher, seine Gedanken lesen zu können. Würde er ihr das bestellte Getränk ohne Widerrede bringen oder würde sie sich einmal mehr erklären müssen? Der Mann entschied sich offenbar für das Erstere. Der Großwildjäger grinste.

„Sie tragen die Fackel der Emanzipation nun auch nach Muansa", sagte er. „Wahrscheinlich werden die hier noch in Jahren von der Frau reden, die einfach so ein Bier bestellt hat."

Isolde seufzte. „Sie mögen das ironisch meinen, aber ich fürchte, genau so wird es sein. Einmal abgesehen davon, dass bei einem Bier die Wahrscheinlichkeit, mich mit Dysenterie anzustecken, am geringsten ist, frage ich mich, warum mir als Frau dieses Getränk verwehrt sein sollte."

Von Nehring zuckte mit den Achseln. „Die meisten Dinge, die Frauen verwehrt werden, sind bei genauerem Hinsehen fragwürdig."

„Ihr Wort im Gehörgang unserer Gesetzgeber", brummte Isolde.

Der Kellner brachte zwei bis an den Rand gefüllte Bierkrüge und stellte sie auf den Tisch. „Entschuldigen Sie", sagte Isolde. „Wissen Sie, ob sich die Expedition von Dr. Koch noch in der Stadt befindet?"

Der Mann rümpfte die Nase. „Ich glaube, die sind schon abgereist", sagte er. „Aber der Herr am Nachbartisch wird Ihnen da sicher eine bessere Auskunft geben können."

Isolde wandte sich um. Am Tisch hinter ihr saß ein Mann, der bisher in einer Zeitung gelesen hatte. Er senkte das Blatt ab und lächelte Isolde freundlich zu.

„Guten Tag", sagte er. „Mein Name ist Radloff. Ich bin Amtsarzt in Muansa und war bis vor zwei Wochen an den Forschungen der Koch'schen Expedition beteiligt."

Isolde sank das Herz in die Hose. Sie stellte sich und dann auch von Nehring vor und fragte: „Das heißt, dass Dr. Koch bereits weitergereist ist?"

Radloff nickte. „Als Dr. Koch und seine Leute hier in Muansa eingetroffen sind, haben sie keine Zeit verloren. Im Hospital befand sich ein Patient, der an der fortgeschrittenen Form der Schlafkrankheit litt. Er starb bald darauf und bei der Obduktion konnten Trypanosomen nachgewiesen werden. Allerdings war der Mann aus dem britischen Protektorat nach Muansa gereist. Die Mitarbeiter von Dr. Koch untersuchten daraufhin etwa 2000 Einheimische hier vor Ort, bei keinem konnte jedoch der Erreger nachgewiesen werden. Ich selbst habe in den letzten Jahren vier sichere Fälle von Schlafkrankheit vor Ort gefunden. Eine Epidemie wie im britischen Schutzgebiet ist hier bisher glücklicherweise noch nicht entstanden."

„Das ist gut für Muansa", sagte Isolde. „Aber es war sicher ungünstig für die Ziele der Expedition von Dr. Koch."

Radloff lächelte. „Es ist ein zweischneidiges Schwert. Als zuständiger Amtsarzt für diesen Bezirk bin ich natürlich froh, dass ich es nicht mit Tausenden von Kranken zu tun habe. Die Schlafkrankheit ist eine furchtbare Erkrankung, die bislang noch nicht heilbar ist und unweigerlich zum Tode führt. Das Ziel der Expedition von Dr. Koch besteht darin, ein mögliches Heilmittel zu erproben. Dafür ist es aber notwendig, Kranke damit zu behandeln. Und die haben wir vor Ort nicht."

„Wohin ist Dr. Koch gereist?"

„Er hat sich nach Entebbe begeben und will sich von dort zu den Sese-Inseln im nördlichen Teil des Sees einschiffen.“

Isolde tauschte einen Blick mit von Nehring. Der Großwildjäger sah sie skeptisch an. „Wann geht der nächste Dampfer nach Entebbe?“, fragte sie.

„Übermorgen“, erwiderte Radloff.

Isolde bedankte sich und wandte sich an von Nehring. „Ich werde Koch auf die Sese-Inseln folgen.“

„Sie wollen sich direkt in ein Seuchengebiet begeben? Ist das nicht lebensmüde?“

Isolde zuckte mit den Achseln. „Sie pirschen sich an Löwen und Leoparden heran. Das ist mindestens ebenso gefährlich.“

„Ich werde in die Serengeti zurückreisen und genau das tun. Warum begleiten Sie mich nicht?“

Isolde schüttelte den Kopf. „Ich habe einen Auftrag zu erfüllen. Und ich werde nicht aus Afrika abreisen, ehe ich Koch vor meine Linse bekommen habe.“

Der Großwildjäger schmunzelte. „Das hätte ich mir denken könne. Nun, dann versprechen Sie mir eines: Passen Sie gut auf sich auf!“

***

„Die Bäume sind zu eng gepflanzt.“

Elsa schluckte. Petersen, der Gärtnergehilfe, war kein Mann großer Worte. Aber wenn er etwas sagte, dann hatte es Substanz.

„Und was sollen wir tun?“, fragte sie.

Petersen kniff die Augen zusammen. „Ich würde Ihnen empfehlen, jeden zweiten Baum auszugraben und zu versuchen, die Stämme in der noch nicht bepflanzten Fläche zum Wald hin neu einzupflanzen. Dort können sie wieder Wurzeln schlagen und Ihnen ab dem kommenden Jahr zur Ernte zur Verfügung stehen."

„Das heißt, dass wir dieses Jahr nur die Hälfte der Bäume zur Ernte nutzen können?"

Er nickte. „Ja. Sie sollten zudem überlegen, ob Sie nicht einen Teil der noch freien Fläche dazu verwenden, junge Bäumchen anzupflanzen, um für den Zeitpunkt vorzubauen, wenn Ihre aktuellen Bestände keinen Saft mehr absondern."

„Aber da sollen wir doch die zu dicht gepflanzten Bäume einsetzen? Wie soll das gelingen? Wir haben nur eine begrenzte Fläche zur Verfügung."

„Ich kann Ihnen nur raten, was ich aufgrund meiner Erfahrung als vernünftig ansehen würde. Und das wäre, ein Drittel der Bäume stehen zu lassen, ein weiteres Drittel umzupflanzen und ein Drittel durch frische, junge Bäumchen zu ersetzen."

„Dann könnten wir dieses Jahr nur noch ein Drittel der Ernte einfahren. Ich befürchte, dass wir uns das nicht leisten können."

Petersen räusperte sich. „Sie können natürlich versuchen, die bestehenden Bäumchen zu einhundert Prozent zur Ernte heranzuziehen. Das könnte in diesem Jahr funktionieren. Allerdings besteht dann die Gefahr, dass die Bäume im kommenden Jahr zu eng stehen und eingehen. Dann müssen Sie alle abschreiben und wieder mindestens fünf Jahre darauf warten, bis eine neue Generation Pflanzen zur Verfügung steht."

Elsa biss sich auf die Unterlippe. Petersens Ratschlag war vernünftig. Und doch, wenn sie ihm folgte, würde es knapp werden. Sie hatten am Vorabend grob überschlagen, dass die bestehenden Bäumchen in diesem Jahr etwa 2000 Hektoliter Kautschuksaft liefern konnten. Wenn es ihnen gelang, den Rohstoff in Tanga zu verkaufen, würden sie 6000 Rupien erlösen, was 7500 Reichsmark entsprach. Das wäre eine ansehnliche Summe, die sie dazu verwenden konnten, Schulden zu bezahlen, in neue Maschinen zu investieren, weitere Arbeiter anzuwerben und ihren Lebensunterhalt zu bestreiten.

Wenn sie auf Petersens Vorschlag einging, würde ihnen nur ein Drittel des Ertrages zur Verfügung stehen und ab dem kommenden Jahr bis zur Erntefähigkeit der neu zu pflanzenden Bäumchen dann zwei Drittel. Sie fluchte innerlich. Warum hatte Müller nicht von Anfang an Rat bei Fachleuten geholt? Wenn sie den richtigen Pflanzabstand eingehalten hätten, könnten sie schon in diesem Jahr mit wesentlich mehr Geld rechnen.

„Ich muss das mit meinem Mann besprechen", sagte sie.

Petersen nickte. Sie war erleichtert, dass er sie nicht fragte, warum Werner bei der Begehung der Plantage einmal mehr nicht anwesend war. Wahrscheinlich ahnte er seit ihrem bislang einzigen Zusammentreffen am Tag seiner Ankunft, dass der Pflanzer seinen Rausch ausschlafen musste.

„Für die Umpflanzung der Bäume werden Sie Arbeitskräfte benötigen. Ebenso für die Ernte danach."

Elsa nickte. Erfreulicherweise stellte das zunächst kein allzu großes Problem dar. Schließlich hatte Isolde ihr eine großzügige Summe überlassen, die sie komplett in das Anwerben von Hilfskräften stecken wollte.

„Wo finde ich Personal?", fragte sie.

„Ich würde Ihnen raten, sich an Herrn Geiger zu wenden. Er betreibt eine Agentur in Tanga, die sich darauf spezialisiert hat, Arbeiter an Plantagen zu vermitteln. Es ist leider nach wie vor schwierig, geeignete Männer aufzutreiben. Aber wenn es jemand schafft, dann Herr Geiger."

„Wie viele Arbeiter soll ich einstellen?"

„Mindestens fünf, besser zehn. Wenn Sie das so rasch wie möglich erledigen, kann ich die Kräfte noch in die Ernte einweisen. Das ist das Kniffligste am Kautschukanbau. Wir wollen ja nicht, dass Ihre Bäume eingehen, weil die Arbeiter in ihrer Unwissenheit zu tief schneiden."

Elsa lächelte ihn an. „Ich danke Ihnen. Sie sind eine große Hilfe."

Er nickte, ohne ihr Lächeln zu erwidern. „Ich tue mein Bestes, kann Ihnen allerdings nicht verhehlen, dass es aus meiner Sicht zweifelhaft ist, dass die Plantage jemals wirtschaftlich arbeiten wird."

Sie schluckte. Er fuhr nicht fort und sie war ihm dankbar, dass er nicht noch weiter Salz in ihre Wunden streute, indem er darauf hinwies, dass Werner in seinem Zustand nie ein brauchbarer Pflanzer und sie selbst mit der Leitung des Betriebs heillos überfordert sein würde.

„Ich mache mich schon einmal daran, die freien Flächen für die Umsiedlung der Bäume vorzubereiten“, sagte er und ging davon.

Elsa kehrte zum Haus zurück. Hilde saß auf der Veranda und spielte mit einer ihrer Puppen. Sie trat zu ihrer Tochter und streichelte ihr übers Haar.

„Wir müssen heute noch aufbrechen“, sagte sie.

„Ui, wo fahren wir hin? Besuchen wir Tante Isolde?“

Elsa schüttelte lachend den Kopf. „Nein, wir fahren nach Tanga, an die Küste.“

„Was tun wir dort?“

„Ich suche nach Arbeitern, die uns bei der Ernte helfen.“

Hilde drehte sich zu ihr um. Ihre Augen leuchteten. „Au fein, dann kommt Leben in die Plantage.“

Die Dielenbretter hinter ihr knackten und Elsa wandte sich um. Werner stand vor ihr. Obwohl er gute drei Meter von ihr entfernt war, roch sie die Branntweinwolke, die ihn umgab.

„Was höre ich da?“, krächzte er. „Du willst mich schon wieder verlassen?“

Elsa zwang sich, nicht mit den Augen zu rollen. „Ich reise nicht für mein Privatvergnügen“, sagte sie. „Ich sorge dafür, dass wir die Ernte einbringen könne, indem ich Arbeiter anwerbe.“

„Du wirst keine auftreiben. Ich habe das mehrfach versucht. Es ist aussichtslos.“

„Ach so. Soll ich dann auch zur Flasche greifen und mich in meinem Selbstmitleid suhlen?“

Es war ihr herausgerutscht und sie erkannte, dass es ein Fehler war. Werner schnaubte und hob die Faust.

Sie schloss die Augen und erwartete schon, von ihm getroffen zu werden, doch nichts geschah. Als sie die Augen wieder öffnete, sah sie, dass er Hilde anstarrte. Er
ließ die Hand sinken und sagte leise: „Gute Fahrt."
Dann ging er ins Haus zurück.

KAPITEL 11

Sese-Inseln und Tanga, 2. Juli 1906

Isolde ignorierte die Hand, die der Soldat ihr anbot und sprang aus dem Ruderboot ans Ufer. Ihr rechter Fuß landete im Matsch und zu beiden Seiten spritzten schwarze Tropfen davon. Sie unterdrückte einen Fluch, raffte ihren Rock und stapfte weiter, bis sie festen Boden erreicht hatte. Hinter sich hörte sie, wie der Soldat den einheimischen Ruderern befahl, ihr Gepäck auszuladen.

Isolde sah sich um. Das Ufer der Insel war von Schilf gesäumt. Vor ihr lag ein Streifen grünes, mit Büschen bewachsenes Land. Dahinter erhob sich ein Hügel, auf dessen Kuppe sie mehrere weiß gestrichene Häuser und einen niedrigen Kirchturm erkannte.

Sie wandte sich um und fragte den Soldaten auf Englisch: „Ist das da die Missionsstation?"

Er nickte. „Dort werden Sie Ihren Dr. Koch finden."

Er tat sich schwer mit dem „ch", aber Isolde verstand ihn ohne Schwierigkeiten. Sie war froh, dass sie ihr Englisch nach der Schule stets gepflegt hatte, indem sie Reiseberichte in dieser Sprache gelesen hatte. Dies hatte ihr auf ihren eigenen Expeditionen unschätzbare

Dienste erwiesen, insbesondere in Indien, aber nun auch in Uganda, einem britischen Protektorat.

„Können Sie bitte veranlassen, dass mein Gepäck zur Missionsstation gebracht wird?", fragte sie.

Sie wartete die Antwort des Soldaten nicht ab, sondern setzte sich gleich in Bewegung. Nach der langen Schiffsreise von Entebbe, dem Hauptort der Briten am nördlichen Victoriasee, zur größten Insel der Sese-Gruppe freute sie sich darüber, ihren schmerzenden Gliedern ein wenig Auslauf gönnen zu können.

Ein breit ausgetretener Pfad führte durch das Buschland auf den Hügel zu. Als sie näherkam, konnte sie oben auf der Kuppe verschiedene Gebäude unterscheiden, die sich um eine zentrale Kirche gruppierten. Neben den Häusern entdeckte sie kakifarbene Zelte. Das mussten die mobilen Labore sein, die Koch und seine Leute mit sich führten.

Sie spürte, wie sich ihr Herzschlag ein wenig beschleunigte. Nun würde sie dem großen Forscher bald gegenübertreten. Endlich war es so weit. Zwar hatte sie die zusätzliche Zeit, die sie mit der Suche nach dem Arzt verbracht hatte, fruchtbar genutzt. Sie hatte unvergessliche Eindrücke gesammelt und Hunderte von Fotografien angefertigt, von denen die meisten bereits auf dem Weg in die Heimat waren. Ihr eigentliches Ziel aber hatte sie bislang verfehlt. Doch nun würde ihr der Forscher nicht mehr entkommen.

Isolde hatte den Fuß des Hügels erreicht und machte sich daran, den steilen Weg zu erklimmen. Sie war froh um ihr gutes Schuhwerk, die genagelten Sohlen und das feste Leder. Als sie oben angelangt war, sah sie zu ihrer Rechten die weißen Gebäude der Missionsstation und zu ihrer Linken eine kleine Zeltstadt. Sie beschloss, sich zunächst einmal den Missionaren vorzustellen. Schließlich würde sie die Zeit hier als deren Gast verbringen.

Vor dem Eingang zur Kirche stieß sie auf einen weiß gekleideten Priester, in dessen sonnengegerbtem, glattrasiertem Gesicht sie ein Paar wacher blauer Augen musterten.

„Gott sei mit Ihnen“, sagte der Mann in beinahe akzentfreiem Deutsch.

Isolde erwiderte den Gruß, auch wenn sie für Religion nicht allzu viel übrighatte.

„Ich bin Pater Daniel, der einzige noch verbliebene Missionar auf dieser Insel. Sie müssen die Fotografin sein, deren Ankunft man uns angekündigt hat“, sagte der Priester.

„So ist es. Mein Name ist Isolde Hartmann. Ich bin gekommen, um Dr. Koch bei seiner Arbeit zu fotografieren.“

Daniel lächelte. „Sie werden viel zu fotografieren haben. Dr. Koch ist ein Mann, der für seine Arbeit lebt. Aber er tut Gottes Werk.“

„Wer ist das?“

Isolde wandte sich um, um herauszufinden, wer diese barschen Worte gesprochen hatte. Sie sah einen kleinen, spindeldürren Soldaten vor sich, der eine deutsche Tropenuniform trug, von der die Hoheitszeichen entfernt worden waren.

„Isolde Hartmann“, sagte sie und lächelte dem Mann freundlich zu. „Fotografin.“

Der Soldat schnaubte. „Ich dachte, die würden einen Mann schicken“, brummte er. „Sie können wir hier nicht brauchen, es reicht schon, dass –“

„Aber Herr Dr. Zimmermann“, schaltete sich der Missionar ein. „Sie werden doch einer jungen Frau nicht verweigern, die Aufgabe zu erfüllen, für die sie von so weit her angereist ist.“

Zimmermann schnaubte. „Es ist mir gleichgültig, ob das Fräulein vom Nord- oder vom Südpol angereist ist. Wir haben nicht nach ihr gerufen. Sie geht hier nur im Weg um.“ Er schüttelte den Kopf. „Packen Sie Ihre Sachen zusammen und kehren Sie wieder nach Hause zurück. Das hier ist kein Platz für Sie.“

Isolde spürte, wie ihr Mund auszutrocknen begann. Das konnte doch nicht wahr sein. Sie war endlich am Ziel ihrer Reise angekommen. In einem der Zelte auf der anderen Seite der Missionsstation musste sich Dr. Koch befinden. Vielleicht mikroskopierte er gerade. Oder er entnahm einem an der Schlafkrankheit erkrankten Einheimischen Blut. Oder er überwachte die Anwendung des neuartigen Medikaments. Sie sah all diese Motive vor sich, wie sie tausendfach vervielfältigt in der *Gartenlaube* über das gesamte Deutsche Kaiserreich verteilt würden. Doch dieser kleine, giftige Soldat stand ihr im Weg.

„Haben Sie das zu entscheiden?“, fragte sie.

Sie sah, dass sie einen wunden Punkt bei dem Mann getroffen hatte, denn sein Gesicht lief mit einem Mal knallrot an.

„Was erlauben Sie sich?“, rief er. „Ich bin der ranghöchste Militärarzt in dieser Expedition. Mir obliegen alle logistischen Entscheidungen. Ich habe Befehlsgewalt."

„Ich verstehe wenig von diesen Dingen", sagte Isolde. „Aber beschränkt sich Ihre Befehlsgewalt nicht auf das Schutzgebiet? Und sind wir hier nicht in Uganda?"

Die Gesichtsfarbe des Mannes wurde noch eine Spur röter. Er hob den Finger und wollte etwas sagen, als eine weitere Stimme erklang. Zu Isoldes Erstaunen trat eine Frau aus dem Schatten der Kirche. Es handelte sich um eine Europäerin, die nur wenig älter, aber größer und fülliger war als sie selbst. Sie hatte ein rundes, gut gepolstertes Gesicht und trug einen Tropenhelm auf ihren dunklen Haaren. Auf ihrer Stirn standen dicke Schweißtropfen. Ihre kleinen, blutunterlaufenen Augen musterten Isolde aufmerksam.

„Sie sind gekommen, um meinen Mann zu fotografieren?"

Das also war Hedwig Koch, die Frau des Arztes.

„Ja. Mein Auftrag lautet, den Lesern der *Gartenlaube* vor Augen zu führen, welchen Gefahren Deutschlands berühmtester Forscher trotzt, um die Schlafkrankheit auszurotten."

Auf den breiten Lippen der Frau erschien ein Lächeln. „Sehr schön. Genau das hatte ich mir von der Redaktion erbeten. Ich hoffe, Sie haben ein wenig Zeit mitgebracht, um nicht nur Porträts von meinem Mann, sondern auch Aufnahmen von den Forschungen hier anzufertigen."

„Ich bin vollkommen frei in der Einteilung meiner Zeit und würde mich sehr darüber freuen, einen Einblick in die Arbeiten vor Ort zu erhalten", erwiderte

Isolde, deren Herz rascher schlug. Das schien sich ja prächtig zu entwickeln.

„Sehr gut. Dann wollen wir Ihnen mal eine Unterkunft bereiten. Sie müssen vollkommen erschöpft sein von der langen Reise."

Sie packte Isolde am Arm und zog sie mit sich. Aus ihren Augenwinkeln sah sie noch, wie Dr. Zimmermann sie wütend anfunkelte.

***

Elsa strich sich durch die Haare, die eine sanfte Böe von See her durcheinanderwirbelte. Die Luft roch salzig und die Hitze auf ihrer Haut tat ihr wohl. Das Klima in den Usambara-Bergen mochte dem Körper zuträglicher sein. Aber hier an der Küste war es lebenswerter. Vielleicht wäre es doch nicht der Untergang der Welt, wenn Werner die Plantage verkaufen und in Tanga bei einem Exportunternehmen oder gar bei der Eisenbahn anheuern würde?

Sie wischte den Gedanken beiseite und schlenderte weiter die Kaiserstraße entlang. Hilde hatte sie bei der Pensionswirtin gelassen, einer gutherzigen alten Frau aus dem Norden Deutschlands, die ganz vernarrt in das kleine Mädchen war. Sie hatte sich überwinden müssen, ihre Tochter zurückzulassen, aber in diesem besonderen Fall war das sicher ratsamer. Sie versuchte, einen ihr fremden Mann dazu zu bewegen, ihr einen Gefallen zu tun. Und da sie noch jung genug war, um die Rolle der unverschuldet in Not geratene Jungfrau zu spielen, war es besser, wenn kein Kind an ihren Rockzipfeln hing.

Sie sah noch einmal auf das Blatt Papier, auf das Petersen den Namen des Agenten geschrieben hatte. Geiger. Auf der gegenüberliegenden Straßenseite las sie auf einem an einem niedrigen Gebäude angebrachten Schild in roten Lettern: *Agentur Geiger. Arbeitervermittlung.*

Sie überquerte die Straße und klopfte. Niemand antwortete. Sie drückte die Klinke und zu ihrem Erstaunen stellte sie fest, dass die Tür nicht abgeschlossen war. Sie schob sie nach innen und betrat einen dunklen Raum, der von einer schwülen, muffig riechenden Luft erfüllt war.

Hinter einem breiten Mahagonischreibtisch sah sie einen ziemlich beleibten Mann sitzen, der einen ausgebrannten Zigarrenstummel im Mundwinkel hängen hatte und über ein aufgeschlagenes Buch gebeugt war. Als er ihr Eintreten bemerkte, sah er auf.

„Oh, welch eine angenehme Überraschung", sagte er und erhob sich. Er war im Stehen nicht wesentlich größer als im Sitzen. „Was kann ich für Sie tun?"

„Guten Tag, Herr Geiger", sagte Elsa und streckte ihm die Hand entgegen, die dieser sofort ergriff. Seine Haut war feucht und warm und Elsa spürte, wie ihr die Abscheu eine Gänsehaut über den Rücken jagte. „Ich suche nach Arbeitern für meine Kautschukplantage."

Er ließ ihre Hand los, trat einen Schritt zurück und seufzte dann tief und ausgiebig. „Ach, das hatte ich befürchtet."

„Was meinen Sie?"

„Na, dass Sie nach Arbeitern suchen."

Elsa kniff die Augen zusammen. „Ist das so verwunderlich? Sie betreiben schließlich eine Agentur zur Vermittlung von Arbeitern.“

„Ja, nur leider gibt es nichts zu vermitteln. Arbeiter sind so rar wie ein fröhlicher Esel.“

„Ich brauche auch nicht viele Arbeiter. Fünf würden vollkommen ausreichen.“

Er kniff die Lippen aufeinander und schüttelte den Kopf. Isolde spürte, wie ihr das Herz in den Magen sank. Ihre ganze Hoffnung war dahin. Es klopfte einmal fest an der Türe, dann wurde diese aufgerissen. Im Türrahmen stand eine große, breite Gestalt. Der Mann trat mit weit ausgreifenden Schritten in den Raum.

„Herr von Langenfeld“, sagte Elsa.

Er sah sie an wie eine Anomalie. „Kennen wir uns?“

Elsa spürte, wie ihr die Schamröte ins Gesicht stieg. „Wir sind Nachbarn. Meinem Mann gehört die Plantage Müllerau.“

Nun musterte sie der Großgrundbesitzer eingehender. „Ich erinnere mich an Sie. Wir müssen uns einmal bei einem Pflanzertreffen begegnet sein. Wie geht es Ihrem Mann? Noch immer gut bei Durst, der Beste?“

Elsa spürte, wie eine eiskalte Hand nach ihrer Kehle griff. Sie wollte etwas erwidern, doch von Langenfeld hatte sich bereits an Geiger gewandt.

„Wann können Sie mir die zweihundert Arbeiter nach Wilhelmstal schicken?“

Der Agent mied Elsas anklagenden Blick, als er erwiderte: „In fünf Tagen werden sie ankommen.“

Der Großgrundbesitzer nickte. „Sehr gut.“

Er wollte sich zum Gehen wenden, als Elsa sagte: „Sie könnten mir fünf Ihrer Arbeiter ausleihen. Wir bezahlen auch gut dafür."

Von Langenfeld musterte sie mit zusammengekniffenen Augen. Auf seinem Gesicht erschien ein höhnisches Grinsen. „Sie können mir Ihr bisschen Land gerne verkaufen. Das würde meine Parzellen sehr gut ergänzen. Ohne Arbeiter können Sie ohnehin nichts damit anfangen."

Er ging hinaus, ohne die Tür zu schließen.

„Ich ... ich wollte nicht", stammelte Geiger.

„Vergessen Sie es", sagte Elsa und folgte von Langenfeld. Sie sah den Großgrundbesitzer noch um eine Straßenecke biegen.

„So ein Mist", fluchte sie und trat mit ihrem Fuß so fest auf den Boden, dass es sich anfühlte, als ob sie sich einen Zeh gebrochen hätte. Da hatte ihr Nachbar ihr alle Arbeiter vor der Nase weggeschnappt. Er hatte den Markt leergekauft. Wo sollte sie nun Hilfe auftreiben?

Sie schritt langsam die Kaiserstraße entlang und gab sich ihren trüben Grübeleien hin. Vielleicht blieb ihnen nichts anderes übrig, als von Langenfelds Angebot irgendwann anzunehmen. Bei diesem Gedanken regte sich allerdings Widerstand in ihr. Diesem aufgeblasenen Wichtigtuer wollte sie ihr Land nicht überlassen. Daheim in München wäre der niemals in ihre Zirkel vorgelassen worden. Aber das waren andere Zeiten gewesen. Sie passierte das Gebäude der *Usambara-Post*. Vor dem Anschlagbrett sah sie drei junge Kerle stehen, die versuchten, einen Zettel dort anzuheften. Allerdings schienen sie keine Heftzwecken oder Nadeln zur Hand zu haben, sodass das Blatt Papier immer wieder zu Boden segelte. Es landete direkt vor Elsas Füßen. Sie hob es auf und las:

Arbeit gesucht. Drei fleisige junge Männer aus Sachsen, die Ansträngung nicht schäuen, suchen Anstelung.

Auf Elsas Mund breitete sich ein zufriedenes Lächeln aus. Sie reichte einem der drei, einem breit gebauten, dunkelblonden Kerl den Zettel und sagte: „Meine Herren, wollen Sie es vielleicht einmal mit der Kautschukernte probieren?"

KAPITEL 12

Sese-Inseln und Wilhelmstal, 04. Juli 1906

Es klopfte an Isoldes Tür. Sie erhob sich von dem Feldbett und schob das Moskitonetz beiseite.

„Herein", rief sie, dann fiel ihr ein, dass sie es auch mit einem Engländer zu tun haben könnte, und fügte hinzu: „Come in."

Die Tür öffnete sich und sie erkannte einen jungen Mann im Türrahmen, der in eine blütenweiße Uniform der deutschen Schutztruppe gekleidet war, von der alle Hoheitszeichen entfernt worden waren.

„Stabsarzt Wengenroth", stellte er sich vor und salutierte.

„Das wird aber auch Zeit", sagte Isolde. Sie erhob sich. „Bringen Sie mich zu Dr. Koch?"

Der Arzt strich sich über seinen dünnen Schnurrbart und räusperte sich. „Ich wurde von Frau Dr. Koch gebeten, Sie über das Gelände zu führen und Ihnen zu zeigen, woran wir arbeiten. Sie lässt sich entschuldigen, da sie leider unpässlich ist. Die Malaria. Ich stehe Ihnen für alle Fragen zu unserer Arbeit zur Verfügung. Allerdings weiß ich nicht, ob Sie dem Herrn Dr. Koch heute begegnen werden. Es kann sein, dass er in einem Dorf in der Umgebung Proben sammelt."

Isolde spürte, wie die Ungeduld heiß in ihr hochkochte. „Ich bin jetzt seit drei Tagen hier und habe Herrn Dr. Koch noch immer nicht zu Gesicht bekommen."

Wengenroth räusperte sich erneut. „Das tut mir leid, aber es liegt nicht in meiner Gewalt, über den Terminkalender des Herrn Dr. zu verfügen. Wenn Sie mir nun bitte folgen wollen?"

Er deutete mit einer Hand hinaus auf den Gang.

„Werde ich Gelegenheit haben, zu fotografieren?", fragte Isolde.

Wengenroth schüttelte den Kopf. „Heute können Sie sich einmal einen Überblick über unsere täglichen Arbeiten verschaffen und auswählen, welche davon Sie fotografisch festhalten möchten."

Isolde legte die Kamera wieder zurück in den Koffer. Dann folgte sie dem Stabsarzt, der ein ziemlich flottes Tempo anschlug. Sie traten hinaus in die schwüle Hitze des Morgens. Das Gästehaus der umfunktionierten Missionsstation lag im rechten Winkel zur Kirche. Sie befanden sich auf dem Platz vor dem Gotteshaus.

„Im ehemaligen Wohntrakt hat der Herr Dr. Koch sein Laboratorium eingerichtet. Das kann ich Ihnen leider nur mit seiner persönlichen Erlaubnis zeigen."

Isolde schnaubte. „Können Sie mir ein überhaupt etwas zeigen, ohne dafür die Erlaubnis des Herrn Dr. oder die seiner Frau Gemahlin einholen zu müssen?"

Wengenroths Lippen kräuselten sich zu einem schmalen Lächeln.

„Kommen Sie mit", sagte er und ging in Richtung der Zeltstadt davon.

Nach wenigen Schritten waren Sie in einer anderen Welt. Vor einem großen Zelt standen Dutzende von Einheimischen in einer langen Schlange. Wahrscheinlich warteten Sie darauf, untersucht zu werden. Ein beinahe kahlköpfiger Mann wurde von zwei jüngeren Begleitern gestützt. Er hatte die Augen geschlossen und stöhnte leise vor sich hin. Neben ihm saß eine Frau auf dem Boden. Sie schien zu schlafen. Unter ihr hatte sich eine Lache ausgebreitet, die nach Urin stank.

Isolde schluckte. „Sind das Schlafkranke?", fragte sie.

Wengenroth nickte. „Es hat sich rasch herumgesprochen, dass wir hier unsere Forschungen betreiben. Die Einheimischen bringen ihre Kranken. Leider stellen sich hier vor allem die schweren Fälle vor, denen wir wahrscheinlich nicht mehr helfen können."

Isolde hielt inne. „Können Sie denn den leichter Erkrankten helfen? Ich dachte, die Schlafkrankheit wäre ohne Heilungschance."

„Nun, das dachte man bis vor kurzem tatsächlich. Die früheren Expeditionen hatten sich demnach vor allem auch mit dem Übertragungsweg der Erkrankung beschäftigt. Wir wissen inzwischen, dass sie von Trypanosomen hervorgerufen wird, einzelligen Blutparasiten, die von infizierten Tsetsefliegen auf den Menschen übertragen werden können. Doch unsere Expedition hat sich ein anderes Ziel gesetzt: Wir wollen die Krankheit bekämpfen."

„Und wie wollen Sie das anstellen?", fragte Isolde. Sie spürte, wie ihr Herz ein wenig schneller schlug. Schon immer war sie fasziniert gewesen von der Arbeit der Forscher und Wissenschaftler. Und hier war sie am

Puls des Geschehens. Hier wurden bahnbrechende Entdeckungen gemacht.

„Kommen Sie mit."

Er hob eine Plane an und ließ Isolde in ein Zelt treten. Ihre Augen brauchten einen Moment, um sich an die Dunkelheit zu gewöhnen. Im Innern waren drei niedrige Hocker aufgestellt, auf denen Einheimische saßen. Ihre Oberkörper waren nackt. Vor einem der Patienten stand ein uniformierter Europäer. Er stach dem Sitzenden mit einer spitzen Nadel in ein Ohrläppchen. Der Mann zuckte nicht einmal. Aus seinem Mund lief Speichel und er starrte apathisch geradeaus.

„Der Kollege Weinert hat dem Mann Blut abgenommen, um die Menge an Trypanosomen zu bestimmen, die sich darin befinden."

Der Arzt nahm das Röhrchen, in dem sich die Probe befand und ließ einen Tropfen davon auf einen Objektträger aus Glas gleiten. Dann strich er das Blut aus und legte eine zweite Glasscheibe darüber, die er unter ein Mikroskop schob.

„Ui, des send aber viele von denne kloine Viecher", sagte Weinert, dessen ausgeprägter schwäbischer Dialekt Isolde schmunzeln ließ.

„Der Mann ischt schwer krank", fügte Weinert hinzu, offenbar bemüht, sich der Besucherin gegenüber verständlich auszudrücken.

„Dann kommt er für eine Injektion infrage", sagte Wengenroth. Er trat zu einem Tischchen, auf denen Aufziehkolben aus Glas und Nadeln bereit lagen. Er bereitete eine Spritze vor und schob die Spitze der Nadel in einen Behälter, der mit *Atoxyl* beschriftet war.

„Das ist also Ihr Wundermedikament", sagte Isolde.

Wengenroth nickte. „Professor Ehrlich hat in seinen Versuchen im Labor festgestellt, dass arsenhaltige Verbindungen besonders gut gegen Trypanosomen wirken. Atoxyl ist nun unser vielversprechendster Kandidat für ein Heilmittel.“

Er trat auf den Einheimischen zu, stellte sich hinter ihn, griff mit dem Daumen und dem Zeigefinger seiner rechten Hand nach der Haut über der Brustwirbelsäule des Mannes und zog sie zu sich heran. Er setzte die Spritze an und schob sie unter den Hautlappen. Dann drückte er den Kolben.

„0,5 mg an zwei aufeinanderfolgenden Tagen. Die Dosis ist so gewählt, dass wir mit maximaler Stärke die Trypanosomen vernichten, ohne dabei den Organismus des Kranken allzu sehr zu schädigen. Wir werden nun stündlich die Menge der Erreger im Blut kontrollieren. Bis heute Abend sollten wir keine Parasiten mehr nachweisen können.“

„Heißt das, dass der Mann dann geheilt ist?“, fragte Isolde. Sie musterte irritiert den nach wie vor teilnahmslos wirkenden Patienten und konnte sich nicht vorstellen, dass zwei Spritzen ausreichen sollten, einen dermaßen schweren Zustand zu kurieren.

„Der Erreger verursacht die Erkrankung. Wenn wir die Ursache zerstören, nehmen wir der Erkrankung Grundlage. So einfach ist das“, erwiderte Wengenroth.

„Ich dachte, Arsen sei ein starkes Gift“, sagte Isolde. „Kann die Behandlung auch Schaden anrichten?“

Der Stabsarzt zuckte mit den Achseln. „Meiner Erfahrung nach sind Arzneien, die keine Nebenwirkung haben, in der Regel auch ohne Wirkung. Und wie schon Paracelsus sagte: Die Dosis macht das Gift.“

***

„Nein, doch nicht so!“

Elsa wandte sich ruckartig um. Sie erfasste die Szene, die sich ihr bot, mit einem Blick und das Herz sank ihr in die Magengrube.

Petersen war gerade dabei, Harry Kleine, einem der drei kaum ausgewachsenen jungen Kerle, die sie in Tanga angeheuert hatte, eine Machete zu entwinden. Kleine hatte sich am Anschneiden eines Kautschukbaumes versucht und Isolde sah sofort, dass es ihm misslungen war.

„Das ist viel zu tief“, sagte Petersen, dessen ohnehin recht hohe Stimme eine weitere Oktave nach oben wanderte, wenn er aufgeregt war. „Sie haben durch die saftführende Schicht geschnitten und das weiche Mark des Baumes verletzt. Er wird sehr wahrscheinlich eingehen.“

Kleine stand neben dem Gärtnergehilfen und sah aus, als ob er jeden Augenblick in Tränen ausbrechen würde. Seine für seinen relativ kurzen Rumpf viel zu langen Arme hingen zu beiden Seiten schlaff herab. Das Gesicht war gerötet und seine Augen glänzten verräterisch.

„Ich habe so etwas noch nie gemacht“, sagte er leise.

„Ich auch nicht“, sagte Elsa und trat auf ihn zu. Sie lächelte ihn aufmunternd an. „Vielleicht hat es ja auch sein Gutes, dass der Baum nun eingehen wird. Dann können wir den zum Üben verwenden.“

Sie streckte die Hand aus und Petersen reichte ihr die Machete.

„Wie war das?“, fragte sie. „In welchem Winkel muss ich die Klinge ansetzen?“

„Dreißig Grad.“

Elsa, die nur eine grobe Ahnung davon hatte, wie viel dreißig Grad waren, legte die Schneide an den Stamm. „Ist es so richtig?“

„Etwas steiler“, sagte Petersen und sie korrigiert die Ausrichtung der Machete. „Und jetzt ganz sanft. So als ob sie einen Apfel schälen wollten.“

Elsa drückte die scharf geschliffene Klinge in die Rinde und zog sie in einer fließenden Bewegung nach unten. Sofort tröpfelte klebriger weißer Saft aus dem Schnitt.

„Genau so“, sagte Petersen.

Elsa lächelte ihn an und reichte Kleine die Machete. „Und nun probieren Sie es noch einmal.“

Der junge Mann griff nach dem Schnittwerkzeug. Er benötigte vier weitere Versuche, dann gelang es ihm endlich, die Rinde so einzuritzen, dass er den nächsten Baum nicht zum Absterben verurteilen würde.

Isolde lächelte ihm aufmunternd zu, wandte sich um und ging in Richtung des Wohngebäudes davon. Sie atmete tief durch. Leider hatten die drei Kerle, die sie in Tanga angeworben hatte, sich nicht gerade als Glücksgriffe entpuppt. Auf der Fahrt zurück nach Müllerau hatten sie ihr berichtet, wie es sie nach Deutsch Ostafrika verschlagen hatte. Aufgewachsen in einem Dorf im Erzgebirge waren sie schon von klein auf beste Freunde gewesen. Sie hatten sich nach dem Besuch der Volksschule in unterschiedlichen Lehrberufen versucht, aber keiner von ihnen hatte einen Gesellenbrief erworben. Irgendwann war dann Kleine auf die Idee gekommen, auszuwandern. Zunächst hatten die drei nach Amerika reisen wollen, da aber keiner von ihnen

Englisch beherrschte – die einzige Sprache, in der sie sich einigermaßen verständigen konnten, war Deutsch und selbst das war durch den starken sächsischen Akzent für Elsa größtenteils unverständlich – hatten sie beschlossen, in ein deutsches Schutzgebiet auszuwandern. Warum genau ihre Wahl auf Deutsch Ostafrika gefallen war, hatten sie ihr nicht erklären können. Als sie jedoch vor einer Woche in Tanga angekommen waren, hatten sie feststellen müssen, dass der Arbeitsmarkt keineswegs so vielversprechend war, wie sie es sich vorgestellt hatten. Elsa hatte leider auch recht schnell erkannt, dass sie viel Arbeit vor sich hatte, wenn sie die jungen Männer als eine Unterstützung auf der Plantage einsetzen wollte. Noch waren sie eher eine Belastung.

Sie erreichte das Wohnhaus. Hilde saß auf der Verandatreppe und spielte mit zwei Puppen.

„Ich habe Hunger“, sagte sie.

Elsa lächelte und hob ihre Tochter hoch. „Dann wollen wir doch mal schauen, ob wir noch etwas von der Hafergrütze haben.“

„Au ja, drückst du mir eine Banane rein?“

„Gerne“, sagte Elsa und ging in die Küche. Die Glut im Ofen war noch rot. Sie nahm den Blasebalg und fachte sie wieder an. Dann stellte sie den Topf auf die Herdplatte und gab etwas Wasser hinein, um den darin bereits hart gewordenen Haferschleim zu verflüssigen. Als die Mischung kochte, nahm sie sie von der Platte und ließ sie ein wenig abkühlen, ehe sie eine kleine rote Banane nahm, schälte und mit einer Gabel zerdrückte. Sie rühre alles um und gab es auf einen Teller, dann rief sie nach Hilde.

Elsa und ihre Tochter teilten sich eine Portion. Es war eine Freude, Hilde zuzusehen, die mit großem Appetit aß.

„Will Papa nichts?", fragte sie.

Elsa schluckte. „Nein, dein Vater hat schon gegessen."

Die Lüge war ihr mühelos über die Lippen gekommen. Wahrscheinlich hatte Werner keinen Bissen zu sich genommen. Offenbar hielt ihn der Branntwein auch so am Leben.

„Ach so, deswegen macht er jetzt seinen Mittagsschlaf", sagte Hilde und gähnte.

„Magst du dich auch ein bisschen hinlegen?"

Das Mädchen nickte und Elsa brachte sie nach oben in ihr Bettchen, wo sie beinahe sofort einschlief. Elsa ging zurück in die Küche und sicherte den Ofen. Dann trat sie in den Salon. Werner lag auf dem Sofa und schnarchte laut vor sich hin. Es stank nach Branntwein und ungewaschenem Körper. Wie sehr sie sich vor diesem Mann ekelte. Sie hatte seine Berührungen ertragen, als er nüchtern und frisch gebadet gewesen war. Nun jedoch fühlte sie eine unüberwindliche Abscheu. Nur gut, dass er kein Interesse mehr daran zeigte, sie an ihre ehelichen Pflichten zu erinnern.

Elsa wandte sich zum Gehen, als Werner ein besonders durchdringendes Schnarchen von sich gab. Er wälzte sich herum und fiel von der Couch. Mit einem lauten Krachen schlug er auf dem Boden auf.

„Was ... wie?", stammelte er und hielt sich beide Hände an den Kopf. Er öffnete seine Augen, aber Elsa erkannte, dass er sie erst gar nicht wahrnahm. Es dauerte eine Weile, bis er sie ansah.

„Was ... was ist passiert?"

„Du bist im Schlaf vom Kanapee gefallen“, sagte Elsa mit tonloser Stimme.

„Oh, das erklärt einiges“, murmelte Werner. Er richtete sich auf.

„Wie läuft es mit den Arbeitern?“, fragte er.

„Gut“, log Elsa, die keine Lust auf eine Diskussion mit ihrem Ehemann hatte.

„Ich schaue mal nach dem Rechten“, sagte er und erhob sich.

„Das ist nicht nötig“, erwiderte Elsa. „Petersen hat alles im Griff.“

Werner sah sie eine Weile lang an, dann zuckte er mit den Achseln.

„Gut. Dann gehe ich zum Brunnen und schöpfe Wasser. Ich habe einen furchtbaren Durst.“

Er schlurfte zur Tür hinaus. Elsa sah ihm nach. Was für einen Waschlappen hatte sie da nur geheiratet?

KAPITEL 13

Sese-Inseln und Wilhelmstal, 20. Juli 1906

Isoldes Herz schlug rasch und fest in ihrer Brust. Sie hielt die in dem Futteral verpackte Fotokamera in der einen, das Stativ in der anderen Hand. Mitten auf dem Platz vor der Missionskirche wartete Robert Koch auf sie.

Zwei Wochen lang hatte sie auf diesen Tag gewartet. Hedwig Koch hatte sie seit ihrer Ankunft nicht mehr gesehen. Von Wengenroth hatte sie erfahren, dass sie mit einem schweren Schub der Malaria kämpfte, mit der sie sich auf einer ihrer früheren Expeditionen in die Tropen infiziert hatte. Die Frau des Forschers hatte jedoch vehement darauf bestanden, persönlich anwesend zu sein, wenn Isolde die Porträts ihres Mannes anfertigte. Zwar war sie noch immer ans Bett gefesselt, aber immerhin schien Hedwig Koch nun zumindest einmal zugestimmt zu haben, dass Isolde den Forscher endlich kennenlernte.

„Denken Sie sich nichts", hatte Wengenroth gesagt. „Sie hindert selbst seine Kollegen daran, Dr. Koch zu besuchen, wenn es ihr nicht in den Kram passt."

„Wie ist Dr. Koch denn so? Persönlich meine ich?", hatte Isolde gefragt. Wengenroth hatte sich Zeit gelassen mit seiner Antwort. „Nun, Sie müssen verstehen, dass es für ihn nichts außer seiner Arbeit gibt. Er lebt nicht nur für seine Forschung. Er lebt in seiner Forschung. Seine Gedanken scheinen sich nur um Bazillen und ihre Bekämpfung zu drehen. Es gibt kein anderes Thema für ihn bei Tisch."

Diese Worte hallten in ihrem Bewusstsein nach, als sie den Forscher auf sich zukommen sah. Er war kleiner, als sie vermutet hatte, und er ging ein wenig gebückt. Sein Vollbart war schlohweiß. Aber seine Augen waren wach und musterten sie mit Interesse.

„Es ist mir eine große Freude und Ehre, Sie kennenlernen zu dürfen", sagte sie und meinte es auch so.

Koch nickte ihr zu. „Die Freude ist ganz auf meiner Seite", sagte er mit einer seltsam leisen, beinahe brüchigen Stimme. „Wie ich gehört habe, übernehmen Sie es, unseren Landsleuten von den hiesigen Forschungen zur Bekämpfung der Schlafkrankheit zu berichten?"

Isolde nickte. „Meinen Bericht werde ich allerdings in Form von Fotografien verfassen", sagte sie.

„Sie sind gelernte Fotografin?"

Isolde spürte das Interesse des Arztes wachsen. „Ja, ich habe die Ausbildung durchlaufen und eine Zeit lang ein eigenes Atelier in München betrieben, ehe ich mich auf die Reisefotografie spezialisiert habe."

„Es ist ein ehrenwerter Beruf. Und ein wichtiger dazu. Wir müssen unsere Forschungsergebnisse dokumentieren. Das geschieht üblicherweise durch die Niederschrift, aber oft sind Fotografien viel aussagekräftiger. Doch nun wollen wir uns an die Arbeit machen."

Gespannt folgte sie Koch und seinen Begleitern. Sie schlugen den Weg zum Ufer ein. In der Nacht hatte es geregnet, sodass der Pfad den Hügel hinab ziemlich rutschig war. Isolde war einmal mehr froh um ihre genagelten Schuhe.

Als sie den See erreichten, sah sie dort ein gutes Dutzend Europäer, die an zwei Ruderbooten auf sie warteten.

„Wohin fahren wir?", fragte Isolde.

Koch wandte sich zu ihr um. „Wir verbinden heute das Angenehme mit dem Nützlichen."

Einer der Stabsärzte half ihr, in das Kanu zu steigen, wo das Stativ auf dem Boden verstaut wurde. Ihre Kamera hielt sie in den Händen. Koch saß ihr gegenüber. Das Boot wurde von sechs einheimischen Ruderern angetrieben, die ein enormes Tempo vorlegten.

„Der Schwerpunkt unserer Expedition liegt in der Erforschung der medikamentösen Behandlung der Schlafkrankheit und hier vor allem auf der Wirkung des Atoxyl. Aber wenn wir die Gelegenheit haben, Hypothesen zu den Übertragungswegen der Krankheit zu prüfen, sollten wir diese nicht verstreichen lassen."

Er deutete auf eine Bucht, die in einigen hundert Metern vor ihnen lag.

„Dort befindet sich ein großes Dorf. Das schlammige Ufer ist der ideale Nährboden für die Glossinen. Aber dort leben auch Krokodile. Ich möchte der Hypothese nachgehen, dass diese Tiere ebenfalls Wirte für die Trypanosomen sein können und dass eine Ansteckung von Krokodil zum Menschen auf dem Weg über die Glossinen möglich ist."

„Und wie wollen Sie das nachweisen?", fragte Isolde, deren Interesse erwacht war. Wieder wurde sie Zeugin bahnbrechender Forschungen.

Koch zwinkerte ihr zu. „Indem wir möglichst viele Krokodile sezieren."

Isoldes Augen weiteten sich, als sie verstand, worauf das hier hinauslief. Koch hatte sie zu einer Krokodiljagd mitgenommen.

Die Ruderer hatten inzwischen die Bucht erreicht und die Kiele der Kanus gruben sich in den groben Sand. Einer der Stabsoffiziere half ihr beim Aussteigen.

„Da, sehen Sie?", fragte Koch und deutete dabei auf einen Punkt im Schilf. Isolde musste genau hinsehen, um zu erkennen, dass ein Paar von grün-braunen Hornplatten umgebene Augen dort aus dem Wasser spähten. Drei Handbreit davor konnte sie zwei Nasenlöcher entdecken.

Der Forscher streckte eine Hand aus und einer seiner Begleiter reichte ihm ein Gewehr. Koch lud die Waffe durch und legte sie an. Sie sah auf den ersten Blick, dass der Arzt ein sicherer Schütze war. Der Lauf zitterte nicht. Koch atmete ruhig. Dann drückte er ab. Der Lärm war ohrenbetäubend und in Isoldes Nase stieg der Geruch von verbranntem Pulver.

Sie sah an die Stelle, wo vorhin die Augen gewesen waren. Ein massiver, sicher zwei Meter langer Reptilienkörper wand sich dort in Todeszuckungen.

„Guter Schuss", lobte einer der Assistenzärzte.

Isolde starrte ihn fassungslos an. Das war kein guter Schuss gewesen, das Tier lebte noch und litt Qualen.

„Darf ich?", fragte sie. Sie streckte die Hand aus, Koch sah sie irritiert an, reichte ihr aber mechanisch das Gewehr. Es handelte sich um eine Repetierflinte. Isolde warf die leere Patrone aus und lud eine neue nach. Sie legte den Kolben an und begann damit, ihre Atmung zu beruhigen. Sie sah, dass die anfangs noch hin und her zuckende Kimme sich stabilisierte, und fokussierte ihre ganze Aufmerksamkeit auf den sich weiterhin wild windenden Körper des Tieres. Dann drückte sie ab.

Der Rückstoß prallte gegen ihre Schulter und sie zuckte zusammen. Aus dem Lauf der Waffe stieg eine kleine Rauchwolke auf. Isolde blies sie beiseite und sah, dass sie getroffen hatte. Das Krokodil trieb mit dem Bauch nach oben im Wasser.

„Ich hoffe, Sie haben keine wichtige Arterie gestreift", sagte Koch und in seine zuvor so leutselige Stimme hatte sich eine leichte Schärfe geschlichen. „Wir wollen schließlich noch das Blut der Kreatur untersuchen."

***

Elsa und Petersen inspizierten den Fortschritt der letzten Tage. Leider konnte man von den drei jungen Kerlen, die sie in Tanga angeworben hatte, nicht behaupten, dass sie eine besonders rasche Auffassungsgabe gehabt hätten. Aber sie waren kräftig und bereit, harte körperliche Arbeit für ihr Geld zu leisten. Und unter der fachkundigen Anleitung hatte sich das ausgezahlt.

In der vergangenen Woche hatten sie dreihundert Bäumchen ausgegraben und an exakt den Stellen auf frisch gerodetem Grund wieder eingesetzt, die der Gärtnergehilfe markiert hatte.

„So ist es gut“, sagte Petersen. „Die Stämme haben nun genügend Abstand und können ungehindert wachsen, vor allem auch in die Breite.“

„Werden alle Bäume das Umpflanzen überleben?“

„Bisher sieht es danach aus. Ich muss Ihre Arbeiter loben. Sie haben die Wurzelballen großflächig ausgegraben. Das macht viel Arbeit, ist aber der Königsweg zu einem raschen und festen Anwachsen.“

Elsa lächelte. „Ich habe überlegt, ob ich den Dreien einen Bonus auszahlen soll.“

Petersen nickte. „Tun Sie das, sie haben es verdient. Und hoffentlich spornt es sie dazu an, in den kommenden Tagen noch härter zu arbeiten.“

„Was sind die nächsten Schritte?“

„Wir müssen mit der Ernte beginnen. Die bestehenden Stämme müssen angeschnitten und mit Sammelgefäßen versehen werden, in die der Kautschuksaft laufen kann. Diese Gefäße müssen dann regelmäßig ersetzt und geleert werden.“

„Das klingt nicht unbedingt nach harter Arbeit“, gab Elsa zu bedenken. „Im Vergleich zum Umpflanzen der Bäume, meine ich.“

Petersen sah sie beinahe ein wenig belustigt an und Elsa spürte, wie eine feine Röte in ihr Gesicht stieg. Hatte sie etwas Dummes gesagt?

„Es ist auf eine andere Art anstrengend, denn es erfordert ständige Wachsamkeit. Die Gefäße müssen stets rechtzeitig ersetzt und geleert werden. Zudem muss der Saft gerührt und so eingelagert werden, dass er nicht verdirbt und später optimal weiterverarbeitet werden kann. Das erfordert mehr Geschick als Kraft. Und darüber verfügen Ihre Arbeiter leider in deutlich geringerem Male als über die Letztere."

Elsa unterdrückte ein Lächeln. Petersen war ein steifer Mensch, Ironie oder gar Sarkasmus waren ihm fremd, weshalb diese Worte aus seinem Mund eher unfreiwillig komisch waren. Sie stellte die Frage, die ihr schon länger auf der Zunge lag, vor der sie aber immer zurückgescheut war.

„Sie werden wohl bald wieder nach Amani zurückkehren?"

Petersen nickte. „Wenn die ersten Fässer mit Kautschuksaft gefüllt sind, ist meine Arbeit hier getan. Dann kommen sie selbst weiter und bedürfen meiner Hilfe nicht mehr."

„Schade", sagte Elsa. „Sie waren mir wirklich eine große Stütze. Ich wüsste nicht, was ich ohne Sie tun sollte."

„Ach, hier sind die beiden Turteltauben also", hörte sie eine Stimme in ihrem Rücken, die ihr das Blut in den Adern gefrieren ließ. Sie sah, dass Petersens Wangen knallrot anliefen, und drehte sich rasch um. Es war Werner, der sich ihnen unbemerkt genähert hatte, eine reife Leistung, wenn man seinen derangierten Zustand betrachtete.

„Es ist nicht so, wie Sie denken", murmelte Petersen und wurde dabei noch eine Spur röter.

„So, wie denke ich denn?", fragte Werner. Seine blutunterlaufenen Augen funkelten den Gärtnergehilfen wütend an. Elsa sah mit wachsender Sorge, dass er eine Schaufel in der rechten Hand hielt. Wo hatte er die denn aufgetrieben? Und was hatte er damit vor?

Sie sah, dass Petersen etwas erwidern wollte, und kam ihm rasch zuvor.

„Ich weiß nicht, was du denkst", sagte sie. „Zumindest nicht mehr. Früher war das einfacher. Aber seitdem dir der Branntwein den Geist verwirrt, ist es schwer, deinen Gedanken zu folgen."

Werner sah nun sie an und sie spürte, wie seine ganze Wut sich auf sie richtete. Sie bedeutete Petersen zu verschwinden, was sich dieser nicht zweimal sagen ließ.

„Was erlaubst du dir?", zischte Müller.

„Ich mir? Der Einzige, der sich hier etwas erlaubt, scheinst du zu sein. Oder habe ich deine Andeutung falsch verstanden, dass du mir unterstellst, dir mit dem Gärtnergehilfen untreu zu sein?"

Müller schnaubte. „Eine Unterstellung nennst du das? Das ist doch offensichtlich."

„Aha, und was macht es so offensichtlich für dich?"

„Die Art, wie ihr miteinander redet. Er ist ein Hahnrei."

„Ach so, nur weil ich mich freundlich mit einem Mann unterhalte, dem wir wahrscheinlich die Rettung unserer Plantage verdanken, glaubst du, ich würde dir Hörner aufsetzen? Du scheinst keine allzu hohe Meinung von mir zu haben."

Er schluckte. „Ich habe dich als eine gefallene Frau kennengelernt", sagte er.

Elsa spürte, wie eine kalte Wut in ihr aufbrauste. „Und daher kann ich wohl nicht anders, als meinem Mann untreu zu sein? Weil ich es einmal war?"

„Wenn die Laster sich einmal ausbreiten, ist es schwer, ihrer wieder Herr zu werden."

Elsa stampfte mit dem Fuß auf. „Da sprichst du ganz offenbar aus eigener Erfahrung, denn dem Laster des Branntweins hast du rein gar nichts entgegenzusetzen."

Er machte Anstalten, einen Schritt auf sie zuzugehen und dabei die Schaufel zu erheben. Elsa zuckte keinen Zentimeter zurück. Sie sah ihn kühl an.

„Schlag mich. Ob mit der Hand oder mit dem Spaten. Schlag mich. Du kannst mich nicht verletzen."

Sie standen sich eine Weile gegenüber, zornfunkelnd, die Blicke ineinander verschränkt. Dann sah Müller zu Boden und ließ auch die Schaufel sinken.

„Es tut mir leid", murmelte er.

Elsa nickte. „Mir auch. Dass es so weit mit dir gekommen ist, das tut mir leid. Schau dich doch einmal an. Es ist erbärmlich."

Und nun geschah etwas Unerwartetes. Werners Augen füllten sich mit Tränen. Er schluchzte und sank zu Boden. Sein ausgezehrter Körper wurde von Heulkrämpfen geschüttelt. Elsa war vollkommen perplex. Sie starrte ihren Mann eine Weile an. Dann gab sie sich einen Ruck und trat auf ihn zu. Sie kniete sich neben ihn und legte eine Hand auf seine Schulter. Sie war knochig und hart. Werners Körper zitterte und bebte. Sie streichelte ihn über die verfilzten Haare und flüsterte: „Wir schaffen das schon."

KAPITEL 14

Sese-Inseln und Wilhelmstal, 24. Juli 1906

Isolde saß in einer Ecke des Zeltes und sah Wengenroth bei der Arbeit zu. Sie hatte ein vorsichtiges Vertrauensverhältnis zu dem jungen Stabsarzt aufgebaut und er ließ zu, dass sie bei seinen täglichen Verrichtungen dabei war. Leider war Dr. Koch nach ihrem gemeinsamen Jagdausflug eher unterkühlt gewesen und hatte sie zu keiner weiteren Aktivität eingeladen. Isolde war noch immer wütend auf sich, als sie daran dachte, wie sie dem Arzt das Gewehr abgenommen und dem Krokodil den Gnadenschuss verpasst hatte. Sie hatte sich einmal mehr nicht bremsen können und nun hatte sie die Person verärgert, derentwegen sie den weiten Weg nach Ostafrika auf sich genommen hatte.

Wengenroth hatte versucht, sie zu beruhigen. Koch sei nicht nachtragend, habe den Vorfall sicher schon vergessen und sei ganz in seine Forschung vertieft. Aber diese Beteuerungen hatten Isoldes Sorgen nicht verringert.

Um sich von ihren bohrenden Gedanken abzulenken, sah sie wieder zu Wengenroth hin. Der Arzt untersuchte gerade eine einheimische Frau, die von ihrer Familie gebracht worden war. Die Patientin saß auf einem Hocker und sah apathisch geradeaus. An einer Kette um ihren Hals hing ein Holzschild, auf das die Nummer 387 geschrieben worden war. Wegenroth sprach mit ihr, aber sie antwortete nicht. Der Ehemann fungierte als eine Art Dolmetscher, der in Englisch mit Wengenroth radebrechte und dessen Fragen wiederum an seine Frau weitergab, ohne eine Antwort zu erhalten.

Der Assistenzarzt bedeutete ihr, ihre Arme zu heben. Sie reagierte nicht. Er bat ihren Mann, ihm zu helfen, und dieser hob den rechten Arm der Frau am Ellenbogen an. Der Arzt tastete die Achselhöhle der Patientin ab. Er nickte und wandte sich zu Isolde um. „Die Lymphknoten sind deutlich angeschwollen. In Verbindung mit der Apathie und dem vom Ehemann berichteten Krankheitsverlauf können wir davon ausgehen, dass die Frau an der Schlafkrankheit leidet."

„Wie verläuft die Erkrankung denn üblicherweise?"

„Wir unterscheiden drei Stadien. Zunächst dringen die Trypanosomen in den Blutkreislauf ein. An der Einstichstelle können sich kleine Bläschen bilden, wir nennen das den Trypanosomenschanker. Etwa zwei Wochen später kommt es zu erkältungsartigen Symptomen: Fieber, Schüttelfrost, Kopf- und Gliederschmerzen, Juckreiz, Ausschläge und eben eine Schwellung der Lymphknoten am Hals und am Nacken. In der zweiten Phase, etwa sechs Monate nach der Infektion, werden die Symptome gravierender. Die Patienten sind verwirrt, leiden unter Koordinations- und Schlafstörungen, Krampfanfällen und Apathie verlieren oft viel Körpergewicht. Schließlich fallen sie in einen

Dämmerzustand und können nicht mehr für ihre Grundbedürfnisse sorgen. Nach einiger Zeit tritt dann unweigerlich der Tod ein."

„Und es gibt nichts, was man dagegen tun kann?"

Wengenroth zwinkerte ihr zu. „Daran arbeiten wir gerade."

Er erhob sich und ging zu dem Tischchen in der anderen Ecke des Zeltes. Hier nahm er zunächst das Besteck zur Blutabnahme auf und entnahm dem Ohrläppchen der Frau einen Tropfen Blut, den er unter dem Mikroskop analysierte. Dann zog er eine Spritze mit Atoxyl auf und setzte sie ihr zwischen die Schulterblätter. Er bedeutete dem Ehemann, sie am nächsten Tag zur zweiten Dosis noch einmal vorbeizubringen und verabschiedete das Paar.

„Wir hoch schätzen Sie die Chancen, dass die Frau überlebt?"

Wengenroth verzog das Gesicht. „Nun ... ehrlicherweise muss man sagen, dass die Symptomatik in diesem Fall schon sehr weit fortgeschritten ist."

„Das heißt?"

„Sie wird sterben."

Isolde wollte etwas erwidern, doch in diesem Moment hörte sie ihren Namen. Sie wandte sich um. Dr. Zimmermann stand im Zelteingang.

„Auf ein Wort, Fräulein Hartmann", sagte der Stabsarzt.

Isolde folgte ihm nach draußen. Er führte sie zu dem großen Gebäude neben der Kirche, in dem sich ihre Unterkunft befand.

„Was gibt es?", fragte Isolde, als sie endlich anhielten.

„Ich habe Ihre Abreise veranlasst", sagte er kurz und knapp.

„Sie haben was?"

„Ihre Abreise veranlasst. Morgen Früh wird ein Boot von Entebbe Vorräte bringen. Es wird Sie dann wieder in die Provinzhauptstadt mitnehmen, von wo aus Sie den Zug nach Mombasa besteigen und sich wieder nach Europa einschiffen können."

Isolde spürte, wie ihr Mund trocken wurde. „Aber warum sollte ich das tun? Ich bin hier noch nicht fertig."

„Doch, das sind Sie. Sie haben hier nichts mehr zu tun. Und ehe Sie Dr. Koch und die Arbeiten hier behindern, ist es besser, dass Sie abreisen. Packen Sie Ihre Siebensachen zusammen!"

Er lächelte sie an, nickte ihr zu und zog ab.

Isolde wäre ihm am liebsten nachgelaufen und hätte ihn zurückgehalten. Aber was hätte sie ihm sagen sollen? Seine Entscheidung war getroffen. Ob Koch selbst dahintersteckte? Hatte ihr Eingreifen bei der Krokodiljagd ihn doch stärker verärgert? Wahrscheinlich hatte Zimmermann nur darauf gewartet, ihr endlich diese Botschaft überbringen zu können. Aber sie konnte nicht abreisen. Sie hatte noch kein Porträt von Dr. Koch aufnehmen können. Bis auf ein Foto, das ihn neben dem toten Krokodil zeigte, hatte sie nichts vorzuweisen. Und zudem gab es hier noch so viel Spannendes zu lernen.

Sie schloss die Augen und atmete tief durch. Was sollte sie tun? Als Oberstabsarzt hatte Zimmermann hier das Sagen. Möglicherweise konnte Dr. Koch ihn überstimmen, aber wenn er hinter all dem steckte, würde er sie sicher nicht anhören wollen. Da kam ihr eine Idee.

Sie eilte zu dem gegenüberliegenden Gebäude und klopfte an eine weiß gestrichene Tür. Es dauerte ein wenig, bis sie eine Antwort erhielt. Eine einheimische Frau öffnete ihr und Isoldes Mut sank.

„Was kann ich für Sie tun?", fragte die Frau.

Isolde schluckte. „Sie … Sie sprechen Deutsch?"

Die Frau nickte. „Deutsch und Englisch. Und mehrere lokale Dialekte. Frau Dr. Koch hat mich deswegen eingestellt. Ich dolmetsche für sie."

Isolde spürte, wie ihr eine heiße Röte ins Gesicht schoss. „Entschuldigen Sie, ich wollte nicht unhöflich sein."

Die Frau zuckte mit den Achseln. „Ich bin es gewohnt, dass man mich für eine ungebildete Wilde hält. Also, was kann ich für Sie tun?"

„Ich muss dringend mit Frau Dr. Koch sprechen."

Die Frau verzog das Gesicht. „Das ist jetzt gerade ungünstig", sagte sie. „Die Frau Dr. schläft. Wir sind froh, dass sie ein wenig zur Ruhe gekommen ist. Die Malariaschübe der letzten Wochen waren heftig."

„Nein, ich schlafe nicht", hörte Isolde eine schwache Stimme aus der Tiefe des Zimmers sagen. Hedwig Koch erschien hinter der Dolmetscherin, gekleidet in einen Morgenmantel. Sie wankte und musste sich am Türstock festhalten, um aufrecht stehen zu bleiben. Ihre Augen lagen in schwarzen Höhlen und ihre Stirn war von feinen Schweißtröpfchen bedeckt.

„Was kann ich für Sie tun?"

„Entschuldigen Sie bitte mein Eindringen. Ich wollte Ihrer Genesung nicht im Wege stehen. Aber ich bedarf

Ihrer Fürsprache", sagte Isolde. „Dr. Zimmermann will, dass ich morgen abreise. Helfen Sie mir. Bitte. Meine Arbeit hier ist noch nicht getan!"

***

Elsa zog die Machete über den Stamm des Kautschukbaumes. Sie hatte die Bewegung nun schon dutzende Male durchgeführt und ein gutes Gefühl dafür bekommen, wie tief sie schneiden durfte und in welchem Winkel sie die Klinge ansetzen musste. Aus dem Schnitt quoll eine weißliche Flüssigkeit. Elsa ließ das Messer fallen und reichte Hilde die Schüssel. Das Mädchen hielt sie an die Stelle, an der der Saft sich sammelte und senkrecht nach unten tropfte. Elsa band das Behältnis mit einer breiten Leinenbinde am Stamm fest.

„Jetzt kannst du loslassen", sagte sie zu ihrer Tochter.

Das Mädchen nahm die kleinen Hände von der Schüssel und trat einen Schritt zurück.

„Und jetzt müssen wir die Behälter kontrollieren, die wir gestern befestigt haben."

Elsa nahm den auf dem Boden stehenden Eimer auf und führte ihre Tochter über den schmalen Pfad, der zwei Pflanzeinheiten trennte, zu dem Bäumen, die sie am Vortag angeschnitten hatte. Sie sah auf den ersten Blick, dass es höchste Zeit war. Einige der Schüsseln waren schon übergelaufen und darunter hatten sich im feuchten Gras weiße Flecken gebildet.

Sie beeilte sich, die Behältnisse in den Eimer zu leeren und sie dann wieder an den Stämmen zu befestigen.

„Ich glaube, wir brauchen einen zweiten Topf", sagte sie zu Hilde, als das Gefäß randvoll mit Kautschuksaft war.

„Soll ich einen holen?", fragte das Mädchen.

Elsa schüttelte den Kopf. „Nein, wir kehren zusammen zum Haus zurück."

Sie gingen zum Pfad, der sich zwischen den halbhohen Stämmen hindurchschlängelte. Es war ein feuchter Tag. In der Nacht hatte es geregnet und ein zäher Hochnebel hing in den Baumkronen. Sie erreichten den Hauptweg, der vom Tor der Plantage zum Hauptgebäude führte. In der Nähe des Tores lag etwas auf dem Weg. Elsa dachte zunächst, dass es sich um ein Tier handelte, als sie noch einmal hinsah, erkannte sie, dass es ein Mensch war. Die Gestalt rührte sich nicht. Elsa spürte, wie eine eiskalte Faust sich um ihre Kehle schloss.

Sie kniete sich vor Hilde hin und sagte: „Lauf schnell zurück zum Haus und schau, ob einer der Arbeiter dort ist. Wenn ja, dann schicke ihn bitte zu mir, ich gehe zum Tor."

Sie sah, dass Hilde von ihrem eigenen Schrecken angesteckt zu sein schien. Das Mädchen leckte sich über die Lippen und bewegte sich nicht.

„Lauf, schnell", sagte Elsa und gab ihr einen sanften Klaps auf den Rücken. Hilde setzte sich in Bewegungen und tappte in Richtung Wohnhaus davon.

Elsa atmete tief durch und ging rasch auf den Körper zu. Als sie sich ihm näherte, sah sie, dass es ich um Petersen handelte. Er rührte sich immer noch nicht. Nun erkannte sie, dass er eine Wunde am Kopf haben musste. Da war Blut. Eine ganze Menge Blut. Sie erreichte ihn und kniete sich neben den Gärtnergehilfen. Vorsichtig streckte sie ihre Finger aus und berührte ihn am Hals, um einen Puls zu fühlen. Er stöhnte leise auf und ein Schauer durchlief seinen Körper. Elsa zuckte erschrocken zurück, spürte im gleichen Augenblick jedoch Erleichterung darüber, dass Petersen noch am Leben war.

„Ich bin bei Ihnen", sagte sie. Der junge Mann schlug die Augen auf. Er wollte den Kopf heben, doch stattdessen stieß er einen Schrei aus und ließ ihn wieder sinken.

„Ruhig", sagte Elsa. „Bleiben Sie liegen. Hilfe wird bald kommen."

„Es waren drei Männer", flüsterte Petersen. Seine Augen blieben geschlossen. „Sie haben gezielt nach mir gesucht. Ich habe in der Nähe des Tors gearbeitet und sie sind zu Fuß gekommen. Sie haben gefragt, ob ich der Gärtner aus Amani bin oder eine der Arbeiter. Ich habe geantwortet, dass ich der Gärtner bin, und dann hat einer der Männer mit einem Knüppel auf mich eingeschlagen."

„Was ist los?"

Elsa wandte sich um. Sie spürte eine Welle der Erleichterung durch ihren Körper strömen, als sie ihre drei Arbeiter sah. Ohne weitere Fragen zu stellen, halfen die jungen Männer dem Gärtnergehilfen auf und stützten ihn, während der langsam zurück in Richtung Haupthaus humpelte. Elsa eilte ihnen voran. Sie stürmte die Verandatreppe hoch und hinein ins Wohnzimmer. Glücklicherweise war das Kanapee nicht von ihrem Mann besetzt. Offenbar schlief Werner seinen Rausch heute noch im Bett aus.

Die Arbeiter brachten Petersen und legten ihn vorsichtig auf das Sofa. Elsa eilte in die Küche, nahm ein Geschirrtuch und benetzte es mit kaltem Wasser aus dem Brunnen. Dann kehrte sie in den Salon zurück und begann damit, die Wunde zu säubern. Zu ihrer Erleichterung sah sie, dass es sich nur um eine oberflächliche Platzwunde handelte. Wahrscheinlich hatte Petersen zusätzlich eine Gehirnerschütterung erlitten. Aber das musste ein Arzt beurteilen. Sie trug einem der Arbeiter auf, den Sanitätssergeanten aus Wilhelmstal zu holen und der junge Kerl brach sofort auf.

Als er gegangen war, fiel Elsa ein, dass sie ihn wohl vor den drei Männern hätte warnen sollen, die über Petersen hergefallen waren. Aber er war schon außer Rufweite.

Sie wandte sich wieder dem Gärtner zu. „Wie geht es Ihnen?", fragte sie.

„Ich habe Kopfschmerzen und mir ist schwindelig", sagte er. „Aber ich denke, dass ich es überleben werde." Auf seinen Lippen erschien ein schmales Lächeln.

„Ich verstehe das nicht", sagte Elsa. „Wer sollte Ihnen etwas antun wollen?"

Er atmete tief durch. „Vielleicht hat jemand etwas dagegen, dass Ihr Betrieb hier Rendite abwirft."

Elsa kniff die Augen zusammen. „Wie kommen Sie darauf?"

„Nun, ich habe die Männer schon mehrfach gesehen. Sie sind vor dem Tor vorübergegangen, betont langsam und schienen sehr an dem interessiert zu sein, was wir hier treiben. Und danach sind sie wieder verschwunden. In Richtung Norden."

„Da liegt die Langenfeld'sche Pflanzung", sagte Elsa. Sie erinnerte sich an ihr Aufeinandertreffen mit dem Großgrundbesitzer in Tanga und ein Schauer lief ihr über den Rücken. „Der könnte tatsächlich ein Interesse daran haben, dass unsere Plantage Pleite geht. Dann könnte er sie billig übernehmen."

Petersen nickte, was ihm offenbar Schmerzen bereitete.

„Da werden harte Zeiten auf Sie zukommen, ich beneide Sie nicht."

Elsa schluckte. „Ich kann doch hoffentlich weiter auf Ihre Unterstützung zählen?"

Er schüttelte den Kopf.

„Nein, ich werde umgehend nach Amani zurückkehren. Ab jetzt müssen Sie alleine zurechtkommen."

KAPITEL 15

Sese-Inseln und Wilhelmstal, 31. Juli 1906

Isolde stellte ihr Stativ in einigem Abstand zu dem Behandlungszelt auf und schraubte ihre Kamera daran. Die Menschen in der Schlange, die darauf warteten, von den Stabsärzten behandelt zu werden, beobachteten sie mit teils misstrauischen, teils neugierigen Blicken. Die Schwerkranken starrten dagegen apathisch geradeaus. Es waren insbesondere die Kinder, die die fremde Frau und ihren seltsamen Apparat mit Neugier musterten.

Isolde stellte das Objektiv scharf, sodass sie die Reihe der Wartenden im Fokus hatte, legte ein Glasplattenpositiv ein und öffnete dann die Objektivabdeckung für vier Sekunden, ehe sie sie wieder verschloss. Sie war gerade dabei, die Glasplatte unter dem Vorhang zu entfernen, als ein halbes Dutzend Kinder auf sie zu stürmten. Es waren allesamt Mädchen, gekleidet in bunte Stoffe, die um ihre ausgemergelten, kleinen Körper gewickelt waren.

Als sie sie beinahe erreicht hatten, hielten sie abrupt an. Eines der Mädchen, die größte der sechs, hob die rechte Hand und zeigte mit dem Finger auf Isolde. Dann rief sie mit heller Stimme: „Mzungu!"

Isolde sah sie irritiert an. Das Kind wiederholte den Ruf und die anderen stimmten darin ein. „Mzungu, Mzungu!"

„Macht, dass ihr hier fortkommt", hörte sie eine Männerstimme rufen. Sie wandte sich um. Es war Wengenroth. Sein Gesicht war gerötet. Die Mädchen liefen kreischend davon. Kurz befürchtete Isolde, dass der Arzt die Verfolgung aufnehmen würde, aber er blieb bei ihr stehen.

„Freche Gören", brummte er.

„Was bedeutete Mzungu?", wollte Isolde wissen.

„Es ist ein Kisuaheli-Schimpfwort für Europäer."

„Ein Schimpfwort?"

„Nun, wahrscheinlich ist die Bezeichnung ein wenig zu stark. Vielleicht sollte man eher von einem abwertenden Ausdruck sprechen. So wie bei Karl May, wenn er von Rothäuten schreibt."

Isolde verstand. „Es ist diesen Leuten wohl nicht zu verdenken, wenn sie uns Europäer mit Vorsicht und Misstrauen begegnen. Gerade wenn man an das Beispiel der amerikanischen Ureinwohner denkt. Ich werde es niemandem übelnehmen, wenn er mich Mzungu nennt."

Wengenroth zuckte mit den Achseln. „Ich sehe das anders. Wir kommen in diesen mit Glossinen verseuchten Zipfel Afrikas, um den Leuten zu helfen. Um ihnen das Beste angedeihen zu lassen, was unsere deutsche Kultur hervorgebracht hatte. Das Land der Dichter, Denker und vor allem auch der Wissenschaftler. Wir wollen denen doch nichts Böses. Im besten Fall werden wir eine Krankheit ausrotten, an der zehntausende von Einheimischen gestorben sind. Da stößt es mir schon etwas bitter auf, wenn ich von Kindern beschimpft und verspottet werde."

„Haben die Eingeborenen Sie denn hierher gerufen?"

Wengenroth kniff die Augen zusammen. „Wie meinen Sie das?"

„Nun, Sie haben gesagt, dass Sie ihnen die Segnungen der deutschen Wissenschaft angedeihen lassen wollen. Aber haben die Leute hier darum gebeten? Haben sie nach Berlin telegrafiert, dass Dr. Koch bitte kommen möge, um sie von der Schlafkrankheit zu befreien?"

Wengenroth schüttelte den Kopf. „Nein, wie sollten sie? Die meisten sprechen gar kein Englisch. Der Gouverneur von Uganda hat uns angeboten, hier zu forschen. Und als wir unsere Zelte aufgeschlagen haben, sind die Leute einfach gekommen. Wir mussten sie nicht dazu zwingen, wenn Sie das meinen. Schauen Sie sich die Schlange an. Die kommen zu Hunderten. Wir stoßen langsam, aber sicher an die Grenzen unserer Kapazität. Die Arbeiter haben schon 75 Hütten für die Kranken gebaut, die nicht mehr auf ihren eigenen Füßen nach Hause gehen können. Aber selbst das wird nicht lange ausreichen."

„Die Leute kommen, weil sie von Ihnen Hilfe erhoffen."

„Ja, das ist korrekt."

„Können Sie ihnen denn helfen?"

Wengenroth legte den Kopf schief. „Nun, wir tragen durch unsere Forschungen dazu bei, dass in absehbarer Zeit ein wirksames Mittel gegen die Schlafkrankheit zur Verfügung steht. Also ja."

„Das meinte ich nicht. Die Hilfe, die diese Leute von Ihnen erhoffen, besteht nicht darin, dass Sie ihr Blut analysieren und ihnen ein Mittel spritzen, von dem Sie hoffen, dass es vielleicht in Zukunft hilfreich sein kann. Die Leute wollen sofort geheilt werden. Können Sie diese Hoffnungen erfüllen?“

Wengenroths Kiefermuskeln mahlten. Er schüttelte langsam den Kopf. „Ich … das ist ein schwieriger Punkt und ich bitte Sie, das als vertraulich zu behandeln.“

„Natürlich“, sagte Isolde und sah ihn gespannt an.

Er holte tief Luft. „Ich habe noch keine Heilung durch das Atoxyl miterlebt. Die Trypanosomen im Blut gehen zugrunde. Aber die Kranken sterben trotzdem.“

Isoldes Stirn legte sich in tiefe Falten. „Und dennoch erproben Sie weiter Ihre Wirkstoffe an diesen Menschen, wie an den Ratten, die ich in Amani gesehen habe?“

Wengenroths Gesicht rötete sich. „Sie unterstellen uns, dass wir diese Leute hier nur als Versuchskaninchen sehen?“

„Ist es denn anders?“

Er sog die Wange zwischen seine Zähne und kaute darauf herum. „Wir nutzen die Menschen hier nicht aus.“

„Aber Sie heilen sie auch nicht. Sie nutzen ihre Hoffnung auf Heilung aus, um Ihre Versuche durchführen zu können.“

„Ist das verwerflich? Welchen Schaden richten wir damit an?“

Isolde zuckte mit den Achseln. „Es ist nicht an mir, das zu entscheiden. Das müssen Sie mit Ihrem Gewissen vereinbaren.“

„Nun, ich werde in mich gehen. Aber einen Rat gebe ich Ihnen noch. Sprechen Sie so bitte nie vor Dr. Zimmermann oder gar vor Dr. Koch. Dann wird Ihnen selbst die Fürsprache der Frau Doktor nicht mehr helfen.“

Er nickte ihr zu und ging davon. Isolde sah ihm nach. Sie wusste, dass seine Warnung durchaus begründet war. Hedwig Koch, die ihrem Mann dargelegt hatte, wie vorteilhaft es wäre, eine Fotostrecke in der *Gartenlaube* nicht nur mit Bildern von Patienten, sondern mit hochwertigen Porträts des Forschers bei der Arbeit anzureichern, hatte bewirkt, dass sie bleiben durfte. Aber Hedwig hatte ihr auch geraten, sich nicht mehr mit Zimmermann anzulegen.

Sie schraubte ihre Kamera vom Stativ und legte sie in das Futteral. Dann klappte sie das Gestell zusammen und wollte es gerade unter den Arm klemmen, als sie aufgeregtes Rufen hörte. Vom hinteren Ende der Schlange her näherten sich zwei Männer, die eine Gestalt mit sich führten. Es war eine Frau. Ihr Kopf hing ihr herab. Die beiden Begleiter hielten sie rechts und links an den Armen und schleiften sie mehr, als dass sie sie stützten. Die Wartenden bildeten eine Gasse und ließen die Neuankömmlinge passieren. Als sie näherkamen, erkannte Isolde die Frau. Ihre Kehle wurde eng. Es war die Patientin, die sie vergangene Woche bei Wengenroth gesehen hatte. Von ihrem Mund tropfte Speichel herab.

Einer der Begleiter rief aufgeregt etwas auf Englisch. Es dauerte ein wenig, bis Isolde verstand, was er sagte: „Blind. Sie ist blind.“

***

„Wie weit ist es noch?"

Hildes Stimme wurde nun zunehmend quengelig.
Das Mädchen hatte bereits vor etwa einer halben
Stunde begonnen, zu fragen, wie lange es noch dauerte,
bis sie in Wilhelmstal eintreffen würden. Immerhin
hatten sie davor eine fröhliche Stunde wandernd zugebracht und es war auch nicht mehr weit bis zu dem
kleinen Ort. Aber Hilde hatte genug.

„Wir sind bald da", sagte Elsa. „Möchtest du ein Stück
Banane essen?"

„Au ja, das wäre fein", rief Hilde. Elsa wickelte die
Frucht aus, die sie halb gegessen hatte, reichte ihrer
Tochter das weiche Innenleben und warf die Schale in
den Bergregenwald neben dem Weg. Während Hilde
fröhlich vor sich hin kaute, setzten sie sich erneut in
Bewegung.

„Schau, da vorne ist schon das erste Haus. Da wohnen
die Wiegands", sagte Elsa. Das kleine, einstöckige Gebäude, in dem ein Plantagenvorarbeiter mit seiner Familie lebte, schmiegte sich unter einen Palmenhain.

Bald kamen weitere Anwesen in Sicht.

„Und da ist der Gasthof. Da müssen wir hin", sagte
Elsa schließlich, als das Gasthaus *zum kleinen Leutnant*
in Sicht kam.

„Warum haben wir kein Maultier dabei?", fragte
Hilde. „Du willst doch ein Paket abholen."

Elsa nickte. „Ja, aber es ist nur ein kleines Paket. Das
kann ich in meinem Korb zurück zur Plantage tragen."

„Was ist denn in dem Paket?"

Elsa schmunzelte. „Es ist nicht wie an Weihnachten.
Ich habe ein paar Dinge bestellt, die wir unbedingt
brauchen."

„Was denn?“

„Nun, Seife zum Beispiel. Damit wir dich wieder häufiger baden können.“

Der Gesichtsausdruck ihrer Tochter veränderte sich von neugierig zu angeekelt und Elsa lachte.

Sie hatten inzwischen den Gasthof erreicht. Elsa stieg die Treppe zur Veranda hinauf und öffnete die Tür zu der kleinen Lobby. Herr Zuganatto stand hinter der Theke, und als er die Ankömmlinge sah, erschien ein breites Lächeln auf seinem Gesicht.

„Die Damen Müller“, rief er und klatschte in die Hände. „Das trifft sich ja wunderbar. Ich habe erst gestern eine Lieferung davon bekommen.“

Er griff unter den Tisch, holte einen großen, rot-weiß gestreiften Lolli hervor und hielt ihn dem Mädchen hin. Hildes Augen begannen zu leuchten. Sie sah ihre Mutter an und Elsa nickte ihre aufmunternd zu. Ihre Tochter nahm ihn in die Hand und sah ihn an wie einen verzauberten Schatz. Dann fuhr sie ihre kleine Zunge aus und leckte an der Süßigkeit. Elsa wandte sich an Zuganatto.

„Ist für mich auch ein Paket angekommen?“

Er holte ein in braunes Packpapier eingeschlagenes Päckchen unter der Theke hervor. "Und ein Brief ist auch angekommen“, sagte er und legte ihn auf das Paket.

Elsa nahm ein paar Münzen aus ihrer Tasche und bezahlte die Gebühr.

„Möchten Sie noch etwas trinken?“, fragte er. „Es ist heiß heute. Sie haben noch einen weiten Weg vor sich.“

Hilde warf ihrer Mutter einen beinahe flehenden Blick zu. Elsa unterdrückte ein Seufzen.

„Gut, eine Limonade werden wir uns gönnen."

Das Mädchen stieß einen Jubelschrei aus. Für sie musste heute Geburtstag und Weihnachten zusammenfallen. Zuerst bekam sie eine Süßigkeit geschenkt und dann durfte sie auch noch Limonade trinken. Elsa führte Hilde hinaus auf die Veranda, wo der einheimische Kellner ihnen einen Krug und zwei Tonbecher brachte. Elsa schenkte ein. Während sie die Limonade tranken, öffnete sie den Brief. Der Onkel hatte geschrieben. Seine Schrift war kaum noch lesbar, weil die Gicht seine Finger verkrüppeln ließ. Er schrieb, dass es ihm gut gehe, dass Zenzi, seine Haushälterin, ihn liebevoll, manchmal aber auch streng umsorge, und dass er hoffe, dass Elsa und Hilde gesund und zufrieden seien. Elsa schluckte. Gesund waren sie. Aber zufrieden? Sie ließ den Blick über die Hauptstraße schweifen.

Wilhelmstal war ein verschlafener, kleiner Ort mit nicht einmal zweitausend Einwohnern. Viele waren auf den Plantagen der Umgebung beschäftigt. In den fünf Jahren, die sie nun schon hier lebte, hatte sie die meisten Leute kennengelernt. Deshalb fiel ihr auch die hagere Gestalt in dem weißen Tropenanzug und dem enormen Helm auf dem Kopf auf, die vom Forstamt her auf den *Gasthof zum kleinen Leutnant* zu humpelte. Sie sah genauer hin. Nein, der Mann humpelte nicht. Er ging nur sehr breitbeinig und schien darauf zu achten, dass seine Oberschenkel sich nicht berührten. Bei jedem Schritt verzog er das Gesicht, als ob er starke Schmerzen leide.

Herr Zuganatto, der auf der Veranda stand, rief ihm auf Englisch zu: „Mister Horton, haben Sie den Sanitätssergeanten angetroffen?"

Der Mann grunzte und erwiderte: „Der ist auf irgendeiner Plantage, weil ein Arbeiter sich ein Bein gebrochen hat."

Er hatte inzwischen die Treppe erreicht und zog sich die Stufen hinauf.

„Die Verletzungen sind nicht so schlimm. Ich habe eine Salbe dabei, die die Haut beruhigen wird. Aber das löst nicht mein Grundproblem. Die Naht an meinem Sattel wird mir die Wunde sofort wieder aufreißen, wenn ich aufbreche."

Elsa spürte, wie ihr Herzschlag sich beschleunigte.

Herr Zuganatto setzte einen bedauernden Gesichtsausdruck auf. „Wir haben leider keinen Sattler in Wilhelmstal."

Der kleine Engländer schnaubte. „Typisch Deutsch. Sie haben hier sicher ein Dutzend Beamte. Aber an Handwerkern mangelt es Ihnen."

„Entschuldigen Sie, wenn ich mich hier einmische", meldete Elsa sich zu Wort. Sie sprach Deutsch, da ihr Englisch ein wenig eingerostet war.

Die beiden Männer sahen sie überrascht an.

„Es ist nicht ganz korrekt, dass es keinen Sattler in Wilhelmstal gibt", sagte sie. Sie hielt kurz den Atem an, ehe sie fortfuhr: „Ich beherrsche dieses Handwerk."

Der Blick des Wirtes verengte sich, doch der Engländer klatschte in die Hände. „Wonderful", rief er. „Kommen Sie mit."

Elsa zögerte nicht lange und folgte ihm. Er humpelte vor ihr her.

„Charles Horton", stellte er sich vor. „Ich bin Privatier und bereise die Welt, wie es mir gefällt."

Sie traten in den Schuppen neben den Stallungen. Hier war ein Sattel aufgebockt. Elsa sah auf den ersten Blick, wo das Problem lag.

„Die Polsterung ist verrutscht und drückt von unten gegen die Naht", sagte sie und deutete auf einen Wulst, der deutlich hervortrat. „Das hat an Ihrem Oberschenkel gescheuert."

„Sie sagen es", brummte Horton. „Können Sie das beheben?"

Elsa sah sich um. Sie konnte nirgendwo entsprechendes Werkzeug erkennen.

„Wie lange sind Sie denn noch in Wilhelmstal?", fragte sie.

„Ich kann nicht weiterreisen, ehe mein Sattel repariert ist. Natürlich könnte ich einen neuen Sattel kaufen, aber ob Sie es glauben oder nicht, ich hänge an diesem Stück. Es war teuer."

Elsa nickte. „Das verstehe ich sehr gut. Es ist eine schöne Arbeit. Die Polsterung kann immer mal wieder verrutschen. Ich könnte morgen mit meinen Werkzeugen zurückkehren und Ihnen den Sattel reparieren."

Horton klatschte in die Hände.

„Sehr gut. Dann tun Sie das!"

KAPITEL 16

Sese-Inseln und Wilhelmstal, 1. August 1906

Isolde hatte einen Plan gefasst. Sie wusste, dass dessen Ausführung sie in Schwierigkeiten bringen konnte. Wenn Zimmermann oder einer der anderen Ärzte sie bei ihrem Vorhaben erwischte, konnte das ihre endgültige Abreise bedeuten. Aber sie hatte keine Wahl. Die Szene, deren Zeugin sie am Vortag geworden war, hatte sie bis ins Mark erschüttert. Die Verzweiflungsschreie der Angehörigen der blinden Frau hatten sie bis in ihre Träume verfolgt. Und sie hatten die Zweifel in ihr weiter genährt, die sie schon seit längerem gepiesackt hatten. War diese Blindheit eine Folge der Behandlung mit dem Atoxyl gewesen? Es war eine Sache, ein wirkungsloses Medikament an diesen Menschen hier zu erproben. Die Ärzte um Koch schienen das mit ihrem Gewissen vereinbaren zu können. Aber wie würden sie damit umgehen, wenn diese Arznei nicht nur keinen Nutzen brachte, sondern den Schlafkranken vielmehr schadete? Würden sie das ebenfalls in Kauf nehmen?

Isolde hatte beschlossen, dass sie nicht tatenlos dabei zusehen konnte, wenn Menschen im Namen der Wissenschaft gequält wurden. Sie musste herausfinden, ob ihre Zweifel der Realität entsprachen. Daher ließ sie ihre Kamera in der Unterkunft und machte sich im Morgengrauen auf den Weg. Ein kühler Dunst stieg vom See her auf, Nebelschwaden waberten zwischen den Gebäuden der Mission herum. Isolde fröstelte und sie spürte, wie ihr Herz raste. Sie war aufgeregt. Und sie fürchtete sich ein wenig. Aber es musste getan werden.

Sie schlug den Pfad ein, der an den Zelten vorbeiführte und ging dann weiter in Richtung des Dorfes, das etwa eine Meile entfernt von der Missionsstation auf einem Hügelkamm lag. Die meisten Patienten, die sich von den Ärzten untersuchen ließen, stammten von dort. Vielleicht würde sie hier auch Antworten auf ihre brennenden Fragen finden.

Der Pfad war gesäumt von hohen Büschen und Palmen. Aus dem Dickicht drangen allerhand seltsame Geräusche zu ihr. Einmal hielt sie inne, als sie eine Schlange bemerkte, die sich um einen Ast gewunden hatte. Das Tier war gut fünf Ellen lang. Isolde blieb stehen und versuchte, sich so wenig wie möglich zu bewegen. Vor sich sah sie eine Gruppe von vier einheimischen Männern auf sich zukommen, die sie neugierig musterten. Sie ließ ihren Blick demonstrativ von den Neuankömmlingen zu der Stelle schweifen, an der sich das Reptil befand. Einer der Männer, der sich auf einen langen Spazierstock stützte, trat auf die Schlange zu, hob den Stab und ließ ihn mit einer fließenden Bewegung auf den Kopf des Tieres krachen, das lautlos vom Ast fiel und im Gestrüpp liegenblieb.

Die Männer lächelten ihr zu und riefen: „Mzungu!". Isolde erwiderte das Lächeln und dankte ihnen auf Englisch. Sie schritt schneller aus und nach wenigen Minuten kamen die ersten Hütten in Sicht. Es waren niedrige Gebäude aus Lehm, die mit Schilfdächern gedeckt waren. Im Dorf stiegen zahlreiche Rauchsäulen auf. Schon von Weitem sah sie, dass ein geschäftiges Treiben herrschte.

Als sie zwischen die Hütten trat, wurde sie sofort von Kindern umringt, die laut: „Mzungu, Mzungu!" riefen und dabei tanzten und klatschten. Isolde fühlte sich weder bedroht noch verspottet. Die Freude der Menschen war ansteckend. Ein in bunte Gewänder gekleideter Mann trat auf sie zu und fragte in stockendem Englisch nach ihrem Begehr.

„Ich bin Gast der Ärzte in der Missionsstation", erwiderte sie. „Und ich möchte gerne mit Kranken sprechen."

Der Mann sah sie irritiert an. „Warum?"

„Weil ich wissen möchte, wie gut die Arznei wirkt."

Er setzte eine bedauernde Miene auf. „Nicht gut. Leider nicht gut. Kommen Sie!"

Er führte sie zu einer Hütte am Rand des Dorfes, vor der ein Feuer brannte. Davor saß eine Frau, die leise vor sich hin stöhnte. Der Mann sagte etwas zu ihr. Sie richtete ihren Blick auf Isolde, aber diese erkannte sofort, dass die Frau sie nicht sah.

„Guten Tag", sagte Isolde, da ihr nichts Angemesseneres einfiel. Die Frau erwiderte ihren Gruß in ihrer Sprache. Der Mann fungierte als Dolmetscher.

„Sie sind von den Ärzten in der Station behandelt worden?"

„Ja", erwiderte die Frau. „Sie sagen, ich habe die Schlafkrankheit. In meinem Körper gibt es Schwellungen und mir ist immer schwindelig. Sie haben mir Blut genommen und kleine Tiere darin gefunden. Dann haben sie mir in den Rücken gestochen. Zweimal."

„Wann war das?", fragte Isolde.

Die Frau und der Mann schienen sich nun etwas länger auszutauschen.

„Vor einigen Tagen. Sie weiß es nicht mehr genau", sagte der Dolmetscher schließlich.

„Was ist passiert, nachdem die Ärzte Sie in den Rücken gestochen haben?", fragte Isolde.

„Mir ist noch viel schwindeliger geworden. Ich war so schwach, ich konnte kaum gehen. Mein ganzer Körper hat gezittert. Und als ich am nächsten Tag aufgewacht bin, habe ich nichts mehr gesehen. Wird diese Blindheit bleiben?"

„Ich weiß es nicht", murmelte Isolde.

„Das kann es doch nicht sein", sagte die Kranke. An der zunehmenden Lautstärke erkannte Isolde, wie wütend sie war. „Ich bin zu den Ärzten gegangen, damit sie mich heilen. Stattdessen haben sie mir das Augenlicht genommen."

Isolde spürte, wie sich eine eiserne Faust um ihre Kehle legte. Sie verabschiedete sich und folgte ihrem Führer zurück in die Mitte des Dorfes.

„Wie viele Ihrer Leute sind an der Schlafkrankheit erkrankt?"

Er zuckte mit den Achseln. „Wir haben aufgehört, sie zu zählen. Zuerst hat es die Männer getroffen, die zum Fischen auf den See fahren. Die Ärzte sagen, dass die Fliegen im Schilf für die Krankheit verantwortlich sind. Die Männer sind gestorben und danach die Frauen."

„War das, bevor die Ärzte hier angekommen sind?"

Der Mann nickte. „Ja, lange davor."

„Ist es denn besser geworden, seitdem die Ärzte hier sind? Werden weniger Menschen krank? Gibt es Heilungen?"

Der Mann sah sie lange an. Dann schüttelte er den Kopf.

„Nein, es ist nicht besser geworden. Die Leute werden krank und sterben. Sie bekommen Medizin von den Ärzten, aber die macht sie noch kränker und sie sterben noch schneller. Vielleicht ist das auch gut so. Wenn man schon sterben muss, dann sollte es schnell gehen."

Isolde sah ihn mit großen Augen an. „Aber wenn die Behandlung der Ärzte Ihren Leuten nicht hilft, warum sollten sie zur Missionsstation gehen?"

Der Mann sah sie erneut lange an. Dann sagte er:

„Weil der Häuptling es gesagt hat. Er befiehlt und wir folgen ihm."

***

„So, nun sollten Sie wieder bequem auf dem Sattel sitzen können", sagte Elsa und zog den letzten Faden fest. Sie strich prüfend darüber und nickte zufrieden. „Fühlen Sie es selbst!"

Horton legte den Finger auf die Naht und seine Augen weiteten sich.

„Da steht nichts mehr über. Und das Leder fühlt sich viel weicher an als zuvor. Wie haben Sie das geschafft?"

„Sattlergeheimnis", sagte sie und zwinkerte ihm verschwörerisch zu. Der Engländer lachte.

„Was bin ich Ihnen schuldig?", fragte er.

Elsa winkte ab. „Nichts. Das habe ich doch gerne getan. Ich bin immer froh und glücklich, wenn ich meine Werkzeuge auspacken kann."

„Sie haben nicht oft Gelegenheit dazu?", fragte Horton.

„Nein. Auf der Plantage bessere ich ab und zu das Zaumzeug der Maultiere aus. Oder ich flicke Schuhe. Aber einen Sattel habe ich schon lange nicht mehr repariert."

„Das ist ein Jammer. Sie haben ein großes Talent."

Elsa zuckte mit den Achseln. „Das mag sein. Aber es schien mir nicht bestimmt zu sein, meinen Lebensunterhalt als Sattlerin zu verdingen."

„Wie trägt sich Ihre Plantage?", fragte der Engländer.

Elsa kniff die Lippen aufeinander. Sie beschloss, ehrlich zu sein. Was hatte sie schon zu verlieren? „Es könnte besser laufen. Wir werden dieses Jahr erstmals ernten, ich hoffe, dass sich dann alles zum Guten wendet."

Horton sah sie bedauernd an und Elsa spürte, dass sie errötete. Sie mochte es nicht, bemitleidet zu werden.

„Ich möchte nicht mit Ihnen tauschen", sagte er schließlich. „In einem fremden Land von ganz vorne zu beginnen. Das wäre nichts für mich. Ich reise gerne in die Welt, ich sauge Eindrücke in mich auf. Aber ich bin auch froh, wenn ich wieder in meine gewohnte Umgebung in England zurückkehren kann. Was hat Sie nach Afrika gebracht?"

Elsa schluckte. Sollte sie weiter ehrlich bleiben? „In Deutschland gab es nichts mehr für mich. Ich habe alles verloren, was mir wichtig war. Da erschien es als ein guter Weg, hier neu zu beginnen."

„Haben Sie es jemals bereut, nach Afrika ausgewandert zu sein?“

Elsa sah ihn lange an. Schließlich sagte sie: „Ich bereue es jeden Tag. Das hier ist nicht meine Heimat. Ich bin ein Fremdkörper in diesem Land. Die Einheimischen nennen uns Mzungu und sie tun recht daran. Wir gehören nicht hierher. Aber nach Deutschland gehöre ich auch nicht. Ich habe nichts, was einer Heimat näherkäme, als die Plantage hier. Daher muss ich das Beste daraus machen. Für mich und meine Tochter.“

Horton legte den Kopf schief und sah Elsa an. „Wenn Sie wirklich das Beste daraus machen wollen, sollten sie erwägen, als Sattlerin tätig zu sein. Ich habe Sie beobachtet. So behutsam, ja beinahe liebevoll, wie Sie mit dem Leder umgegangen sind. Das war außergewöhnlich! Man sieht Ihnen an, wie gerne Sie das tun. Und wie gut Sie darin sind.“

„Ich habe genügend Arbeit auf der Plantage“, sagte sie und winkte ab.

„Vom Erlös Ihrer Sattlerwerkstatt könnten Sie Arbeiter einstellen, die Sie entlasten.“ Er hielt sich eine Hand vor den Mund und sagte: „Verzeihen Sie mir, ich wollte nicht unhöflich sein.“

Elsa lachte. „Nein, Sie haben ja Recht. Ich bin keine allzu große Hilfe. Klar, ich kann Kautschukbäume anschneiden und Schalen an die Stämme binden. Aber die schweren Fässer mit dem Kautschuksaft rolle ich nicht durch die Gegend.“

„Nun, warum eröffnen Sie dann keine Sattlerwerkstatt?“

Elsa seufzte. „Die Plantage ist zwei Stunden von hier entfernt. Kaum einer der Leute von hier wird wegen kleinerer Lederarbeiten diese Strecke auf sich nehmen wollen. Zudem müssten die erst einmal wissen, dass ich als Sattlerin arbeite."

Der Engländer zwinkerte ihr zu. „Das sollte das kleinste Problem werden. Kommen Sie mit!"

Er ging auf das Hotel *zum kleinen Leutnant* zu. Elsa legte ihre Werkzeuge beiseite und folgte ihm. Auf der Veranda stand Herr Zuganatto und schaute in ihre Richtung. Als sie sich näherten, rief Mr. Horton: „Herr Wirt, auf ein Wort."

Elsa dämmerte, was ihr zufriedener Kunde vorhatte, und ein mulmiges Gefühl machte sich in ihrem Bauch breit. Sie verspürte den Impuls, den Engländer zurückzuhalten, doch Zuganatto war bereits auf sie aufmerksam geworden.

„Was kann ich für Sie tun?", fragte er.

„Wussten Sie schon, dass Sie in Ihrer kleinen Gemeinde hier eine außerordentlich fähige Sattlerin beherbergen?"

Die buschigen Augenbrauen des Wirtes schossen nach oben. Er schmunzelte. „Sie sprechen sicherlich von Frau Müller. Sie waren also mit ihren Diensten zufrieden, nehme ich an?"

„Zufrieden ist gar kein Ausdruck. Der Sattel ist in einem besseren Zustand als zu dem Zeitpunkt, als ich ihn gekauft habe. Das ist erstklassige Arbeit."

„Das freut mich", sagte Herr Zuganatto. Doch Horton ließ nicht locker.

„Sie sind doch die wichtigste Person an diesem Ort."

Der Wirt schmunzelte erneut. „Lassen Sie das bitte nicht den Herrn Bezirksamtmann hören. Oder den Herrn Pastor."

Der Engländer winkte ab. „Sie leiten das einzige Hotel in der Gegend und die größte Spedition im Umkreis von 50 Meilen. Alle Neuigkeiten laufen zuerst bei Ihnen zusammen."

Zuganatto lachte „Sie beschreiben mich wie eine Spinne, die in der Mitte ihres Netzes sitzt und auf Beute wartet."

„Nun, so ganz verkehrt wird dieses Bild nicht sein. Aber darauf wollte ich nicht hinaus. Ich habe Frau Müller vorgeschlagen, eine Sattlerwerkstatt zu eröffnen."

„Das ist eine sehr gute Idee", sagte Zuganatto. „So etwas fehlt hier am Ort."

„Eben", sagte Horton. „Aber Frau Müller hat eingewendet, dass niemand davon erfahren würde, wenn sie eine Werkstatt eröffnen würde. Deshalb kommen wir zu Ihnen. Sie könnten das doch innerhalb kürzester Zeit jedem Bewohner von Wilhelmstal kundtun."

„Ja, das dürfte tatsächlich nicht allzu schwierig sein. Mittwochs treffen sich die Pflanzer zu einem Stammtisch bei mir. Ein Wort, und der ganze Ort weiß Bescheid."

Horton drehte sich zu Elsa um. „Sehen Sie?"

„Ich würde aber noch mehr tun", sagte Zuganatto. Elsa sah ihn mit großen Augen an. „Denn ich finde, dass es eine sehr gute Idee ist, wenn Sie eine Sattlerwerkstatt eröffnen. Ich könnte Ihnen zu diesem Zweck einen meiner Schuppen anbieten. Dann müssten die Kunden nicht den beschwerlichen Weg nach Müllerau auf sich nehmen. Was sagen Sie?"

KAPITEL 17

Sese-Inseln und Wilhelmstal, 2. August 1906

Als Wengenroth das Untersuchungszelt verließ, wartete Isolde bereits auf ihn. Der junge Arzt sah müde und abgespannt aus. Er schien so in Gedanken versunken zu sein, dass er sie zunächst gar nicht wahrnahm. Erst, als sie ihn mit seinem Namen ansprach, reagierte er, indem er zusammenzuckte, seinen Blick suchend schweifen ließ und dann ein entschuldigendes Lächeln aufsetzte.

„Es war ein langer Tag", sagte er. „Ich hoffe, Ihrer war besser."

Isolde schüttelte den Kopf. „Nein, leider nicht. Und deswegen muss ich mit Ihnen sprechen."

Das Lächeln verschwand von seinen Lippen. „Was ist los?", fragte er. „Gab es wieder Probleme mit Dr. Zimmermann? Oder mit Dr. Koch?"

„Nein. Die beiden habe ich heute nicht zu Gesicht bekommen. Und das ist wahrscheinlich auch besser so."

Isolde kniff die Lippen zusammen. Erst jetzt spürte sie, wie wütend sie war. Seit dem Vortag wartete sie darauf, sich ihren Ärger und ihre Verzweiflung von der Seele sprechen zu können. Doch nun musste sie sich ein wenig im Zaum halten, um nicht über das Ziel hinauszuschießen. Sie hatte nichts davon, wenn sie Wengenroth verärgerte. Neben Hedwig Koch war er der einzige Mensch hier, den sie zu ihren Verbündeten zählte. Und Hedwig war auch nur so lange auf ihrer Seite, wie sie darauf hoffen konnte, dass ihr Mann in Isoldes Bildern und Beschreibungen eine gute Figur in der Heimat abgeben würde.

Wengenroth führte sie zur Kirche. Kurz fragte sich Isolde, ob er in dem Gotteshaus mit ihr sprechen wollte, doch er ging daran vorbei und hielt erst in einem abgetrennten Bereich an, in dem mehrere schlichte Holzkreuze im Erdboden steckten.

„Das ist der alte Friedhof der Missionsstation. Hier sind wir ungestört", sagte der Arzt. „Und der Ausblick ist auch nicht zu verachten." Er deutete über den Zaun am Rand des Hochplateaus. Darunter erstreckte sich ein Streifen Buschland bis zum Ufer des Sees. Zahlreiche weitere Inseln waren bis zum Horizont im funkelnden Wasser versprenkelt.

„Auf all diesen Inseln leben Menschen, die von der Seuche bedroht sind, nicht wahr?", fragte sie.

Wengenroth nickte. „Viele von ihnen sind nicht mehr nur bedroht. Sie sind bereits erkrankt. Deswegen sind wir hier."

Isolde sah ihn lange an. „Ich war heute im Dorf", sagte sie schließlich. Er erwiderte ihren Blick und sie meinte in seinen Augen so etwas wie ein Verstehen aufblitzen zu sehen.

„Sie haben die Schlafkranken gesehen", sagte er.

„Ich habe sie nicht nur gesehen", entgegnete Isolde. „Ich habe mit ihnen gesprochen."

Wengenroth zog eine seiner Augenbrauen nach oben. „Sie beherrschen die lokalen Dialekte?"

„Nein, aber ich hatte einen Dolmetscher."

„Was haben Sie erfahren?" Seine Miene drückte Neugier aus, was Isolde irritierte.

„Was ich erfahren habe?"

Er zuckte mit den Achseln. „Nun, wissen Sie, wir als Ärzte sind eingeschränkt in dem, was wir an Informationen aus unseren Patienten herauslocken. Das habe ich schon in meiner ersten praktischen Tätigkeit an der Kinderklinik des Universitätsklinikums in Frankfurt erfahren dürfen. Je näher Weihnachten rückte, desto weniger Symptome berichteten meine jungen Patienten. Sie wollten das Fest zu Hause feiern und verschwiegen mir deswegen ihre Leiden."

Isolde legte den Kopf schief. „Ich glaube nicht, dass die Situation hier sich mit der Kinderklinik in Frankfurt vergleichen lässt."

„Warum? Patienten sagen oft nicht die ganze Wahrheit. Aus welchem Grund auch immer."

„Bei Ihren Kindern war der Grund, dass sie Weihnachten im Kreis ihrer Familie feiern wollten. Was glauben Sie, warum die Einheimischen Ihnen Details über ihre Erkrankung vorenthalten?"

Er zuckte mit den Achseln. „Wahrscheinlich sagen Sie ohnehin nur die Hälfte, weil sie es mit einem Mzungu zu tun haben."

Isolde nickte. „Ja. Und sie haben kein Vertrauen in Ihre Behandlungsmethoden."

Er lachte. „Dafür, dass sie uns misstrauen, kommen sie aber in Scharen zu uns. Sollten sie sich nicht vor uns verstecken, wenn Sie recht hätten?"

„Manche verstecken sich tatsächlich. Einer der Männer hat mir berichtet, dass ein Teil der Dorfbewohner in den Wald geflohen ist, um nicht von Ihnen behandelt werden zu müssen."

„Das mag sein, aber die Mehrzahl scheint sich dann doch lieber in unsere Hände zu begeben, als sich irgendwelchen wilden Tieren oder anderen Gefahren auszusetzen."

„Die Leute kommen, weil ihr Häuptling es ihnen befiehlt", sagte Isolde. „Nicht, weil sie glauben, dass die Ärzte ihnen helfen können. Ganz im Gegenteil. Viele sind der Überzeugung, dass die Behandlung ihre Leiden verschlimmert."

Der Arzt runzelte die Stirn. „Das haben Ihnen die Kranken berichtet?"

Isolde spürte, dass sie an einem kritischen Punkt angekommen war. Wengenroth verteidigte sich und das Vorgehen seiner Kollegen. Er schlug sich auf deren Seite, weil er sich selbst angegriffen fühlte.

„Ich will Ihnen keine Vorwürfe machen", sagte sie leise.

„Das tun sie aber", erwiderte Wengenroth. „Worauf soll das hier hinauslaufen?"

„Ich habe im Dorf mit insgesamt sieben Frauen gesprochen", sagte sie. „Alle wurden von Ihnen und Ihren Kollegen mit Atoxyl behandelt. Und fünf sind innerhalb der letzten Tage erblindet."

Er sah sie mit weit aufgerissenen Augen an. „Das ... das ist nicht möglich", sagte er. „Mir ist nur von einem Fall bekannt. Und da ist es fraglich, ob die Frau nicht vorher schon als Folge der Schlafkrankheit erblindet war."

Isolde schüttelte den Kopf. „Das ist kein Einzelfall. Allein in diesem Dorf sind es mindestens fünf."

„Aber warum sind die Patienten nicht zu uns gekommen, nachdem sie erblindet waren? Das verstehe ich nicht."

„Drei der Frauen haben mir berichtet, dass sie sich bei ihren Kollegen vorgestellt hätten. Sie seien jedoch weggeschickt worden mit dem Hinweis, dass es sich bei der Blindheit um ein vorübergehendes Symptom handle, das sich von selbst wieder bessern würde."

Sie sah, dass Wengenroth erbleichte. „Das ... das ist nicht korrekt. Jeder Fall muss berücksichtigt werden. Wir können die Wirkung von Atoxyl nicht erforschen, wenn wir die Nebenwirkungen bei unterschiedlichen Dosierungen nicht akkurat erfassen."

Isolde nickte. „Deshalb wollte ich unbedingt mit Ihnen sprechen. Ich glaube, dass einige Ihrer Kollegen hier nicht daran interessiert sind, ob das Medikament mehr Schaden als Nutzen anrichtet. Sie wollen schnelle Erfolge vorweisen. Vielleicht hat der Nobelpreis für Dr. Koch sie angespornt. Aber so geht das nicht."

„Nein, so geht das nicht, das haben Sie Recht."

Isolde trat auf ihn zu und sah ihm direkt in die Augen. „Gut. Dann helfen Sie mir dabei, dem einen Riegel vorzuschieben."

***

„Nein, das wirst du nicht tun, ich verbiete es dir!"

Elsa starrte Werner mit weit aufgerissenen Augen an. Das durfte jetzt nicht wahr sein. „Du verbietest es mir? Du?"

„Ja, ich. Ich bin dein Mann. Wenigstens nach dem Gesetz. Und wenn du ein Gewerbe anmelden oder einen Beruf ausüben willst, benötigst du meine Zustimmung. Die werde ich dir ganz bestimmt nicht erteilen."

Elsa schnaubte. Sie stemmte die Hände in die Hüften und funkelte ihn wütend an.

„Und warum nicht?"

„Das fragst du noch? Es schickt sich nicht. Du bist eine Tochter aus besserem Hause und die Frau eines Plantagenbesitzers. Da macht man sich nicht die Hände schmutzig, indem man ausgefallene Ösen am Zaumzeug von Mauleseln einsetzt."

„Ich darf dich daran erinnern, dass das bessere Haus, auf das du anspielst, auf dem Sattlerhandwerk aufgebaut wurde, das mein Großvater und mein Vater ausgeübt haben. Und wenn es sich für die Frau eines Plantagenbesitzers nicht schickt, sich die Hände schmutzig zu machen, darf wohl auch die Frage erlaubt sein, ob es sich dann für den Herrn Pflanzer selbst schickt, sich das Hemd und die Hosen zu besudeln, wenn er mal wieder einen über den Durst getrunken hat."

Elsa sah den Schlag kommen und wich ihm mit Leichtigkeit aus. Sie verzichtete darauf, Werner wegen der Langsamkeit zu verspotten, die seine Trinkerei mit sich gebracht hatte. Das würde seine Wut nur weiter anfachen. Und sie hatte weder Lust noch Zeit, diesen unnötigen Streit in die Länge zu ziehen.

„Du wagst es?", geiferte Werner.

„Ja, ich wage es", gab Elsa zurück.

„Nach allem, was ich für dich und deine Tochter getan habe? Sie ist nicht mein Kind."

„Das weiß ich sehr gut. Und ich bin dir dankbar, dass du sie annimmst und gut zu ihr bist. Aber mir zu verweigern, etwas zu unserem Einkommen beizutragen, schadet nicht nur dir und mir, sondern auch Hilde.“

„Wie willst du denn mit dieser Werkstatt zu unserem Einkommen beitragen? Die anderen Pflanzer werden den Teufel tun und sich wegen ihrem kaputten Zaumzeug oder Rissen in ihren Sätteln an dich zu wenden.“

Elsa schüttelte den Kopf. „Da irrst du dich. Herr Zuganatto hat mir bereits fünf Kunden angeworben. Ich kann morgen beginnen. Und du wirst mich daran nicht hindern.“

Werner schien einzusehen, dass er mit seiner bisherigen Argumentationslinie keinen Boden gut machen konnte. Er wechselte die Taktik. „Ich brauche dich hier auf der Plantage.“

„Wofür? Um Kautschuksaft abzuzapfen? Lass dir von den Arbeitern zeigen, wie es geht. Das ist eine wesentlich sinnvollere Beschäftigung, als eine Flasche Weinbrand nach der nächsten zu leeren.“

Wieder sah sie den Schlag kommen und erneut wich sie rechtzeitig aus.

„Du Hure!“, schrie Werner. Speichelfäden rannen aus seinem Mund. Er machte einen Schritt auf sie zu, stolperte und fiel hin. Elsa sah zu ihm hinab.

„Ich könnte dich einen Säufer schimpfen“, sagte sie. „Aber damit wäre niemandem geholfen.“

„Und was ist mit Hilde?“, fragte Werner. Er stöhnte vor sich hin und rieb sich das linke Knie, auf das er gefallen war.

„Die nehme ich mit", sagte Elsa. „Dann lernt sie schon etwas fürs Leben. Und in Wilhelmstal findet sie vielleicht sogar Spielgefährtinnen."

„Ihr verlasst mich also?"

Werners Ton wurde nun weinerlich, etwas, was Elsa nur ganz schwer ertrug.

„Wer hat etwas von Verlassen gesagt? Wir werden morgens nach Wilhelmstal aufbrechen und abends wieder hier sein. Sechs Tage in der Woche."

Er sah sie lange aus seinen blutunterlaufenen Augen an. Dann senkte er den Kopf. „Nun, wenn es sein muss. Dann tu, was du für richtig hältst."

Elsa unterdrückte ein Seufzen der Erleichterung. Sie wusste inzwischen ganz gut, wie sie sich gegen Werner durchsetzen konnte. Anfangs war sie von seinen jähen Wutausbrüchen eingeschüchtert gewesen, aber nun erkannte sie sie als das, was sie waren: Strohfeuer, die sie mit ihrem überlegenen Intellekt leicht löschen konnte.

„Gut, dann gehe ich meine Werkzeuge packen", sagte sie. Sie verließ den Salon und traf auf der Veranda auf Hilde, die mit ihren Puppen spielte.

„Hat Papa Schmerzen?", fragte sie.

„Warum?"

„Weil er so geschrien hat."

Elsa schüttelte den Kopf. „Nein, er ist nur hingefallen. Wahrscheinlich ist er erschrocken und hat deshalb einen Schrei losgelassen. So wie du."

Sie kitzelte ihre Tochter unvermittelt am Nacken und diese ließ ein Quietschen ertönen.

„Lass das", rief sie, sprang auf und rannte in den Hof. Elsa folgte ihr und sie tobten eine Weile über die Grasfläche, bis sie schwer atmend beieinanderstanden.

„Das hat Spaß gemacht", sagte Hilde.

„Hilfst du mir, alles auf den Wagen zu laden?"

Das Mädchen klatschte in die Hände und rief: „Au fein!"

Sie gingen zu dem niedrigen Schuppen neben dem Haus, in dem sich die Werkzeuge befanden, die sie aus München mitgebracht hatte. Sie öffnete die Tür, die in den rostigen Angeln knarzte und quietschte. Das Tageslicht fiel in einem weißen Streifen in den Stauraum. Dort stand die Ledertasche, welche die Messer, Hämmerchen, Meißel und Nadeln barg, die schon ihr Großvater in der kleinen Werkstatt hinter dem Viktualienmarkt benutzt hatte. Außerdem lagerte dort die Kiste, in der sich die Überreste des Sattels befanden, den sie mit Moritz, Hildes Vater, gebaut hatte. Sie hatte das, was nach Werners Wutanfall davon übriggeblieben war, heimlich hier versteckt. Es graute sie davor, das Behältnis zu öffnen. Aber einem Impuls folgend schob sie es nach draußen und wuchtete es auf den Karren. Dann stellte sie die Tasche mit den Werkzeugen dazu.

„Was ist denn in der Kiste?", wollte Hilde wissen.

„Ein alter Sattel, der dringend repariert werden muss."

„Und du weißt, wie das geht?"

„Ja, ich bin ziemlich gut darin."

Hilde klatschte in die Hände. „Au fein, zeigst du mir, wie man das macht?"

Elsa nahm ihre Tochter in die Arme und streichelte ihr über das Haar.

„Liebend gern, meine Kleine, liebend gern."

KAPITEL 18

Sese-Inseln und Wilhelmstal, 06. August 1906

Isolde klopfte an die windschiefe Tür eines Zimmers im hintersten Bereich des Wohngebäudes des Klosters. Sie hörte schlurfende Schritte und als sich ein Spalt öffnete, sah sie das Gesicht des Paters vor sich. Daniel wirkte überrascht.

„Was kann ich für Sie tun?", fragte er.

Isolde fuhr sich mit der Zunge über die Lippen. Sie hoffte, dass sie die richtigen Worte fand. „Ich wollte Sie um einen Gefallen bitten", sagte sie.

Der Pater legte den Kopf schief. „Einen Gefallen?", wiederholte er. „Worum handelt es sich?"

„Ich möchte die Dörfer auf der Insel besuchen", sagte sie. „Und ich wollte Sie bitten, mir zu dolmetschen."

Seine Stirn legte sich in Falten. „Die Dörfer auf der Insel? Warum?"

„Ich möchte, dass die Leser der *Gartenlaube* einen Eindruck davon bekommen, wie die Menschen hier leben. Bislang habe ich die meiste Zeit im Kloster oder in den Zelten verbracht. Aber wenn ich nur dort fotografiere, werden die Leute daheim im Reich denken, dass die Lebensbedingungen in den Kolonien gar nicht so verschieden von denen in Deutschland sind. Dann werden sie aber nicht verstehen, was die Expedition für die Menschen hier auf den Sese-Inseln bedeutet. Ich möchte in die Dörfer gehen und mit den Einheimischen sprechen, möchte ihnen auch eine Stimme geben."

Der Pater nickte. „Das ist löblich. Ich lebe seit nunmehr 18 Jahren auf diesen Inseln. Nicht wenige der Menschen hier konnten wir auf den rechten Pfad bringen und zur Gottesfurcht erziehen. Es ist gut, wenn Ihre Landsleute erfahren, wem Dr. Koch und seine Ärzte die Segnungen der modernen Medizin angedeihen lassen."

Isolde atmete erleichtert durch. Das lief ja besser, als sie es sich zu hoffen geträumt hatte.

„Leider kann ich Sie aber nicht begleiten. Ich habe zu viel zu tun. Da ich nur noch alleine das Kloster verwalte, habe ich eine Vielzahl an Aufgaben, vor allem, da wir eine große Zahl an Gästen beherbergen."

Isolde spürte, wie ihre Schultern nach unten sanken. Offenbar hatte Pater Daniel die Enttäuschung in ihrem Gesicht gesehen, denn er fügte rasch hinzu: „Nichtsdestotrotz kann ich Ihnen aber einen kompetenten Dolmetscher an die Seite stellen. Kommen Sie mit."

Er trat hinaus ins Freie und Isolde hatte mit einem Mal Mühe, seinem raschen Schritt zu folgen. Daniel führte sie an der Kirche vorbei zum Rand des Plateaus, wo vier junge Männer damit beschäftigt waren, Feuerholz aufzuschichten.

„Makala", rief er und einer der Arbeiter hob seinen Kopf. Der Pater winkte ihn zu sich und er ließ den Holzstapel, an dem er eben noch gearbeitet hatte, liegen und gesellte sich zu ihnen. Daniel legte eine Hand auf die Schulter des jungen Mannes und sagte: „Das hier ist Makala. Er hat unsere Missionsschule besucht. Sein

Englisch ist so gut, dass er in London als Angehöriger der Oberschicht durchgehen könnte, wenn das für Menschen aus diesem Teil der Erde möglich wäre."

Wie, um seine Worte zu unterstreichen, sagte Makala: „Guten Tag, wie geht es Ihnen?"

Isolde konnte tatsächlich keinen Akzent heraushören, der Mann sprach besser Englisch als sie selbst. „Danke, mir geht es gut", sagte sie. „Pater Daniel hat mir Sie empfohlen. Ich bin auf der Suche nach einem Dolmetscher, da ich die Dörfer im Umkreis besuchen möchte."

Makala grinste. „Sie werden keinen Besseren finden. Ich verstehe die Dialekte in jedem Dorf auf der Insel. Und ich kenne viele Leute. Auch wenn sie vielleicht nicht mit Ihnen reden möchten, mit mir werden sie sprechen."

Isolde handelte einen Lohn mit ihm aus und sie vereinbarten, dass sie sich am nächsten Tag bei Sonnenaufgang vor der Kirche treffen wollten. Dann kehrte Makala wieder zu seiner Arbeit zurück.

„Es ist eine Schande", sagte Pater Daniel, als er dem jungen Mann nachblickte. „Makala ist einer der begabtesten Schüler, die ich je unterrichten durfte. Selbst ein Studium dürfte ihm keine Probleme bereiten. Und stattdessen stapelt er Holz auf." Er schüttelte den Kopf. „Die Wege des Herrn sind unergründlich."

***

Elsa öffnete die Tür des Schuppens. Sie hatte viel Arbeit aufgewendet, um die windschiefe Hütte herzurichten, die Zuganatto ihr überlassen hatte. Es lehnte sich an die Stallungen des Hotels *zum kleinen Leutnant* an wie eine alte Frau, die auf dem Heimweg vom Markt die Kraft verlassen hat. Aber das war ihr gleichgültig, denn das Gebäude enthielt alles, was sie zum Arbeiten brauchte. Durch die Fenster und durch die große Tür fiel genügend Tageslicht auf die auf zwei stabilen Böcken gelegte Tischplatte, die ihr als Werkbank diente. Auf einem kleineren Tisch daneben hatte sie ihre Nadeln und die filigraneren Werkzeuge aufreiht. Die Hämmer und Meisel hatte sie an Haken an der Wand dahinter befestigt.

„Und wann kommen die ersten Leute und kaufen Sättel von dir?", fragte Hilde.

Elsa lachte und strich ihrer Tochter über den Kopf. „Ich habe keine Sättel im Angebot", sagte sie.

„Aber du bist doch Sattlerin. Ist das nicht so wie ein Fleischer? Der verkauft Fleisch. Dann müsstest du Sättel verkaufen."

„Ja, grundsätzlich hast du natürlich Recht. Sattler stellen Sättel her und verkaufen sie. Dein Urgroßvater und dein Großvater, mein Papa, haben das in München gemacht."

Beinahe hätte sie Moritz in diese Reihe eingefügt und ihn als Hildes Vater bezeichnet, aber sie biss sich rechtzeitig auf die Zunge.

„Und warum verkaufst du dann keine Sättel?"

„Weil die Leute hier keinen Bedarf dafür haben. Die haben meistens schon Sättel, Zaumzeug oder auch andere Lederwaren. Aber die gehen kaputt. Und dann brauchen sie jemanden, der das repariert."

„Du bist also so etwas wie ein Doktor. Für Sättel."

Elsa lächelte. „Ja, so kann man das nennen."

Vom Hotel her kam Herr Zuganatto auf sie zu. Er blieb in der offenen Tür stehen und sah sich um.

„Schön haben Sie sich hier eingerichtet. Nun wünsche ich Ihnen, dass Ihre Kundschaft sich rasch von Ihren Qualitäten überzeugen lässt.“

„Die Kundschaft muss erst einmal kommen.“

Der Hotelier zuckte mit den Schultern. „Sie werden kommen, vertrauen Sie mir.“

„Nun, zunächst bin ich Ihnen dankbar, dass Sie mir vertrauen. Dass Sie auf eine Miete verzichten und stattdessen nur zehn Prozent meines Umsatzes verlangen, ist eine enorme Erleichterung für mich.“

Zuganatto lächelte. „Ich könnte es nicht guten Gewissens verantworten, Ihnen diese Bruchbude für eine feste Miete anzudrehen. Sehen Sie es doch einmal anders. Ich bin ein Teil der Gemeinde und daher um das Wohlergehen Wilhelmstals besorgt. Bislang hatten wir keinen Sattler und aus Gesprächen mit meinen Kunden höre ich immer wieder, wie beschwerlich es ist, wegen ein paar kaputter Ösen nach Tanga zu reisen und sich dort von einem Sattler übers Ohr hauen zu lassen. Mr. Horton hat mich davon überzeugt, wie wichtig es ist, dass dieser Beruf hier ausgeübt wird, da viele Reisende auf dem Weg in den Westen des Schutzgebietes bei uns Halt machen. Sie füllen eine schmerzliche Lücke in unserer Gemeinschaft und daher bin ich gerne bereit, Sie dabei zu unterstützen, ohne selbst allzu viel Gewinn daraus zu ziehen. So, und da sehe ich Ihren ersten Kunden. Ich wünsche Ihnen viel Erfolg.“

Er trat beiseite und gab den Blick frei auf einen Mann, der ein Maultier am Zügel führte. Sie sah sofort, dass der Packsattel, der diesem angelegt worden war, schief auf dem Rücken saß und hin und her schwankte.

„Herr Wieland, guten Morgen", sagte sie. Es handelte sich um den Vorsteher einer Plantage im Süden Wilhelmstals. Er nickte ihr knapp zu und ließ seinen Blick über ihre Werkzeuge schweifen.

„Ich wusste gar nicht, dass Sie Sattlerin sind", sagte er.

„Nun, ich hoffe, dass ich Ihnen trotzdem zu Diensten sein kann", erwiderte Elsa und trat zu dem Maultier.

„Die Schnalle des Bauchgurtes hängt nur noch an einem kleinen Lederstück", sagte sie. „Das haben wir gleich."

Sie nahm ihm die Zügel ab und band das Tier an einem Pfosten fest. Dann löste sie mit geübtem Griff den Verschluss und hob den Packsattel vom Rücken.

„Soll ich Ihnen helfen?", fragte Wieland.

Elsa schüttelte den Kopf. Sie wuchtete den Sattel auf ihren Arbeitstisch und machte sich daran, den ausgerissenen Faden mithilfe eines Messerchens ganz aus der Vernähung zu entfernen. Sie beäugte das Lederstück, das die Schnalle gehalten hatte und sah, dass die Nahtlöcher an mehreren Stellen gerissen waren.

„Das muss ich ersetzen", sagte sie. Sie ging zu der Kiste, in der sie Lederreste aufbewahrte und zog ein Stück heraus, das in Dicke und Größe vergleichbar war. Dann nahm sie eine Nadel, fädelte Faden hindurch und nähte das Lederstück so fest an den Gurt, dass es die Schnalle wieder sicher an ihrem Ort hielt.

Schließlich rieb sie das Leder noch mit Öl ab, sodass es geschmeidig wurde und glänzte. Zufrieden begutachtete sie ihr Werk. Dann trug sie den Sattel zu dem Maultier. Sie wollte ihn gerade wieder auflegen, als sie eine kleine wunde Stelle am Rücken des Tieres sah. Sie kehrte um, stellte den Sattel zurück auf die Werkbank und befühlte die Polsterung.

„Da steht eine Naht über.“

Sie entfernte das Stück Faden, rieb die Wunde mit Salbe ein und legte den Sattel auf. Als sie ihn festgeschnallt hatte, wandte sie sich an Wieland.

„Sie sollten die offene Stelle noch ein paar Tage mit der Salbe einreiben. Der Sattel selbst sitzt wieder fest und sicher.“

Wieland sah sie mit großen Augen an. „Das war es schon?“

Sie nickte. „Ja, es war nicht viel zu tun.“

Er schüttelte den Kopf. „Dafür wäre ich früher nach Tanga gereist.“

„Das ist nun nicht mehr nötig“, sagte Zuganatto.

„Was bin ich Ihnen schuldig?“, fragte Wieland.

Elsa rechnete es kurz im Kopf durch. „Sechs Rupien.“

Der Vorarbeiter händigte ihr das Geld aus und verabschiedete sich.

Sie wandte sich an den Hotelier. „Nun kann ich Ihnen die ersten 60 Heller aushändigen.“

Er lachte. „Die dürfen Sie behalten. Wir rechnen dann am Monatsende ab. Ich vertraue Ihnen da vollkommen. Und wegen Ihrer Kundschaft müssen sie sich keine Sorge machen. Wenn Wieland beim Feierabendbier davon erzählt, wie zufrieden er mit Ihnen ist, können Sie sich vor Anfragen bald nicht mehr retten.“

KAPITEL 19

Sese-Inseln und Wilhelmstal, 14. August 1906

Isolde sah sich um. War das eben ein Geräusch hinter ihr gewesen? Der Weg war leer. Das Schilf, das zu beiden Seiten des Pfades meterhoch aufragte, wehte hin und her.

„Da ist nichts", sagte Makala, der ihre Nervosität bemerkt zu haben schien.

Vom See drang ein fauliger Geruch in ihre Nase. Das musste an den Schwefelquellen liegen, die es hier in der Gegend gab. Sie setzte ihren Weg fort. Hinter einer weiteren Biegung weitete sich ihr Blickfeld und sie sah ein Dorf, das direkt am Ufer des Sees lag. Im Sand, halb im Wasser befanden sich mehrere Boote, an langen Leinen waren Fischernetze aufgehängt, die im Wind schwangen.

Als sie näherkamen, fiel ihr auf, dass kein Rauch von den Hütten aufstieg. Zudem war kein Laut zu hören, es war gespenstisch ruhig. Isolde spürte, wie ihr der Mund austrocknete.

„Irgendetwas stimmt hier nicht", sagte sie.

„Ja, da haben Sie recht. Ich war zuletzt vor ein paar Wochen hier, habe Fische für die Station gekauft. Da waren die Männer mit ihren Booten auf dem See und die Kinder sind über den Strand getollt."

Isolde griff nach der kleinen Pistole, die sie immer mit sich führte. Wenn sie überfallen würde, wäre ihr die Waffe keine große Hilfe und auch ein Flusspferd oder eine Raubkatze würde sie damit nicht abwehren können. Aber es fühlte sich beruhigend an, etwas in der Hand zu halten, womit sie zumindest ein klein wenig Gegenwehr leisten konnte.

Sie erreichten den Rand des Dorfes. Ein durchdringender Geruch lag in der Luft, den Isolde nur zu gut kannte. Hier verweste etwas. Dazu kam der Gestank nach verrottetem Fisch, der ihr beinahe den Atem nahm. Sie passierte die ersten Gebäude und sah noch immer keine Menschenseele. Bei der dritten Hütte entdeckten sie den ersten Leichnam. Der Mann musste schon seit einiger Zeit tot sein. Er lag auf dem Rücken und sein Gesicht war von Fliegen übersäht.

Isolde sah rasch weg. Sie ging weiter und fand ein Dutzend tote Menschen vor ihren Hütten liegend. Offenbar hatte sich niemand die Mühe gemacht, sie zu beerdigen. Oder es hatte niemanden mehr gegeben, der dazu in der Lage gewesen wäre. Ein Schauder lief ihr über den Rücken. Makala und sie waren die einzigen Lebewesen zwischen all den Leichen. Es drängte sie danach, von hier zu verschwinden. Sie wandte sich um, als sie ein Geräusch hörte. Es war leise und zuerst meinte sie, sich getäuscht zu haben. Doch dann vernahm sie es noch einmal. Ein Schaben oder ein Kratzen. Es kam aus einer der Hütten am Seeufer.

Sie umschloss den Griff der Pistole fester. Vielleicht war es ein Tier, das sich an einem Leichnam satt fraß.

Wenn es eine Ratte war, würde sie sie für die Störung der Totenruhe bestrafen. Was aber, wenn sie es mit einem Krokodil oder einer Hyäne zu tun hatte? Gab es überhaupt Hyänen auf dieser Insel?

Sie hatte die Tür der Hütte erreicht und spähte hinein. Auf dem Boden lag ein junger Mann. Er war allein und stöhnte. Isolde atmete tief durch und ließ die Pistole sinken. Sie ging zu dem Kranken und kniete sich neben ihn. Er stöhnte noch einmal. Makala kniete sich neben ihn und sprach mit leisen Worten auf ihn ein. Dann wandte er sich Isolde zu und sagte „Er bittet um Wasser."

Auf einem Tisch sah sie eine Holzschale stehen. Draußen hatte sie einen Brunnen gesehen. Sie eilte hinaus, schöpfte Wasser mit der Schale und brachte sie dem Mann. Sie benetzte seine Lippen und er begann, gierig zu trinken. Dann sprach er ein paar Worte, die Makala ihr übersetzte. „Er möchte wissen, wer Sie sind."

„Ich bin ein Gast der deutschen Ärzte, die in der Missionsstation arbeiten."

Der Kranke stieß etwas in seiner Muttersprache aus, was in Isoldes Ohren wie ein Fluch klang.

„Was ist hier geschehen?", fragte sie.

„Alle tot", übersetzte Makala. „Die Ärzte sagen, dass es die Schlafkrankheit ist. Wir haben Medikamente bekommen. Aber die helfen nicht. Zuerst wurden viele blind, dann sind sie gestorben. Alle."

Isolde spürte, wie ihre Kehle sich zuschnürte.

„Haben alle Dorfbewohner die Medikamente bekommen?"

„Ja, alle. Unser Häuptling hat befohlen, dass wir die Spritzen bekommen. Und nun sind alle tot. Auch der Häuptling."

Er hustete und erbrach einen Schwall Wasser. Isolde wusste sich nicht anderes zu helfen, als ihm den Puls zu fühlen. Sein Herz raste.

„Ich sorge dafür, dass Sie in das Lazarett kommen."

„Ich werde sterben. Ich will hierbleiben. Ich bin hier geboren und ich will hier sterben. Aber nicht hier in der Hütte."

„Ich helfe Ihnen hinaus", sagte Isolde. Sie fühlte eine Verpflichtung, dem Mann beizustehen. Sie griff unter seine Achseln und richtete ihn auf. Er war so leicht, dass sie ihn ohne Probleme hochheben konnte. Er konnte nicht gehen, deshalb zerrte sie ihn mit Makalas Hilfe nach draußen. Er stöhnte und Isolde spürte den Stich ihres schlechten Gewissens darüber, dass sie so unsanft waren. Aber sie wusste nicht, wie sie schonender hätten vorgehen können.

„Ich möchte den See sehen", flüsterte der Mann.

Sie erreichten ein Boot und Isolde und der Dolmetscher ließen ihn so in den Sand sinken, dass er sich mit dem Rücken daran lehnen konnte.

„Wenigstens kann ich noch sehen", sagte er. „Viele in meinem Dorf sind blind geworden von der Arznei der weißen Ärzte."

Isolde ließ sich neben ihm nieder. Es störte sie nicht, dass ihr Kleid schmutzig wurde. Sie saßen eine Weile schweigend nebeneinander.

„Der See ist unser Leben. Ich habe Fische gefangen. Immer habe ich Fische gefangen. Schon als Kind. Sie haben uns ernährt. Doch dann kamen die Fliegen. Und mit ihnen der Tod."

Er hustete. Sein Atem ging stoßweise. Isolde fühlte sich an den Tod ihrer geliebten Emily erinnert und Tränen traten in ihre Augen. Sie sah zu dem Kranken.

„Ich möchte auf dem See sterben", sagte er. „Helfen Sie mir dabei?"

Sie verstand erst nicht, was er meinte, doch dann erkannte sie, worum er sie bat. Sie halfen ihm, in das Boot zu steigen. Er lag auf dem Boden, den Blick zum Himmel gerichtet.

„Danke", sagte er, als Isolde und Makala mit aller Kraft das Kanu durch den Sand schoben und ins Wasser gleiten ließen. Eine sanfte Brise vom Land her trieb es rasch in offenes Gewässer. Bald schon sah sie den Mann nicht mehr darin liegen. Sie schluchzte. So viel Leid. Und niemand, der es linderte.

***

Elsa zählte zufrieden die bisherigen Einnahmen. Sie hatte vierzehn Kunden bedient und insgesamt 417 Rupien erwirtschaftet. Selbst wenn sie davon die zehn Prozent abrechnete, die sie Zuganatto schuldete, blieb ein schöner Überschuss. Und das waren nur die Umsätze von drei Tagen gewesen.

Hilde saß an einem kleinen Tisch in der Ecke und beschäftigte sich mit einem Stück Leder, das Elsa ihr zu diesem Zweck gegeben hatte. Sie erinnerte sich gut daran, wie sie selbst in der Werkstatt ihres Großvaters gesessen und mit einem Punziermeiselchen Formen geschnitzt hatte. Am liebsten hatte sie Blumenornamente eingefügt. So wie Hilde es jetzt auch tat. Es war eine schöne, sorgenfreie Zeit gewesen damals. Ob Hilde das ebenfalls so empfand? Sie konnte ihrer Tochter nicht den Überfluss bieten, in dem sie aufgewachsen war. In Müllerau gab es keine Köchin, keine Dienstmädchen und keinen schottischen Butler, der dem Herrn des Hauses morgens die Zeitung aufbügelte.

Aber Hilde machte trotzdem den Eindruck, ein fröhliches und glückliches Kind zu sein. Wie es wohl Hermann ging? Der Gedanke an ihren Sohn versetzte ihr einen Stich. Er war zehn Jahre alt und aus dem letzten Brief ihres Onkels hatte sie erfahren, dass er ein Gymnasium besuchte. Wie groß er wohl war? Und wie er wohl aussah? Sie hatte ihn zuletzt gesehen, als er fünf Jahre alt gewesen war, kaum dem Kleinkindalter entwachsen, nur wenig älter als Hilde jetzt. Ob sie ihn wohl jemals wiedersehen würde? Und wenn ja, wie würde er sich verhalten?

Wahrscheinlich würde er nicht mit ihr reden wollen, würde sie verachten. Sein Großvater hatte sicherlich die letzten Jahre damit zugebracht, seinem Enkel den Hass auf seine ehemalige Schwiegertochter einzuimpfen, die für den Tod seines Sohnes verantwortlich war und Schande über die Familie gebracht hatte. Elsa machte sich keine Illusionen. Hermann würde sie niemals so bedingungslos lieben, wie Hilde es tat.

Ihr Blick fiel auf die Kiste in der Ecke und ihr Herz begann zu rasen. Sie schaute noch einmal zu Hilde, und als sie sicher war, dass ihre Tochter voll von der Aufgabe gefangen war, ging sie zu dem Behältnis und öffnete es. Der Geruch nach Holz und Leder, der ihr entgegenschlug, umfing sie wie eine warme, besänftigende

Wolke. Sie schloss die Augen und sah sofort die Erinnerungsbilder vor sich, die sie in den gnädigen Nächten besuchten, in denen sie keine Albträume hatte. Moritz, wie er an dem Sattel arbeitete. Sein konzentriertes Gesicht mit den kleinen Runzeln auf der Stirn und den Grübchen in den Wangen, das Lächeln auf seinen Lippen, als er ihres beobachtenden Blickes gewahr wurde.

Sie öffnete die Augen und wischte sich eine Träne davon. Dann nahm sie den Sattel aus der Kiste und stellte ihn auf den Tisch. Der Anblick schockierte sie. In Anbetracht der Tatsache, dass Müller sturzbetrunken gewesen war, als er mit seiner Machete auf das Werkstück eingeschlagen hatte, hatte sie gehofft, dass er weniger Schaden angerichtet hätte. Leider war dem nicht so. Tiefe Schnitte hatten die Sitzfläche aufgerissen, sodass das Futter hervorquoll. Ein Steigbügel war abgetrennt worden, die Lasche hing kraftlos herab. Der Sattelknauf war abgebrochen. Und an mehreren Stellen waren die Verzierungen, für die sie so viel Zeit und Liebe aufgewendet hatte, unwiederbringlich zerstört worden.

Sie schlug die Hände vor die Augen. Wo sollte sie nur beginnen? Sie beschloss, zunächst einmal die großen Schnitte auf der Sitzfläche zu vernähen. Zu diesem Zweck nahm sie einen relativ dünnen, aber starken Faden und setzte ihn so, dass die aneinanderstoßenden Lederstücke nach unten gezogen wurden, wodurch keine erhabene, sondern eine versunkene Naht entstand. Dadurch konnte man auf dem Sattel wesentlich bequemer sitzen und musste sich nicht Sorgen machen, dass eines Tages Abschürfungen auftreten würden, wie es bei Mr. Horton geschehen war.

Als sie die Wunden verschlossen hatte, bearbeitete sie die Sitzfläche mit Öl und einem Tuch. Sie wusste nicht, wie lange sie damit zubrachte, es war eine zärtliche Arbeit, bei der sie ganz in ihrer Tätigkeit versank.

Danach befestigte sie den Steigbügel und leimte den Sattelknauf an das Holzgestell, ehe sie das Leder darüber zog und es fest vernähte. Glücklicherweise konnte sie die Naht so anbringen, dass man kaum sah, dass es sich hier um eine Reparatur handelte.

Schließlich besah sie sich die Verzierungen. Da hatte sie noch einiges nachzuarbeiten. Aber das würde sie heute nicht mehr schaffen. Es war spät. Sie mussten aufbrechen, um noch bei Tageslicht in der Plantage anzukommen.

„Das ist aber ein schönes Stück", hörte sie eine Stimme hinter sich sagen.

Elsa wandte sich um. Sie erkannte den Mann, der im Türrahmen stand, sofort. Es war Tom von Prince, der wohl bedeutendste und einflussreichste Pflanzer der Gegend.

„Herr von Prince", sagte Elsa und lächelte ihm zu. „Welch ein Glanz in dieser ganz wörtlich schäbigen Hütte."

„So schäbig ist es hier gar nicht. Ich hatte davon gehört, dass Sie hier als Sattlerin tätig sind, und wollte Ihnen einmal meine Aufwartung machen. Ich muss gestehen, dass ich nicht allzu große Erwartungen hatte, aber dieser Sattel ist ein Meisterwerk."

„Im wahrsten Sinn des Wortes", sagte Elsa. „Leider wurde er beschädigt. Wenn gerade keine Kundschaft da ist, versuche ich zu retten, was noch zu retten ist."

„Haben Sie diesen Sattel angefertigt?"

„Nein, ein lieber Freund in München, der leider viel zu früh von uns gegangen ist." Sie schluckte.

„Ah, dann hat er also einen besonderen Wert für Sie?"

Elsa nickte. „Ich werde ihn bestimmt nicht verkaufen, wenn es das ist, worauf Ihre Frage abzielen soll."

Er lachte. „Sie haben mich durchschaut. Wären Sie in der Lage, einen Sattel in ähnlicher Qualität zu bauen?"

„Ja, natürlich. Es ist eine Frage der Zeit und der Materialien. Warum fragen Sie, benötigen Sie einen Sattel?"

Von Prince nickte. „Ich möchte meiner Frau einen Damensattel zum Hochzeitstag schenken. Was halten Sie von Krokodilleder?"

Elsa schüttelte den Kopf. „Lassen Sie die Finger davon. Die Oberfläche ist spröde. Ihre Frau wird sich die Haut wund reiten. Ich würde Ihnen zu Rindsleder raten, auch wenn das langweiliger scheint. Den Schmuck ergeben die Verzierungen und die treten in dunklem Rindsleder wunderbar deutlich hervor. Sehen Sie?" Sie zeigte auf das Blattwerk, das sie am Sattel ihres Moritz angebracht hatte.

Von Prince schmunzelte. „Sie planen schon. Das gefällt mir. Können Sie mir eine Skizze und einen Kostenvoranschlag anfertigen?"

Elsa strahlte. „Aber natürlich. In drei Tagen bin ich so weit."

Von Prince klopfte an die Tür. „Ich werde da sein." Er nickte ihr zu und ging davon.

KAPITEL 20

Sese-Inseln und Wilhelmstal, 15. August 1906

Isolde klopfte energisch an die Tür von Wengenroths Unterkunft. Es war früh am Morgen und die Sonne war noch nicht aufgegangen. Als er öffnete, blickte sie in ein verschlafenes Gesicht.

„Was gibt es denn?", fragte der Arzt. Er hatte sich offenbar in aller Eile angekleidet und aus seiner Hose hing an einer Seite ein Teil seines Hemdes heraus. Seine Haare waren zerzaust.

„Ich muss mit Ihnen reden."

„Zu dieser Stunde?" Er gähnte.

„Ja, zu dieser Stunde. Seien Sie froh, dass ich Sie jetzt erst wecke. Ich bin in dieser Nacht nicht zur Ruhe gekommen."

Die Augen des Arztes weiteten sich. „Sind Sie krank? Wurden Sie gestochen?"

„Nun, wenn ich an der Schlafkrankheit litte, wäre mein Problem doch eher, dass ich zu viel als zu wenig schlafe, oder?"

„Nicht notwendigerweise."

„Nein, ich wurde nicht gestochen. Etwas anderes raubt mir den Schlaf und ich muss dringend mit Ihnen darüber sprechen."

„Gut, dann kommen Sie herein. Und entschuldigen Sie bitte die Unordnung. So ist es eben in einer Junggesellenbude fern der Heimat."

Isolde trat ein. In der Ecke stand ein Bett, dessen Laken zerwühlt waren. Das Moskitonetz war zur Seite geschoben. Gegenüber befand sich ein Schreibtisch, auf dem Bücher, Briefpapier, ein Mikroskop und die Reste eines Abendessens sich eine erstaunlich kleine Fläche teilten. Eine Petroleumlampe warf warmes Licht in den Raum.

„Ist Ihre Junggesellenbude in der Heimat ordentlicher?", fragte Isolde.

Wengenroth schob ihr einen Stuhl hin und bedeutete ihr, sich darauf zu setzen. „Ja. Aber meine Vermieterin räumt mir hinterher", sagte er und gähnte noch einmal.

Isolde lachte, wurde aber gleich darauf wieder ernst.

„Wir können nicht länger warten", sagte sie.

„Womit?", fragte der Arzt.

„Wir müssen dem hier ein Ende setzen. Dieser sinnlosen Quälerei."

Wengenroth seufzte. „Wie oft soll ich Ihnen noch erklären, dass das hier keine sinnlose Quälerei ist. Am Ende unseres Weges wird ein Heilmittel für die Schlafkrankheit stehen."

„Aber es wird ganz bestimmt nicht das Atoxyl sein", sagte Isolde. „Es wirkt nicht. Es mehrt das Leiden, anstatt es zu verringern."

Er mahlte mit den Kiefern und Isolde erkannte am Ausbleiben einer Gegenargumentation, dass seine Zweifel an der Wirksamkeit des Medikaments ebenfalls gewachsen waren.

„Wir haben den falschen Ansatz verfolgt", sagte Isolde. „Wenn wir herausfinden wollen, ob das Atoxyl überhaupt eine Wirkung hat, müssen wir anders vorgehen."

„Und wie wollen Sie das anstellen?"

„Das hat mich die ganze Nacht über wachgehalten. Es ist doch so: Wenn wir herausfinden wollen, ob ein Medikament eine Wirkung hat, müssen wir Patienten, die die Arznei nehmen, mit denen vergleichen, die sie nicht erhalten. Aber alle müssen an der Krankheit leiden, gegen die das Medikament wirken soll."

„Ja, das ist korrekt", sagte Wengenroth. „So würden sie am besten herausfinden, ob das Medikament eine Wirkung zeigt."

„Ihr Vorgehen hier ist dem aber fundamental entgegengesetzt."

„Wie meinen Sie das?"

„Sie sind mit dem Atoxyl angereist in der Überzeugung, dass das Medikament wirksam ist. Anstatt zu überprüfen, ob es wirkt, versuchen Sie nur, die richtige Dosis zu finden. Jetzt lassen Sie mich aber einmal den Advocatus Diaboli spielen. Was, wenn das Atoxyl im Fall der Schlafkrankheit überhaupt keine heilende Wirkung zeigt? Dann können Sie Dosen ausprobieren, soviel Sie wollen, Sie werden nur mehr oder weniger Nebenwirkungen erzeugen."

Wengenroth schüttelte den Kopf. „Wir wissen, dass das Atoxyl wirkt", sagte er. „In den Experimenten von Prof. Ehrlich hat es die Trypanosomen in vitro zerstört. Und wir sehen auch, dass das Blut der von uns mit dem Wirkstoff behandelten Patienten frei von Parasiten wird."

„Aber die Krankheit wird dadurch nicht geheilt“, sagte Isolde.

„Die Trypanosomen sind die Krankheit“, sagte der Arzt. „Wären Sie nicht im Körper der Patienten, wären diese gesund.“

„Nun gut, warum untersuchen Sie dann nur das Blut der Patienten? Könnte es nicht sein, dass das Atoxyl dieses zwar von den Parasiten reinigt, dass diese sich aber in anderen Körpersäften oder den Organen festsetzen?“

Sie sah, dass sie einen Treffer gelandet hatte, Wengenroth sog seine Unterlippe ein.

„Es … es wäre tatsächlich sinnvoll, auch andere Körpersäfte zu untersuchen. Da gebe ich Ihnen recht. Da die Endphase der Schlafkrankheit viele zentralnervöse Symptome zeigt, könnte beispielsweise eine Analyse des zerebrospinalen Liquors Klarheit darüber bringen, ob sich die Trypanosomen im Nervensystem festsetzen. Unabhängig vom Blutkreislauf.“

„Warum nehmen Sie dann diese Untersuchungen nicht vor?“

„Wissen Sie, wie man Liquor gewinnt?“

Sie schüttelte den Kopf.

„Wir müssen mit langen, hohlen Nadeln in das Rückenmark stechen. Das ist eine sehr schmerzhafte Prozedur. Die Engländer haben das eine Zeit lang versucht, aber die Einheimischen wollten das nicht an sich durchführen lassen und sind in Scharen weggelaufen.“

„Das ist ihnen nicht zu verdenken“, murmelte Isolde. Dann fügte sie hinzu: „Es wäre also denkbar, dass das Atoxyl die Schlafkrankheit nicht heilt, weil es nicht überall im Körper die Trypanosomen zerstört?“

„Das wäre möglich", gab der Arzt zu.

„Gut. Da Sie mir zugestehen, dass die Behandlung möglicherweise nicht wirkt, kommen wir nun wieder auf meinen Ansatz zurück. Ich möchte herausfinden, ob das Atoxyl tatsächlich die Symptome der Schlafkrankheit mildert."

„Indem Sie einem Teil der Kranken die Behandlung verweigern?"

„Die Behandlung, die Ihnen möglicherweise mehr schadet, als nützt."

Sie sahen sich eine Weile an.

„Das ist grausam", sagte Wengenroth. „Wir können Patienten keine Behandlung vorenthalten. Sie wären dem sicheren Tod geweiht."

„Sind Sie das nicht ohnehin?", fragte Isolde. „Bei wie vielen Ihrer Patienten hat das Atoxyl verhindert, dass sie sterben?"

Wengenroth sah zu Boden. „Bei keinem", murmelte er.

„Dann werden Sie keinen zusätzlichen Schaden anrichten, wenn ein Teil Ihrer Patienten nicht damit behandelt wird."

„Wir können die Patienten aber nicht einfach wegschicken", gab der Arzt zu bedenken. „Sie erwarten eine Behandlung."

Isolde rieb sich die Nasenspitze. „Könnten Sie nicht einfach etwas Ungefährliches spritzen? Etwas, das ganz sicher keine Wirkung hat, von dem die Leute aber glauben, dass sie ein Medikament bekommen haben."

Wengenroth sah sie mit großen Augen an.

„Natürlich. Ich kann einfach eine Kochsalzlösung injizieren."

Isolde lächelte. „Nun, dann nichts wie los."

***

Elsas Herz schlug ihr bis zum Hals. Sie legte die Mappe mit den Entwürfen für den Sattel auf den Tisch auf der Veranda des *Hotel zum kleinen Leutnant*. Tom von Prince trank einen Schluck von seinem Bier, stellte das Glas ab und nahm die Mappe entgegen. Er öffnete sie und musterte das erste Blatt, eine Seitenansicht des Sattels.

„Der ist recht schmal", sagte er.

Elsa nickte.

„Ja, das Pferd Ihrer Gemahlin hat einen hohen First und einen eher schmalen Rücken. Da erschien es mir sinnvoll, den Sattel anzupassen."

Er zog die Augenbrauen nach oben. „Sie passen den Sattel an das Pferd und nicht an die Reiterin an?"

„Zunächst schon", sagte sie, ohne sich von seiner Skepsis irritieren zu lassen. „Natürlich kann man auch Sättel bauen, die sich an jedes Pferd mehr oder weniger anpassen lassen. Die Militärsättel in Deutschland, der S90 oder der S95 wurden beispielsweise so entworfen. Das ist in der Massenfertigung auch sinnvoll. Aber Ihre Frau wird den Sattel wohl vorwiegend auf ihrem eigenen Pferd verwenden wollen und da ist es besser, den Unterbau an das Pferd und den Aufbau des Sattels an die Reiterin anzupassen."

Von Prince nickte. „Und woher wissen Sie, wie das Pferd meiner Frau aussieht?"

Elsa schmunzelte. „Ich habe sie vorgestern durch den Ort reiten sehen. Und ja, Sie haben recht, Ihre Frau benötigt dringend einen neuen Sattel."

Der Pflanzer lachte. „Sie gefallen mir. Sie haben sowohl das handwerkliche Geschick als auch die Überredungskünste, die es braucht, um in Ihrem Beruf erfolgreich zu sein.“

Er nahm eine andere Zeichnung auf, die die Ornamente im Detail zeigte, die Elsa an dem Sattel anbringen wollte.

„Können Sie da noch eine Nachtigall einbauen? Meine Frau ist verrückt nach diesen Vögeln.“

„Das ist kein Problem. Ich setze einfach eine auf die Rosenranke.“ Sie zeigte auf die entsprechende Stelle in ihrer Skizze.

Von Prince nickte. „Ja, das wird sehr gut aussehen. Das gefällt mir. Nun sollten wir über den Preis reden.“

Elsa atmete tief durch. „Ich baue Ihnen den Sattel für 600 Rupien. Zweihundert Rupien benötige ich als Anzahlung, um das Leder kaufen zu können.“

Von Prince legte den Kopf schief. „In Tanga kann ich vergleichbare Sättel für vierhundert Rupien kaufen.“

„Nein, das können Sie nicht.“

Er kniff die Augen zusammen. „Doch, ich habe mir die Preisliste eines dort ansässigen Sattlers schicken lassen.“

„Sie können natürlich einen Damensattel für 400 Rupien in Tanga kaufen“, sagte Elsa. „Aber das wäre kein mit meinem Entwurf vergleichbarer Sattel. Er wäre schmucklos und nicht an das Pferd Ihrer Frau Gemahlin angepasst. Bei mir bekommen Sie ein Unikat. Das ist sein Geld wert, das werden Sie sehen.“

Von Prince lachte. „Schon gut, ich wollte Sie nur ein bisschen ärgern.“ Er entnahm einer Tasche, die er mit sich führte, zehn zwanzig Rupien-Scheine.

„Das hier ist die Anzahlung. Wie lange werden Sie für
den Sattel benötigen?"

„Ich müsste einmal am Pferd Ihrer Gemahlin Maß
nehmen. Wenn Sie mir danach zwei Wochen geben,
sollten das reichen."

Seine Augen weiteten sich. „So rasch? Das hätte ich
nicht erwartet."

„Mit den Verzierungen kann ich beginnen, sobald ich
das Leder erhalte. Das kann ich auch abends zu Hause
erledigen. Der Sattel selbst ist schnell gebaut."

„Gut, dann sind wir im Geschäft."

Er streckte ihr die Hand entgegen und Elsa schlug ein.

„Ich schicke Ihnen morgen einen Knecht mit der
Stute meiner Frau vorbei, dann können Sie Maß nehmen", sagte der Pflanzer zum Abschied und schwang
sich auf sein Pferd. Elsa sah ihm nach, als er davon
trabte.

„Nun, es freut mich, dass Sie offenbar schon einen
Großkunden an Land gezogen haben", hörte sie eine
Stimme neben sich sagen. Sie wandte sich Herrn
Zuganatto zu, der sie schelmisch anlächelte.

„Sie haben doch sicher Verbindungen zu Gerbern in
Tanga oder in Dar-es-Salam", sagte Elsa. „Ich benötige
feinstes Rinderleder."

„Wenn Sie mir die genaue Menge und die Art des Ma-
terials mitteilen, kann ich meine Verbindungen spielen
lassen. Es wird aber etwa eine Woche dauern, bis das
Leder eintrifft."

Elsa nickte. „Das ist in Ordnung. Ich habe genug zu
tun."

Sie deutete auf die kleine Schlange, die sich vor ihrem Sattlergeschäft gebildet hatte. „Zeit, dass ich meine Mittagspause beende. Komm Hilde!"

Ihre Tochter erhob sich von ihrem Stuhl, nachdem sie den letzten Rest der Limonade ausgetrunken hatte, mit der Herr Zuganatto sie jeden Tag verwöhnte. Gemeinsam gingen Sie zu der Hütte, über die inzwischen ein Schild angebracht worden war, auf dem *Elsa Müller, Sattlereifachgeschäft* geschrieben stand. Sie hatte ursprünglich erwogen, sich als Sattlerin zu bezeichnen, aber da sie in diesem Handwerk weder eine Gesellen- noch eine Meisterprüfung abgelegt hatte, hatte sie beschlossen, eine andere Formulierung zu wählen. Selbst in der Ferne konnte man es ihr übelnehmen, wenn sie sich mit fremden Federn schmückte – so waren sie, die Deutschen.

Die drei Männer und eine Frau, die vor ihrem Geschäft warteten, grüßten sie höflich. Sie öffnete die Tür und bat den ersten Kunden herein. Er hatte das Zaumzeug eines Ochsengespanns mitgebracht, bei dem eine Öse gebrochen war. Es bedurfte nur weniger Handgriffe, um den Schaden zu beheben, und Elsa war erneut um zehn Rupien reicher. Auch die beiden anderen Männer hatten Zaumzeug dabei. Eine der Arbeiten erwies sich als aufwendiger und sie behielt das Werkstück da, um es dem Kunden am nächsten Tag repariert zurückgeben zu können.

Ganz am Schluss kam die Frau in den Laden. Sie sah sich mit prüfendem Blick um.

„Guten Tag", sagte Elsa. Die Kundin erwiderte den Gruß nicht. Sie musterte stattdessen Elsa mit dem gleichen Blick, den sie vorhin der Werkstatt angedeihen hatte lassen.

„Sie sind nicht neu in Wilhelmstal", sagte sie.

Es war keine Frage, sondern eine Feststellung.

„Nein, ich lebe seit fünf Jahren hier. Auf der Plantage meines Mannes."

„Warum haben wir Sie dann noch nie in unserer Kirche gesehen?"

Jetzt erkannte Elsa, um wen es sich hier handelte. Es war Frau Crucius, die Gattin des evangelischen Pastors.

„Oh, das mag daran liegen, dass ich katholisch bin", sagte Elsa mit einem liebenswürdigen Lächeln. Die Frau rümpfte die Nase.

„So, sind Sie das?" Sie warf Elsa einen vernichtenden Blick zu. „Nun, dann wünsche ich Ihnen Gottes Segen für Ihr Geschäft. Und seine unendliche Gnade für Ihre Konfession."

KAPITEL 21

Bei den Dorfbewohnern erfreute sich Isolde bereits eines gewissen Bekanntheitsgrades. Sie nannten sie nicht mehr Mzungu, sondern *Die weiße Frau mit dem Hut,* wie ihr Makala, der sie überallhin begleitete, einmal bei einem Rückmarsch zur Missionsstation erzählt hatte.

„Ist das nett gemeint?", fragte sie.

Makala lachte. „Es ist netter als Mzungu. So nett, wie wir euch Europäern gegenüber nur sein können."

Auch an diesem Tag sahen die Dorfbewohner sie von Weitem und die Kinder kamen auf sie zu gerannt und umschwärmten sie mit ihrem Gelächter und ihrem Gesang. Als sie das Dorf betrat, hatten die Erkrankten sich schon in zwei Gruppen aufgeteilt. Die einen hielten blau gefärbte Leinenstreifen in der Hand, die anderen rotgefärbte.

Isolde ging zuerst zu der blauen Gruppe. Sie wusste nicht, warum, aber aus irgendeinem Grund fühlte sie sich diesen Menschen stärker verbunden. Es waren die Patienten, die das Atoxyl gespritzt bekommen hatten. Hier in diesem Dorf waren es zehn, vier Männer und sechs Frauen. Mithilfe des Dolmetschers widmete sie sich ausführlich jedem Kranken.

„Wie geht es deinem Augenlicht?", fragte sie eine Frau.

„Es ist nicht wieder vollständig zurückgekehrt", sagte sie. „Ich kann hell und dunkel unterscheiden, sehe schwache Umrisse. Aber mehr nicht."

Isolde trug alle geschilderten Symptome in ihre Listen ein und wandte sich dann der roten Gruppe zu. Dies waren die Patienten, denen Wengenroth Kochsalz injiziert hatte. Es waren acht, vier Männer und vier Frauen. Auch mit diesen unterhielt sie sich ausführlich und notierte sich ihre Beschwerden.

Als sie das Gespräch mit der letzten Patientin beendet hatte, bat sie die Kranken um ein Foto. Sie erntete teils misstrauische, teils verständnislose, teils sogar feindselige Blicke.

„Können Sie meine Worte bitte übersetzen?", fragte sie. Makala nickte.

Sie stand auf und wandte sich an die versammelten Dorfbewohner. „Ich komme von weit her. Aus Europa. Da, wo auch die Ärzte herkommen, die euch behandeln. In Europa reden alle immer nur von der Schlafkrankheit, so als ob das ein Wesen wäre, das lebt. Ein Ungeheurer oder ein wildes Tier. Aber es ist kein Wesen. Es ist eine Krankheit, die Menschen trifft. Die euch trifft. Wenn meine Landsleute nicht verstehen, dass ihr unter der Krankheit leidet, werden sie sich auch nicht darum kümmern, ob ihr eine gute Behandlung bekommt oder nicht. Ich möchte eine Fotografie von euch anfertigen, damit die Menschen in meiner Heimat euch sehen.

Denn wenn man etwas sieht, kann man es nicht so rasch vergessen, wie wenn man etwas hört."

Aus dem beifälligen Gemurmel, das aufbrandete, als Makala ihre letzten Worte übersetzt hatte, schloss sie, dass die Leute ihr gewogen waren. Sie baute ihre Kamera auf und bat die Kranken, sich vor einer Hütte aufzustellen oder hinzulegen, wenn sie nicht in der Lage waren, zu stehen.

Als sie wieder auf dem Rückweg waren, fragte Makala sie:

„Warum machen Sie das alles? Warum gehen Sie in die Dörfer und fragen die Leute, wie es Ihnen geht?"

„Weil ich Anteil nehme. Ich möchte, dass sich etwas ändert. Ich möchte, dass jeder, der an der Schlafkrankheit erkrankt, die bestmögliche Behandlung erhält. Und dafür werde ich mich in Europa einsetzen." Sie zögerte kurz, dann fügte sie hinzu: „Ich habe einmal einen Menschen an eine unheilbare Krankheit verloren, der mir sehr wichtig war. Die Wissenschaft muss dafür sorgen, dass dies nicht mehr vorkommt. Und dafür werde ich kämpfen."

Wengenroth wartete in seinem Zimmer auf sie. Er sah sich nervös zu beiden Seiten um, als er ihr öffnete und ihr bedeutete, rasch einzutreten.

„Ich bringe die neuesten Zahlen", sagte sie und holte die Liste aus der Tasche, die sie mit sich führte.

Der Arzt legte sie auf den Tisch und besah sich die Notizen. Dann begann er damit, die Aufzeichnungen in eine Tabelle zu übertragen. Sie hatten sich auf ein Codiersystem geeignet, sodass er keine Wörter übertrug, sondern Ziffern. Isolde hatte sich schon so gut an dieses System gewöhnt, dass sie beim Blick auf die Tabellen sofort sah, an welchen Symptomen der betreffende Patient litt, auch wenn sie nur eine Zahlenreihe sah.

Die Liste umfasste inzwischen knapp dreihundert Kranke. 120 davon hatten anstelle des Atoxyls Kochsalz bekommen. Es waren ausschließlich Patienten von Wengenroth, denn sie hatten beschlossen, keinen der übrigen Ärzte ins Vertrauen zu ziehen und niemanden um Unterstützung zu bitten.

Daher hatte es Isolde übernommen, den Patienten der anderen Stabsärzte blaue Bänder in die Hand zu drücken, wenn sie die Zelte verließen und sie zu bitten, mit ihr zu sprechen, wenn sie sie in ihrem Dorf besuchte. Das hatte erstaunlich gut funktioniert. Und allem Anschein nach hatte es bislang auch keinen Verdacht bei den restlichen Expeditionsteilnehmern erregt.

Sie wartete ungeduldig, bis Wengenroth alle Zahlen eingefügt hatte. Schließlich lehnte er sich zurück und kniff die Lippen zusammen.

„Jetzt haben wir den Salat", murmelte er.

„Was meinen Sie?", fragte Isolde.

„Schauen Sie sich doch einmal die Daten an."

Er rückte beiseite, damit Isolde einen Blick auf die Tabellen werfen konnte. Sie erkannte sofort, was er meinte. „Die Patienten, die Atoxyl bekommen haben, berichten mehr Symptome als die, die das Kochsalz bekommen haben."

Er nickte. „Und etwas anderes ist ebenfalls bemerkenswert. In der Gruppe der Patienten, die Kochsalz bekommen haben, ist niemand erblindet. Wohingegen es in der anderen Gruppe 84 Patienten waren."

Isolde schlug sich eine Hand vor den Mund. „Reicht das, um meine Hypothese zu stützen, dass das Atoxyl nicht wirkt?“

Wengenroth rieb sich die Schläfen. „Wir haben aktuell noch zwei Probleme, die wir lösen müssen, ehe ich mit diesen Daten zu Dr. Koch gehen würde. Zum einen wissen wir nicht, welche Dosis die Patienten in der Atoxyl-Gruppe genau bekommen haben. Vielleicht haben die Erblindeten eine höhere Dosis bekommen als die nicht Erblindeten. Und zum anderen sagt das Vorhandensein eines Symptoms nichts darüber aus, wie schwer es ausgeprägt ist oder wie lange es anhält.“

Isolde nickte. „Wir sollten uns noch ein paar Tage Zeit geben, um diesen Fragen nachzugehen. Und dann sollten wir uns an Dr. Koch wenden. Das Atoxyl darf nicht mehr eingesetzt werden.“

Wengenroth seufzte. „Ich befürchte, dass sie da auf Granit beißen werden. Das Atoxyl ist für Herrn Dr. Koch eine heilige Kuh. Er ändert ungern seine Meinung, wenn er sie einmal gebildet hat.“

„Dann muss ich wohl versuchen müssen, seine Frau in die Meinungsbildung mit einzubeziehen.“

***

Elsa und Hilde sangen aus vollen Kehlen „Muss i denn, muss i denn zum Städele hinaus“, als sie den Karren in Richtung Müllerau zog. Es war ein schwül warmer Abend, die Sonne war noch nicht untergegangen und Mutter und Tochter hatten blendende Laune. Bei Hilde lag das daran, dass sie einmal mehr eine Süßigkeit von Herrn Zuganatto geschenkt bekommen hatte.

Elsa dagegen freute sich über die 600 Rupien, die ihren Geldbeutel füllten.

Sie hatte den Sattel fristgerecht abgeliefert und Tom von Prince war voll des Lobes gewesen. Was seine Frau von dem schönen Stück hielt, hatte sie allerdings noch nicht erfahren. Diese hatte nämlich erst in mehreren Wochen Geburtstag und würde dann ihr Geschenk zu Gesicht bekommen. Elsa konnte sich nicht vorstellen, dass Frau von Prince von ihrem neuen Damensattel nicht angetan sein würde. Es war ein wunderschönes Stück. Aber selbst wenn sie den Sattel furchtbar finden und nie darauf reiten würde, war dies Elsa gleichgültig. Sie hatte gutes Geld damit verdient und sie wusste, wie sie es einsetzen würde.

Sie bogen singend in die Einfahrt der Plantage ein. Lukas, der jüngste der drei Arbeiter, rollte gerade ein großes Fass aus einer Baumreihe hervor. Als er sie kommen sah, grinste er und stimmte in ihren Gesang mit ein. Das führte dazu, dass auch die beiden anderen zwischen den Bäumen hervorkamen und als sie am Wohnhaus ankamen, beendeten sie das Lied in einer vielstimmigen Kakofonie.

Die Männer lachten und halfen Elsa dabei, ihre Werkzeuge abzuladen. Sie wollten sich dann wieder an ihre Arbeit machen, doch sie hielt sie zurück.

„Ich möchte euch für euren Einsatz danken", sagte sie. „Ihr habt euch einen Bonus verdient."

Sie holte ihre Brieftasche heraus und zählte jedem der drei einhundert Rupien in die Hand. Die Arbeiter nahmen ihre Mützen ab und sahen sie zuerst ungläubig an, ehe sich ein Grinsen auf ihren Gesichtern ausbreitete.

Als sie an ihr Tagwerk zurückkehrten, sangen sie übermütig weiter, ihre Lieder waren aber dermaßen zotig, dass Elsa rasch mit Hilde nach drinnen ging.

Sie wandten sich zur Küche, wo Elsa das Feuer im Ofen anschürte und Wasser aufsetzte. Während sie Gemüse schnitt und in den Topf warf, um einen schmackhaften Eintopf zu kochen, summte sie leise vor sich hin. Sie hörte daher nicht, dass Werner den Raum betrat. Erst als er zu reden begann, bemerkte sie seine Anwesenheit und zuckte zusammen.

„Was hast du den Arbeitern gegeben?", fragte er barsch.

Sie wandte sich nicht um, sondern rührte weiter in ihrem Topf.

„Ich habe ihnen einen Bonus ausgezahlt für ihre gute Arbeit."

„Woher hast du das Geld dafür?"

„Ich habe es verdient. Mit meiner Sattlerwerkstatt."

Er sagte nichts mehr und so wandte sie sich zu ihm um. Seine glasigen Augen starrten sie an. Er schwankte leicht und der Duft nach Branntwein, den jede Pore seines Körpers abzusondern schien, raubte ihr beinahe die Luft.

„Wie hoch war dieser Bonus?", fragte er.

„Einhundert Rupien pro Mann."

Seine Augen weiteten sich. „Einhundert Rupien. So viel kannst du doch unmöglich mit deiner Arbeit verdient haben."

Aus dem Augenwinkel sah Elsa, dass Hilde sich die Treppe in ihr Zimmer hinaufschlich. Sie war erleichtert, hätte sie doch spätestens an dieser Stelle ihre Tochter aufgefordert, nach oben zu gehen, da sie eine hässliche Szene befürchtete.

„Ich habe heute den Sattel ausgeliefert, den Tom von Prince bei mir bestellt hat. Ein Geburtstagsgeschenk für seine Frau. Er hat mir 600 Rupien dafür bezahlt. Zweihundert musste ich für das Material abrechnen. Von den verbleibenden 400 habe ich 300 als Bonus an die Arbeiter ausgezahlt. Ich finde, das ist recht und billig. Unser Lager füllt sich langsam, aber sicher mit Kautschuksaft. Die Ernte wird ein Erfolg. Und das haben wir nur unseren drei Erzgebirglern zu verdanken."

Sie biss sich auf die Zunge. Die letzte Spitze gegen ihren Mann hätte sie sich wohl besser verkniffen.

„Du hast einen Sattel für Tom von Prince gebaut?", fragte er. „Davon hast du mir gar nicht gesagt."

Sie zuckte mit den Achseln. „Wann hätte ich dir davon erzählen sollen? Wenn ich morgens zur Arbeit aufbreche, schläfst du noch. Und wenn ich abends nach Hause komme, bist du meistens zu betrunken, um mir zuzuhören. Und ehe du fragst: Nein, ich habe mich für das Geld nicht prostituiert und mich zu seiner Hure gemacht. Ich habe einen Damensattel nach den Regeln der Handwerkskunst gebaut, mit dem mein Großvater zufrieden sein würde."

Er schnaubte. „Dass du als Frau dein Geld im Handwerk verdienst, ist nur wenig besser, als wenn du deinen Körper verkaufen würdest. Du kennst meine Meinung dazu."

„Ja, die kenne ich. Das ändert aber nichts daran, dass ich meine Sattlerei weiter betreiben werde. Wir können das Geld sehr gut gebrauchen. Nächstes Jahr müssen wir neue Bäume kaufen, um die gerodeten Flächen zu bepflanzen. Und wir brauchen mehr Arbeiter. Und eine Köchin wäre auch nützlich."

„Dafür musst du viele Sättel verkaufen."

„Ja, das weiß ich. Aber ich scheue nicht davor zurück. Wenn Frau von Prince zufrieden ist, wird sie den anderen Plantagenbesitzergattinnen von ihrem Sattel erzählen. Und diese werden ihre Männer bitten, ihnen auch einen der Müller'schen Sättel zu schenken. So einfach ist das. Wenn ich zehn Sättel im Jahr verkaufe, sind das 6000 Rupien. In Verbindung mit den kleineren Ausbesserungsarbeiten kann ich sicherlich mit einem Umsatz von 10000 Rupien rechnen. Wenn man davon die Steuern und die Miete abrechnet, bleiben uns 7000 Rupien. Das ist eine ganz schöne Stange Geld."

Er sah sie schweigend an. Elsa konnte nicht sagen, ob hinter seinen glasigen Augen noch jemand zu Hause war. Schließlich gab er jedoch einen Laut von sich, der nach einem Grunzen klang.

„Tu, was du nicht lassen kannst", knurrte er. „Aber mach uns keine Schande."

Elsa biss sich auf die Zunge, um die in ihr aufkeimende Frage, wer hier wem eine Schande machte, zu unterdrücken. Werner wandte sich um und wankte davon. Sie sah ihm nach und schüttelte traurig den Kopf. Dann nahm sie den Kochlöffel und rührte die Suppe noch einmal um. Als sie das fröhliche Blubbern vernahm, besserte sich ihre Stimmung wieder. Die Sattlerwerkstatt war das Stück Freiheit, das sie sich erkämpft hatte. Wegen Hilde mochte sie auf Gedeih und Verderb an Werner gebunden sein. Aber das Geschäft würde er ihr nicht nehmen. Erst leise und dann immer lauter summte sie vor sich hin: „Muss i denn, muss i denn zum Städele hinaus ...“

KAPITEL 22

Isolde und Makala warteten am Wegesrand in einiger Entfernung von den Zelten, in denen die Untersuchungen stattfanden. Sie hatte inzwischen eine wirksame Routine entwickelt, indem sie die Patienten fragte, ob sie eine Spritze bekommen hatten und wenn sie bejahten, fragte, ob sie von Wengenroth einen blauen Leinenstreifen bekommen hätten. War das nicht der Fall, händigte sie ihnen einen roten Streifen aus und bat sie, dass sie sich ihr für einige Fragen zur Verfügung stellen sollten, wenn sie in ihre Dörfer zu Besuch kam.

Mit Wengenroth hatte sie vereinbart, dass dieser Erkundigungen einziehen würde, welche Dosierungen des Atoxyl von seinen Kollegen verwendet wurden. Er ging davon aus, dass alle dieselbe Dosis spritzten, die von Dr. Koch festgelegt worden war, aber sie mussten sich ganz sicher sein, dass sie nichts übersahen. Wenn sie dem Expeditionsleiter ihre Daten überreichen würden, durfte darin kein Fehler sein.

Eben kam eine Kranke den Weg entlanggewankt. Sie stöhnte leise vor sich hin. Makala sprach sie an. Die Frau hob den Blick und als sie Isolde sah, veränderte sich ihre Mimik. Sie sah mit einem Mal ängstlich aus.

Sie stieß ein paar abgehackte Wörter hervor. Der Dolmetscher hob beruhigend die Hände, doch die Frau wurde nur noch unruhiger. Sie deutete auf Isolde und ihre Sprache wurde noch härter. Ihre Stimme zitterte. Schließlich humpelte sie rasch davon.

„Was war das denn?", fragte Isolde.

Makala räusperte sich.

„Die Frau hatte Angst vor Ihnen", sagte er.

„Das habe ich bemerkt", erwiderte Isolde. „Aber was an mir macht ihr denn Angst?"

„Sie hat gesagt, die weißen Männer hätten ihr Gewalt angetan, sie gequält. Und dass Sie auch eine Weiße seien, eine Quälerin."

„Eine Quälerin?"

Isolde war schockiert. Sie hatte schon viele Berichte von Einheimischen gehört, die die Nebenwirkungen der Medizin als eine Art Folter erlebt hatten. Bislang hatte aber niemand die Ärzte direkt der Quälerei bezichtigt.

„Was haben Sie ihr angetan?", fragte sie.

Makala zögerte. „Sie war sehr aufgeregt und hat ein wenig wirr gesprochen. Aber wenn ich sie richtig verstanden habe, hat sie gesagt, dass die Männer sie gepackt und sie gegen ihren Willen gestochen haben. Sie wollte gehen, aber sie haben sie festgehalten und ihr Blut entnommen. Dann sollte sie warten, damit man ihr später noch einmal Blut abnehmen konnte, aber sie ist geflohen."

Isolde riss die Augen weit auf. „Sie haben ihr gegen Ihren Willen Atoxyl gespritzt?"

Sie war sich sicher, dass die Frau das Medikament bekommen hatte, Wengenroth hätte niemals das Kochsalz auf diese Art und Weise verabreicht. Der Dolmetscher hob die Schultern.

„Das muss ich überprüfen", sagte Isolde.

Makala kniff die Augen zusammen. „Wollen Sie mit den Ärzten streiten? Seien Sie vorsichtig!"

Isolde dankte ihm und sie vereinbarten, dass sie sich am Nachmittag erneut treffen würden, um Patienten nach deren Behandlung abzupassen. Sie ging in Richtung des ersten Behandlungszeltes. Wie immer wartete eine lange Schlange von Einheimischen davor. Sie passierte die Menschen und trat ins Innere. Sie genoss in diesem Lager so etwas wie Narrenfreiheit und konnte den Untersuchungen beiwohnen, wenn sie wollte. Hedwig Koch hatte das organisiert und dafür war Isolde ihr mehr als dankbar.

Eine Frau saß auf einem niedrigen Hocker. Doktor Zimmermann und zwei weitere Ärzte standen beieinander und schienen sich über das Vorgehen abzustimmen.

„Ich werde zuerst die Lymphknoten punktieren und dann das Atoxyl spritzen. So groß, wie die Knoten sind, verträgt das Objekt sicher die Maximaldosis."

Er wies die Kollegen an, ihm zu helfen. Dann trat er auf die Frau zu und bedeutete ihr, den Kopf zur Seite zu beugen. Sie sah ihn verständnislos an. Einer der Assistenten drückte ihren Kopf nach unten, sodass er auf ihrer linken Schulter zu ruhen kam. Dr. Zimmermann betastete ihre Haut, nahm dann eine lange Nadel vom Tisch und stach in den Hals der Kranken. Diese zuckte und schrie aus voller Kehle. Mit den Augen gab der Arzt seinen Gehilfen ein Zeichen und diese packten die Frau. Zimmermann hielt ein Röhrchen unter das Ende der Nadel und drückte denn den Lymphknoten zusammen. Die Patientin schrie weiter und wand sich, doch die Ärzte hielten sie fest. Isolde war wie eingefroren vor Schreck und Abscheu.

Schließlich zog Zimmermann die Nadel heraus und griff nach einer bereitliegenden Injektionsspritze. Er zog Flüssigkeit aus einem mit Atoxyl beschrifteten Fläschchen auf und trat auf die Frau zu, die wie wild schrie und sich wehrte. Endlich löste sich die Erstarrung, in der Isolde sich befand.

„Nein!", rief sie. „Hören Sie auf!"

Zimmermann hielt inne. Er war es ganz offenbar nicht gewohnt, dass jemand in diesem Ton mit ihm sprach, denn sein Blick war regelrecht schockiert.

„Was erlauben Sie sich?", zischte er.

„Ich erlaube mir, Sie darauf hinzuweisen, dass Sie einen hippokratischen Eid geschworen zu haben, niemandem Schaden zuzufügen. Diese Frau will ganz offenbar nicht von Ihnen behandelt werden. Sie zwingen Sie mit Gewalt dazu. Wenn das kein Schaden ist, weiß ich auch nicht."

Zimmermann funkelte sie wütend an. „Abgesehen davon, dass Sie das überhaupt nichts angeht und dass es eine Impertinenz und Frechheit ohnegleichen darstellt, dass Sie sich in ärztliche Angelegenheiten einmischen, von denen Sie rein gar nichts verstehen – ich handle sehr wohl nach meinem hippokratischen Eid. Die Frau lehnt die Behandlung ab, weil sie schmerzhaft ist. Wenn wir sie jedoch nicht behandeln, wird sie sterben.

Sie weiß es nicht besser und möchte deswegen nicht behandelt werden. Ich weiß es schon besser. Und deshalb zwinge ich sie zu ihrem Glück. Es ist in ihrem Sinn, die Spritze zu bekommen."

Elsa hielt seinem Blick stand. „Und Sie sind sich sicher, dass Ihre Behandlung für die Frau irgendeine heilende Wirkung hat?"

„Natürlich. Das Atoxyl ist das Medikament der Wahl bei der Abtötung der Trypanosomen."

„Aber heilt es die Schlafkrankheit?"

„Davon verstehen Sie nichts."

„Ich bin nun zwei Monate hier. Und ich habe bislang nicht den Eindruck bekommen, dass Sie auch nur einen Patienten geheilt hätten."

Zimmermanns Gesicht wurde knallrot. Er deutete mit dem Finger auf den Zeltausgang und rief: „Raus hier, ehe ich mich vergesse!"

***

Elsa stach die Nadel durch das geschmeidige, weiche Leder. Sie zog den Faden hindurch und setzte dann erneut an. Die Arbeit beruhigte sie. Die Regelmäßigkeit des Wechsels von Stechen und Ziehen, die immer gleiche Bewegung, die sie mit der immer gleichen Kraft ausführte. Im Hintergrund hörte sie Hilde, die leise vor sich hin summte, während sie selbst ein Lederstück mit Verzierungen versah.

Zum ersten Mal, seitdem sie in dieses fremde Land gekommen war, verspürte Elsa so etwas wie Glück. Der Gedanke löste im selben Moment einen Anflug schlechten Gewissens aus, denn seit ihrer Ankunft in Wilhelmstal war zumindest ein Ereignis geschehen, das

ebenfalls Glücksgefühle in ihr hätte auslösen müssen –
Hildes Geburt.

Allerdings konnte sie sich nur undeutlich an diesen
Tag und auch an die erste Zeit mit ihrem neugeborenen
Kind erinnern. Sie war von Trauer erfüllt gewesen,
dass Moritz seine Tochter nicht kennenlernen durfte.
Zudem war die Geburt sehr anstrengend gewesen und
sie hatte all ihre Kraft aufwenden müssen, um zu überleben. In den Monaten und Jahren danach hatte es immer wieder schöne Momente mit Hilde gegeben, aber
sie waren getrübt gewesen durch die Existenzangst
und die Trauer um Moritz.

Nun aber hatte sich etwas verändert. Sie war erstmals
selbst aktiv geworden, hatte ihr Leben in ihre eigenen
Hände genommen. Wie dankbar sie Isolde war, die sie
durch ihre mahnenden Worte dazu gebracht hatte, das
Sanatorium in Wugiri zu verlassen und sich in Amani
um die Rettung der Plantage zu bemühen. Zwar war
das auch nicht ihre Herzensangelegenheit gewesen,
aber sie hatte damit begonnen, Verantwortung zu
übernehmen. Und nun war sie mit dieser Werkstatt
und der Anerkennung der Leute belohnt worden.

Ein Schatten fiel auf ihre Arbeitsfläche. Das musste
ein Kunde sein. Sie ließ Nadel und Faden sinken und
wandte sich um. Als sie erkannte, wer dort im Türrahmen stand, schluckte sie.

„Herr von Langenfeld", sagte sie.

„Frau Nachbarin", entgegnete der Großgrundbesitzer,
ein spöttisches Lächeln auf den Lippen.

„Was kann ich für Sie tun?", fragte Elsa, bemüht darum, freundlich zu klingen, was ihr aber nur in Ansätzen gelang. Ihre Stimme klang selbst in ihren Ohren eine Spur zu kühl.

„Mein Freund Tom hat mir berichtet, dass Sie eine Sattlerei eröffnet haben. Er war voll des Lobes über Ihr handwerkliches Geschick. Und da wollte ich Ihnen auch einmal meine Aufwartung machen. Nennen Sie es einen Antrittsbesuch, wenn Sie wollen."

„Möchten Sie einen Sattel anfertigen lassen? Oder kann ich etwas für Sie reparieren?"

Er schüttelte lachend den Kopf. „Nein, danke, ich habe aktuell keinen Bedarf. Meine Frau reitet nicht. Ein Segen für unsere armen Gäule, wenn Sie mich fragen. Sie hat ziemlich zugelegt, seitdem sie die letzte Fehlgeburt zur Welt gebracht hat."

Die Antipathie, die Elsa dem Mann gegenüber empfand, stieg noch einmal deutlich an. Sie hatte Mühe, das Beben in ihrer Stimme zu unterdrücken. „Nun, dann danke ich Ihnen für Ihren Antrittsbesuch. Und wenn Sie einmal ein Anliegen haben –"

„Tatsächlich habe ich ein Anliegen", unterbrach er sie. „Oder eher einen Vorschlag. Nennen wir es so."

„Einen Vorschlag?"

„Ich bin gekommen, um Ihnen anzubieten, die Plantage Ihres Mannes zu kaufen. Ihr Besitz grenzt direkt an meine Ländereien und wäre demnach eine gute Ergänzung. Ich baue selbst Kautschuk an. Da Sie nun ein einträgliches Geschäft in Wilhelmstal führen, könnten Sie in den Ort übersiedeln und von Ihrer Sattlerei gut leben."

Elsa spürte, wie ihr Mund austrocknete. Sie schüttelte den Kopf.

„Ganz abgesehen davon, dass ich nicht die Person bin, mit der Sie über diese Angelegenheit sprechen sollten, da meinem Mann die Plantage gehört, muss ich Ihnen leider von meiner Seite her einen Korb geben. Das hier ist ein kleiner Nebenerwerb. Unsere Pflanzung läuft zu gut, als dass wir sie nach all den Mühen der ersten Jahre nun abstoßen sollten."

Der zuvor freundlich-spöttische Blick von Langenfelds wurde mit einem Mal hart.

„Ich bin zu Ihnen gekommen und nicht zu Ihrem Säufer von einem Mann, weil ich Sie für den verständigen Part Ihrer Ehe gehalten habe. Ganz offenbar habe ich mich getäuscht."

„Nein, ich verstehe ganz gut", erwiderte Elsa, die nun auch allen Anschein von Freundlichkeit und Verbindlichkeit fallen ließ. „Sie wollen sich unser Land doch schon lange unter den Nagel reißen. Da erschien das als eine gute Gelegenheit, es einmal auf eine zuvorkommende Art zu versuchen, nachdem Ihr Einschüchterungsversuch nicht verfangen hat."

„Einschüchterungsversuch?", blaffte von Langenfeld. „Ich weiß nicht, wovon Sie reden."

„O doch, das wissen Sie sehr gut. Sie haben meinem Gärtner Schläger auf den Hals gehetzt, um ihn daran zu hindern, uns zu helfen, die Ernte einzufahren. Dann hätten Sie als der Retter auftreten können, der uns das Land abkauft, ehe wir in Konkurs gehen. Aber das hat nicht funktioniert. Und nun versuchen Sie, mir Honig ums Maul zu schmieren. Aber das können Sie vergessen."

Von Langenfeld trat einen Schritt auf Elsa zu und sie hob die Hand, um einem möglichen Schlag zu begegnen. Doch dann fiel sein Blick auf Hilde, die ihn mit schreckgeweiteten Augen anstarrte und er nahm sich zurück.

„Das werden Sie bereuen", knurrte er und ging grußlos davon.

„Mama, was wollte der Mann?", fragte Hilde und kuschelte sich eng an ihre Mutter. Sie streichelte ihrer Tochter über den Kopf.

„Er war sehr unfreundlich", sagte sie. „Aber nun ist alles gut. Er wird nicht wiederkommen."

„Hoffentlich", murmelte Hilde. Elsa führte sie zurück an den kleinen Tisch und zeigte ihr ein paar Kniffe mit dem Punziermesser, um sie abzulenken. Währenddessen dachte sie über das Gespräch nach. War es vernünftig gewesen, von Langenfelds Offerte abzulehnen? Wenn Sie es sich genau besah, hatte sie eben ein durchaus bedenkenswertes Angebot ausgeschlagen. Die Plantage würde dieses Jahr erstmals einen moderaten Gewinn erwirtschaften. Aber sie konnten sich nicht sicher sein, dass das so weitergehen würde, vor allem, wenn man bedachte, dass Werner ein Totalausfall war. Und die Sattlerei hatte sich in kürzester Zeit als ein florierendes Geschäft in Wilhelmstal etabliert. Lag die Zukunft nicht eher hier als in der Landwirtschaft? Sie streichelte Hilde über den Kopf. Es würde sich zeigen, ob ihre Entscheidung vernünftig oder verrückt gewesen war.

KAPITEL 23

Sese-Inseln und Wilhelmstal, 25. September 1906

Isolde erwachte aus einem unruhigen Schlaf. Sie hatte wild geträumt von Tsetsefliegen, Krokodilen und seltsamerweise auch von Dr. Zimmermann, der Feuer an die Kirche der Missionsstation legte und alles in Schutt und Asche fallen ließ. Es war noch dunkel und sie drehte sich in ihrem Bett um, um weiter zu schlafen, als sie ein leises Klopfen an ihrer Tür vernahm.

Ihr Herz schlug schneller. Da, es klopfte noch einmal. Sie schob das Moskitonetz beiseite und zog rasch ihren Morgenmantel über. Dann ging sie zur Tür.

„Wer ist da?", fragte sie.

„Ich bin es, Wengenroth. Schnell, lassen Sie mich rein."

Sie schloss die Tür auf und der Arzt schlüpfte in ihr Zimmer. Im Schein des Mondes sah sein Gesicht noch bleicher aus als ohnehin schon. Er spähte zur Tür hinaus, dann drückte er sie zu. Isolde trat zu der Petroleumlampe auf dem Tischchen und entzündete sie. Das Licht blendete sie zuerst, sie sah jedoch, dass Wengenroth einen Stapel Blätter neben die Lampe legte.

„Was ist passiert?", fragte sie.

„Zimmermann muss Verdacht geschöpft haben“, sagte er. „Ich habe eben den Befehl erhalten, morgen nach Dar-es-Salam abzureisen.“

Isolde spürte, wie ihr Mund mit einem Mal staubtrocken wurde. „Sie wurden abkommandiert?“

Er nickte. „Zimmermann muss uns auf die Spur gekommen sein. Ich weiß nur nicht, wie.“

Isolde sah zu Boden. „Ich schon“, sagte sie. Sie berichtete Wengenroth von ihrem Konflikt mit dem Oberstabsarzt am Tag zuvor.

Er seufzte. „Das war nicht hilfreich.

Isolde schluckte. „Es tut mir leid.“

Wengenroth zuckte mit den Schultern. „Es ist, wie es ist. Ich kann nicht sagen, dass ich am Boden zerstört bin. Schließlich war ich die letzten Wochen gezwungen, meinen Kollegen gegenüber Theater zu spielen und sie zu hintergehen.“

Isolde wollte etwas erwidern, doch der Arzt hob die Hand.

„Ich habe es freiwillig getan, weil ich Ihre Argumentation nachvollziehbar fand. Und ich stehe hinter meiner Entscheidung. Das ist wohl das Schwierige an moralischen Dilemmata. Man muss das kleinere Übel wählen, es gibt kein schwarz oder weiß. Das Leben ist nur mal mehr oder mal weniger grau. Aber nun endet dieses Dilemma für mich.“

„Können Sie nicht an die Öffentlichkeit treten? In Dar-es-Salam? Wir haben doch genügend Material gesammelt. Wenn Sie Ihre Aufzeichnungen veröffentlichen, wird das einen Aufschrei geben.“

„Sie vergessen, dass ich Militärarzt bin. Ich kann nicht einfach mit geheimen Informationen an die Öffentlichkeit treten. Die würden zwar keinen Dreyfus aus mir machen, aber ich müsste doch mit einem Verfahren vor dem Kriegsgericht und mit einer unehrenhaften Entlassung rechnen müssen." Er schüttelte den Kopf. „Nein, Sie müssen die Daten veröffentlichen. Wenn Sie einen guten Journalisten finden, kann der mich als Quelle schützen. Dann werden die Kollegen vielleicht vermuten, dass ich es war, der Ihnen geholfen hat, aber sie werden es mir nicht nachweisen können." Er sah zu Boden. „Ich bin kein Held. Ich würde mir wünschen, dass ich den Mut hätte, frei zu sprechen und die Konsequenzen zu tragen. Aber ich habe eine Zukunft vor mir, wenn alles gut geht, wartet ein langes Leben auf mich. Und das möchte ich mir nicht verbauen."

Isolde nickte. „Das verstehe ich. Sie haben viel geleistet, mehr als ich jemals von Ihnen verlangen hätte können."

Er schüttelte den Kopf. „Und doch war es nicht genug. Sie haben recht. Hier läuft vieles verkehrt. So sollte Wissenschaft nicht betrieben werden. Ich hoffe, dass sich etwas ändern wird, wenn Sie unsere Erkenntnisse veröffentlicht haben. Vielleicht nicht gleich, aber doch dann in einigen Jahren."

Er streckte Isolde die Hand entgegen und sie drückte sie.

„Was werden Sie nun tun?", fragte er. „Am sinnvollsten wäre es wohl, wenn Sie ebenfalls abreisen würden."

Isolde biss sich auf die Unterlippe. „Wenn ich abreise und nach Europa zurückkehre, können unsere Daten frühestens in ein bis zwei Monaten veröffentlicht werden. Bis der öffentliche Aufschrei dann laut genug ist und der Reichstag sich mit den Machenschaften der Expedition beschäftigt, werden weitere Wochen, eher Monate vergehen. Und bis Koch endlich zurückgepfiffen wird – sollte das jemals der Fall sein – wird insgesamt sicher ein halbes Jahr ins Land ziehen." Sie schüttelte den Kopf. „Nein, so lange kann ich nicht warten. Die Leute hier werden weiter mit sinnlosen Behandlungen gequält werden, die ihr Leiden nur verschlimmern. Ich werde die letzten Daten sammeln und dann mit Dr. Koch sprechen. Vielleicht kann ich ihn überzeugen, die Versuche mit Atoxyl einzustellen und andere Aspekte der Schlafkrankheit in seine Forschung mit aufzunehmen."

Wengenroth legte den Kopf schief. „Ich befürchte, dass sich Dr. Koch von Ihnen nicht überzeugen lassen wird."

„Weil ich eine Frau bin?"

„Nein. Die einzige Person, die auf Dr. Koch einwirken kann, ist eine Frau. Seine Ehefrau. Er ist ein großer, bedeutender Forscher. Aber mit Kritik an seiner Arbeit kommt er nicht gut zurecht. Er hat Scheuklappen auf und lässt sich von nichts irritieren, was auch nur eine Kleinigkeit rechts oder links des Weges liegt, den er sich einbildet."

„Aber wenn ich ihm die Daten vorlegen kann, muss er doch einsehen, dass er den falschen Weg eingeschlagen hat", sagte Isolde, die eine zunehmende Verzweiflung verspürte.

Wengenroth seufzte. „So sollte es sein. Aber wenn ich eines über Robert Koch gelernt habe, dann ist es die

Tatsache, dass er seinem Bauchgefühl in letzter Instanz mehr vertraut als Daten, die seinen Thesen widersprechen."

Er musste Isoldes enttäuschte Miene richtig gelesen haben, denn er sagte: „Aber vielleicht lässt er sich ja von Ihnen überzeugen. Ich wünsche es Ihnen. Und mir. Dann wäre unsere Arbeit hier nicht vergebens."

Er streckte ihr erneut die Hand entgegen. „Passen Sie gut auf sich auf", sagte er. „Vielleicht sieht man sich ja einmal wieder. Es war mir ein Vergnügen, mit Ihnen zu arbeiten. Und wenn Sie mir die Bemerkung erlauben: An Ihnen ist eine Wissenschaftlerin verloren gegangen. Vielleicht sollten Sie ernsthaft erwägen, sich den Naturwissenschaften zuzuwenden. Sie wären eine Bereicherung für jedes Forschungsgebiet."

Sie drückte wieder seine Hand und lächelte ihm zu.

„Ich werde über Ihren Rat nachdenken. Danke für alles. Kommen Sie gut nach Dar-es-Salam."

***

Elsa stand hinter der Arbeitsplatte in ihrer Werkstatt und sah hinaus zur Hauptstraße von Wilhelmstal. Es war bereits der zweite Tag, an dem kein Kunde bei ihr vorgesprochen hatte. Das war eine neue Erfahrung. Bislang hatte sie sich vor Anfragen kaum retten können. Sie hatte auch noch einige Aufträge abzuarbeiten und konnte demnach eigentlich froh über diese kleine Atempause sein, aber sie hatte kein gutes Bauchgefühl.

Als sie am Morgen mit Hilde eingetroffen war, war die erste Person, der sie begegnet war, ausgerechnet die Pastorsgattin Crucius gewesen. Sie hatte die Frau

freundlich gegrüßt und Hilde war in einen bezaubernden Knicks gesunken, aber die Frau hatte sie nur mit
einem kalten Blick gemustert und dann demonstrativ
in die andere Richtung geschaut.

Hatte sie sich dieses Verhalten bei Frau Crucius noch
erklären können, so war es ihr bei Herrn Binder schon
deutlich schwerer gefallen. Der Vorarbeiter einer Plantage im Osten Wilhelmstals hatte ihr gleich nach der
Eröffnung ihres Geschäfts zwei Zügel zur Reparatur gebracht und war mit dem Ergebnis sehr zufrieden gewesen.

Doch heute Morgen hatte er ihren Gruß nicht nur
nicht erwidert. Er hatte den Anschein erweckt, dass er
sie gar nicht gesehen hatte. Elsa hatte seinen Namen gerufen und ihm zugewinkt, aber Binder hatte seinen
Schritt nur noch weiter beschleunigt. Sie konnte sich
keinen Reim darauf machen, warum er so reagiert
hatte.

Sie bearbeitete gerade ein Stück Leder, als sie aus dem
Augenwinkel sah, dass sich jemand ihrer Werkstatt näherte. Es war Zuganatto. Sie hob den Kopf und lächelte
ihn an, doch er erwiderte ihr Lächeln nicht. Das war der
bislang deutlichste Hinweis darauf, dass hier etwas
ganz und gar nicht stimmte.

„Was ist los?", fragte sie.

„Ich muss mit Ihnen sprechen", sagte er und fügte mit
einem Blick auf Hilde hinzu: „Alleine."

Elsa ging zu ihrer Tochter und gab ihr ein neues Stück
Leder.

„Kannst du mir bitte drei Blüten einpunzieren? Mit
ganz vielen Blättern?"

Hilde klatschte in die kleinen Hände und machte sich an die Arbeit.

Elsa folgte dem Hotelier hinaus und er führte sie auf die Rückseite der Stallungen.

„Was ist los?", wiederholte sie ihre Frage.

„Ich habe ein Gerücht gehört, das sich zu einem großen Problem für sie auswachsen könnte", sagte Zuganatto.

„Schießen Sie los", sagte Elsa, deren Herz bis zum Hals schlug.

„Ich habe mitbekommen, dass in der Stadt gemunkelt wird, dass Sie eine – sagen wir es einmal vorsichtig – schwierige Vorgeschichte in Deutschland hatten."

Elsa fühlte sich, als ob jemand einen Kübel mit Eiswürfeln über ihrem Kopf ausgeschüttet hätte. „Was genau wird über mich verbreitet?"

Es bereitete Zuganatto sichtlich Unbehagen, weiterzusprechen.

„Es wird behauptet, dass Sie Ihren ersten Mann umgebracht hätten und mit Herrn Müller nach Afrika geflohen seien, um der deutschen Justiz zu entgehen."

Elsa starrte ihn fassungslos an. „Das ... das ist nicht die Wahrheit", stammelte sie.

Der Wirt hob die Hände. „Das hatte ich auch nicht erwartet. Aber Sie wissen, wie das mit Gerüchten in kleinen Orten so läuft. Sie beginnen ein Eigenleben. Und die Leute glauben, was sie glauben möchten."

„Wer hat dieses Gerücht in die Welt gesetzt?"

Zuganatto zuckte mit den Achseln. „Das kann ich Ihnen nicht sagen. Ich weiß es nicht. Gibt es denn jemanden, der Ihnen übelwill."

Elsa überlegte. „Frau Crucius hat etwas gegen mich."

Er schüttelte den Kopf. „Ich glaube nicht, dass Sie hinter den Anschuldigungen steckt", sagte Zuganatto. „Mich mag sie auch nicht, weil ich der griechisch-orthodoxen Kirche angehöre. Daher straft sie mich mit Missachtung. Sie ist nicht der Typ, der einem das Messer in den Rücken sticht. Sie spritzt einem das Gift direkt ins Gesicht."

Elsa nickte. „Ja, das war auch mein Eindruck. Abgesehen von Frau Crucius fällt mir dann eigentlich nur noch Herr von Langenfeld ein."

„Der Großgrundbesitzer? Was könnte der gegen Sie haben?"

„Ich habe sein Angebot angeschlagen, unsere Plantage zu kaufen."

Zuganatto runzelte die Stirn. „Das könnte tatsächlich ein Problem sein. Ich hatte bislang nur selten mit Langenfeld zu tun. Er lässt seine Geschäfte über Speditionen in Tanga abwickeln. Und darüber bin ich auch nicht unglücklich. Er ist ein Mensch, der von sich und seiner Stellung in der Welt überzeugt ist. Ich würde mich nicht ihm anlegen wollen."

Elsa seufzte. „Ja, diese Erfahrung scheine ich gerade zu machen. Aber das Kind ist schon in den Brunnen gefallen. Was soll ich denn nur tun?"

Zuganatto zwirbelte sich den Schnurrbart. „Wenn Sie Ihre Ruhe haben wollen, würde ich Ihnen dringend empfehlen, sich das mit dem Verkauf noch einmal zu überlegen. Andererseits ist der Schaden schon angerichtet. Ihr Ruf ist geschädigt und das kann in einer kleinen Stadt wie Wilhelmstal das Todesurteil für einen Handwerksbetrieb bedeuten."

„Dann sollte ich mich vielleicht darauf konzentrieren, meinen Ruf zu verteidigen."

Zuganatto legte den Kopf schief. „Nun, dabei wünsche ich Ihnen viel Erfolg." Er nickte ihr zu und ging davon.

Elsa kehrte zu ihrer Tochter zurück.

„Schau mal, so viele Blütenblätter." Hilde hatte die drei Blumen bereits einpunziert und reckte ihr stolz das Lederstück entgegen. Sie nahm es und besah sich die Arbeit.

„Schön", sagte sie und gab es ihrer Tochter zurück.

„Was ist denn los, Mama?", fragte das Mädchen. „Du wirkst so traurig."

Elsa zwang sich zu einem Lächeln. „Es ist nichts. Nur das Gerede von bösen Männern."

„Wenn es nur Gerede ist, ist es nicht schlimm", sagte das Mädchen mit Entschlossenheit. „Schlimm ist, wenn böse Männer zuschlagen."

Elsa schluckte. Hilde hatte Recht. Noch war es nur Geschwätz. Und damit würde sie irgendwie zurechtkommen können. Aber was, wenn von Langenfeld es nicht dabei beließ? Was, wenn er Gewalt anwendete? Waren Sie schon jetzt in Gefahr? Sie würde es nicht ertragen, wenn Hilde etwas zustieß.

Sie streichelte ihre Tochter über den Kopf. „Ich passe auf dich auf", sagte sie. „Ganz egal, was die bösen Männer sagen oder tun."

„Ich weiß", flüsterte Hilde. „Ich weiß."

KAPITEL 24

Isolde hatte den rechten Moment abgepasst und nun stand sie vor Hedwig Koch. Die Frau des Forschers sah müde aus. Sie hatte schwarze Ringe um die Augen und ihre Haut war blass und fahl. Sie lächelte Isolde schwach zu.

„Sie sind immer noch hier? Wo Sie doch jeden Tag freiwillig abreisen könnten? Ich beneide Sie um diese Möglichkeit. Die Malaria macht mir das Leben schwer. Zuhause in Deutschland könnte ich sie in Ruhe auskurieren. Aber ich kann nicht von der Seite meines Mannes weichen. Er braucht mich", sagte sie zur Begrüßung.

„Ich werde sicher bald nach Tanga zurückkehren. Zuvor wollte ich aber unbedingt noch ein paar Porträts und Laborbilder von Ihrem Mann anfertigen."

Hedwig Koch schlug sich mit der flachen Hand an die Stirn.

„Richtig, deswegen waren sie ja ursprünglich zu uns gekommen. Was haben Sie denn die ganze Zeit über gemacht? Ich bekomme ja nichts mit, da ich meistens fiebernd in meinem Bett liege."

„Dies und das. Ich habe mir die Gegend angesehen, mit Expeditionsteilnehmern gesprochen. Und mit Einheimischen.“

„Sie haben mit Einheimischen gesprochen? Wie haben Sie das denn angestellt? Die Leute hier sprechen eine furchtbare Sprache. Das kann doch kein Mensch verstehen. Ich bin so froh über das Mädchen, das mir dolmetscht.“

„Ich habe auch einen Dolmetscher gefunden, der sehr passabel Englisch spricht. Er hat mich in die Dörfer der Umgebung begleitet.“

Hedwigs Blick wurde wachsamer. „Und was sagen die Leute über uns?“

Isolde wählte ihre Worte mit Bedacht. „Sie machen sich sehr viele Gedanken über die Schlafkrankheit und die Behandlungsmöglichkeiten.“

Hedwig nickte. „Das ist eine furchtbare Seuche. Schrecklich. Es war so wichtig, dass mein Mann sich entschlossen hat, sich als nächstes dieser Erkrankung zu widmen. Er hatte sich so lange mit der Tuberkulose und danach mit der Cholera beschäftigt. Aber nachdem auf diesen Feldern nun ein Weg aufgezeigt zu sein scheint, wie diese Krankheiten behandelt werden können, war es richtig und wichtig weiterzugehen.“

Isolde beschloss, sich in der für sie ungewohnten und etwas seltsam anmutenden Kunst des Honig-ums-Maul-Schmierens zu üben.

„Ihr Mann wurde dafür ja auch zu Recht mit dem Nobelpreis für Physiologie ausgezeichnet.“

Hedwig strahlte. „Ja, das war eine seiner Sternstunden. Er musste so viele Schläge einstecken in seinem

Leben; sei es der Streit mit diesem impertinenten Franzosen Pasteur, wer den Tuberkelbazillus als erstes entdeckt hat oder auch die haltlosen Vorwürfe, dass das Tuberkulin gar nicht gegen die Tuberkulose helfe. Lächerlich."

Isolde schluckte. Sie wusste nicht, ob Emily jemals mit Tuberkulin behandelt worden war. Wenn das Medikament jedoch das Wundermittel war, für das es Frau Koch zu halten schien, starben immer noch viel zu viele Menschen an der Erkrankung.

„Es war natürlich ein riesiger Aufwand", fuhr Hedwig fort. „Die Anreise zur Preisverleihung, meine ich. Wir waren ja in Amani. Das kennen Sie, wie ich gehört habe. Eigentlich wollten wir damals schon an den Victoriasee weiterreisen. Aber dann kam die Nachricht, dass meinem Mann der Preis zugesprochen worden war, und so sind wir dann wieder nach Europa zurückgekehrt. Nach Stockholm. Ich war zuvor noch nie in Schweden gewesen. Und dann gleich noch im Winter. Dunkel war es da. Und kalt. So ganz anders als hier. Nun, und dann waren wir noch ein wenig im Reich unterwegs, ehe wir wieder nach Afrika zurückgekehrt sind, damit mein Mann endlich das gute Werk beginnen konnte, für das er hierhergekommen war. Sie fragen sich vielleicht, ob es richtig war, dieses für ein halbes Jahr zu unterbrechen, nur um einen Preis entgegenzunehmen", setzte Hedwig rasch hinzu.

Isolde schüttelte den Kopf. „So wie ich diesen Preis verstehe, ehrt er das Lebenswerk eines Forschers. Das ist also eine einmalige Gelegenheit."

Ihre Antwort diente wiederum dazu, gut Wetter mit Frau Koch zu machen. Doch dieses Mal war es ihr deutlich schwerer gefallen, die Replik, die ihr auf der Zunge gelegt hatte, zu unterdrücken. Nämlich, dass es für die Einheimischen hier wohl eher ein Segen gewesen war, dass Koch ihnen ein halbes Jahr Abwesenheit geschenkt hatte.

„Da haben Sie so recht, junge Frau. Ach, endlich jemand, der meinen Mann versteht. Ich freue mich so sehr, dass Sie hierhergekommen sind, um ihn zu fotografieren."

„Wo wir schon beim Thema sind", hakte Isolde ein. „Wann wäre es denn günstig?"

„Günstig? Was denn?"

„Na, das Fotografieren."

Hedwig Koch schlug sich wieder an die Stirn.

„Herrje, wo war ich denn nur mit meinen Gedanken. Die Malaria hat mir das Hirn vernebelt. Ja, ich verstehe Sie, Sie wollen wieder nach Hause. Dann sollen Sie so bald wie möglich die Gelegenheit bekommen, meinen Mann zu fotografieren. Gleich morgen. Ich spreche mit ihm. Er soll sich ordentlich rasieren lassen und wir sorgen dafür, dass seine Hemden frisch gewaschen sind. In der Ferne muss man oft improvisieren. Daheim im Reich wäre alles viel einfacher."

Isolde nickte zustimmend. „Hat Ihr Mann denn schon ein neues Ziel auserkoren? Nach der Erforschung der Schlafkrankheit, meine ich."

Hedwig schüttelte entschieden den Kopf. „Nein, so ist mein Mann nicht. Er tanzt nicht auf mehreren Hochzeiten gleichzeitig. Das ist seine große Stärke. Wenn er sich in eine Erkrankung vertieft hat, bringen ihn keine zehn Pferde dazu, etwas anderes zu tun. Gut, als wir in Dar-es-Salam waren, hat er noch eine kleine Expedition zum Recurrens-Fieber durchgeführt. Aber das lag nur daran, dass wir aufgehalten wurden, und er wollte die Wartezeit sinnvoll nutzen. Nun sind wir aber hier und er wird seine ganze Energie in den Dienst der Bekämpfung dieser furchtbaren Seuche stecken. Die Schlafkrankheit wird bald ausgerottet sein, glauben Sie es mir."

In ihren Augen sah Isolde einen beinahe fanatischen Glanz, der ihr einen Schauer über den Rücken jagte.

„Gut, dann erwarte ich Ihre Nachricht, wann ich Ihren Mann fotografieren darf."

„Morgen, meine junge Freundin, morgen ist es so weit, ich verspreche es Ihnen."

Isolde dankte ihr und verabschiedete sich. Sie hatte ihr Ziel erreicht, zu Koch vorgelassen zu werden. Sie hatte beschlossen, dass es keinen Sinn mehr machte, weiterhin Daten zu sammeln, Sie musste mit dem Forscher selbst sprechen, musste versuchen, ihn davon zu überzeugen, die Menschen in Zukunft von dem Atoxyl zu verschonen. Wenn es ihr gelang, war viel erreicht, wenn nicht, so hatte sie es wenigstens versucht.

Sie kehrte zu dem Nebengebäude der Missionsstation zurück, in dem ihre Unterkunft lag. Auf den ersten Blick sah sie, dass hier etwas nicht stimmte. Die Tür stand offen. Mit klopfendem Herzen näherte sie sich ihrem Zimmer.

***

Elsas Hände zitterten vor Aufregung. Sie brauchte vier Anläufe, bis sie das Hutband unter ihrem Kinn verschnürt hatte.

„Das wird schon", sagte Frau Zuganatto. Sie würde an diesem Abend auf Hilde aufpassen. Die Frau des Hoteliers war eine ruhige und sehr sympathische Person, die das kleine Mädchen sofort ins Herz geschlossen hatte. Auch Hilde schien sich bei der Wirtin wohlzufühlen, denn sie winkte ihrer Mutter zum Abschied nur kurz zu und war dann gleich wieder von der Geschichte gefangen, die die Babysitterin ihr erzählte.

„Soll ich Sie mit dem Wagen fahren?", fragte Herr Zuganatto, als Elsa die Treppe hinunterkam. Sie hatte sich für eine Nacht im Hotel eingemietet, um nicht spätabends noch nach Müllerau zurückkehren zu müssen. Sie schüttelte den Kopf. „Nein, das Forsthaus ist ja nur einen Katzensprung von hier entfernt. Ich gehe zu Fuß."

„Ich wünsche Ihnen viel Erfolg", sagte Zuganatto. „Die Siedler hier sind ein seltsames Völkchen. Aber wenn Sie eines sind, dann offen für klare Worte."

„Dann will ich einmal hoffen, dass Sie auch in diesem Fall richtig liegen", sagte Elsa und trat auf die Veranda hinaus.

Es war ein schwül-heißer Abend und die Schweißtropfen erschienen beinahe sofort auf ihrer Stirn. Sie war froh, dass sie sich gegen Make-up entschieden hatte, das ohnehin nur auf ihrem Gesicht verlaufen wäre, und ihrem Wunsch, sich als ehrenwerte Dame zu präsentieren, grotesk widersprochen hätte.

Sie ging die Hauptstraße entlang, an geschlossenen Läden und kleinen Häusern vorbei, hinter deren Fenstern gemütliche Lichter brannten. Wie gerne sie doch mit den Bewohnern tauschen würde! Aber sie wusste, dass sich das nur auf diesen heutigen Abend erstreckte. Sie war nicht für dieses ruhige, gut bürgerliche Leben geschaffen. Und deshalb war diese Aufgabe, so schwer sie ihr auch fallen mochte, andererseits wiederum genau das Richtige für sie.

Sie bog in die kleine Allee ein, die auf das Forstamt von Wilhelmstal zu führte, in der die heutige Versammlung der Pflanzer des Bezirks stattfinden sollte. Das Forsthaus war ein stattliches Gebäude mit Giebeln und Erkerchen, das so auch in der bayerischen Provinz hätte gebaut worden sein können. Die Fenster waren hell erleuchtet und als sie nähertrat, war das Klirren von Gläsern und das Summen zahlreicher Stimmen zu hören. Man war also schon zum gemütlichen Teil übergegangen.

Sie ging die Stufen nach oben und hielt ein paar Augenblicke vor der Tür inne. „Nur Mut", sagte sie sich, atmete tief durch und trat dann ein.

Sie fand sich in einem weiträumigen Foyer wieder, das für den Abend in einen Gesellschaftsraum verwandelt worden war. Etwa dreißig Leute befanden sich in dem Raum, Frauen und Männer. In der Mitte stand ein Tisch, auf dem eine große Kristallschüssel thronte, die bis zum Rand mit etwas gefüllt war, das nach einer exotischen Bowle aussah. Als die Gäste des Neuankömmlings gewahr wurden, richteten sich alle Augen auf sie.

Elsa kannte dieses Gefühl nur zu gut, gleichzeitig im Boden versinken zu wollen und zu hoffen, dass der Moment, in dem sie im Mittelpunkt der Aufmerksamkeit stand, nie aufhören würde. Sie ließ ihren Blick schweifen und stellte zu ihrer Erleichterung fest, dass von Langenfeld nicht anwesend war. Sie entdeckte Herrn von Nostitz, den Bezirksamtmann, Herrn Christen, den Leiter der Postagentur in Wilhelmstal und Herrn Lange, den offiziellen Landvermesser. Der Forstassessor, Herr Gieseler, trat auf sie zu.

„Frau Müller, wenn ich mich nicht irre?", fragte er.

„Ja, da ist korrekt, mein Mann betreibt die Pflanzung Müllerau."

„Richtig, richtig. Dann herzlich willkommen in unserem Kreis."

Isolde dankte ihm. Sie trat zu dem Tisch mit der Bowle, griff nach einem Glas, füllte etwas von dem Getränk ein und nahm einen Schluck. Der Alkohol belebte ihre Sinne. Ob es Werner auch noch so ging, wenn er Branntwein in sich hineinschüttete? Sie schlug mit dem Löffel sanft gegen die Außenwand ihres Glases. Sofort richteten sich alle Augen auf sie.

„Guten Abend", sagte sie. „Die meisten von Ihnen werden mich kennen. Ich bin Elsa Müller, meinem Mann gehört die Plantage Müllerau. Ich möchte Ihnen keine Zeit stehlen, deshalb komme ich gleich auf den Punkt."

Sie hielt kurz inne und registrierte erfreut, dass sie die Aufmerksamkeit der Anwesenden vollkommen eingefangen hatte. Sie sah nur neugierige Blicke. Das war gut, niemand trug offene Feindseligkeit zur Schau. Das motivierte sie, fortzufahren.

„Vielleicht sind Ihnen in den letzten Tagen Gerüchte über mich und meinen Lebenswandel zugetragen worden. Vielleicht auch nicht. Wenn, dann haben Sie wahrscheinlich gehört, dass ich Deutschland verlassen musste, weil ich meinen ersten Mann getötet hätte und nun auf der Flucht vor der Justiz sei."

Ein Raunen lief durch den Raum. Aus der Reaktion der Menschen las sie, dass einige der Anwesenden vollkommen überrascht waren, wohingegen andere genau wussten, wovon sie sprach.

„Diese Gerüchte sind falsch und verleumderisch. Wahr ist, dass mein erster Mann bei einem Duell ums Leben kam, das meiner Ehre wegen geführt wurde, und dass ich danach gerne den Antrag meines jetzigen Mannes verbunden mit dem Angebot, hierher umzuziehen, angenommen habe, um den schrecklichen Erinnerungen zu entfliehen, die mich in München bis an mein Lebensende verfolgt hätten. Wir haben uns hier wie Sie alle auch eine neue Existenz aufgebaut. Und dafür sind wir sehr dankbar. Ich hatte das große Glück, vor ein paar Wochen, eine kleine Sattlerei im Ort eröffnen zu können. Einige von Ihnen hatte ich dort schon als Kunden begrüßen dürfen, was mich sehr gefreut hat. In einem kleinen Ort wie Wilhelmstal sind wir darauf angewiesen, dass wir uns aufeinander verlassen können. Deshalb bin ich heute zu Ihnen gekommen. Ich würde von einer Mörderin auch keinen Sattel reparieren lassen wollen. Von einer Frau und Mutter, die unter widrigen Umständen von vorne beginnen muss, würde ich mir diesbezüglich jedoch gerne helfen lassen. In diesem Sinn hebe ich mein Glas auf unsere Gemeinschaft. Auf dass wir offen und ehrlich noch viele Jahre aufstrebend und glücklich zusammenleben.“

Sie hob ihr Glas. „Auf Wilhelmstal!“

Es dauerte einige furchtbare Augenblicke, ehe die Anwesenden es ihr nachtaten und der Trinkspruch durch das Foyer hallte.

KAPITEL 25

Sese-Inseln und Wilhelmstal, 28. September 1906

Isolde schob langsam die Tür auf. Das fahle Mondlicht fiel in ihr Zimmer und gab den Blick frei auf die Verwüstungen, die dort angerichtet worden waren. Sie sah, dass das Moskitonetz an ihrem Bett abgerissen worden war. Die Matratze lag auf dem Boden, Strohbüschel ragten aus Schnitten im Stoff. Auch das Kopfkissen war aufgerissen und Vogelfedern hatten sich im Raum verteilt.

Sie ging zu der Petroleumlampe, die noch aufrecht auf dem Tischchen stand und entzündete sie. Nun konnte sie erkennen, was der oder die Eindringlinge in den dunklen Ecken ihres Zimmers getrieben hatten. Ihr Koffer war geöffnet, die Kleider darin waren zerwühlt und lagen teilweise daneben auf dem Boden verstreut. Auch das Kamerafutteral war in Mitleidenschaft gezogen worden. Die zersplitterten Reste von Glasplatten glitzerten im Mondlicht.

Sie eilte zu dem zweiten Köfferchen, das ihre gesammelten Positive enthielt. Zu ihrer Erleichterung stellte sie fest, dass es zwar aufgebrochen worden war, dass die Box mit den noch nicht entwickelten Fotoplatten jedoch unversehrt war. Wenigstens war diese Arbeit nicht umsonst gewesen. Sie ging wieder zu dem Schreibtisch zurück und sah, dass ihre Papiere durchwühlt worden waren. Mit einem grimmigen Lächeln klopfte sie auf die kleine Tasche, die sie bei sich getragen hatte und die neben ihrem Pass und ihrem Geld auch die Datenblätter enthielt, die sie mit Wengenroth gesammelt hatte. Wenn die Einbrecher es darauf abgesehen hatten, mussten sie unverrichteter Dinge wieder abgezogen sein.

Sie setzte sich auf den Stuhl und überlegte, was zu tun war. Sie musste den Einbruch anzeigen, auch wenn sie die Vermutung hatte, dass die Stelle, bei der sie die Meldung machen würde, bereits nur zu gut über die Vorgänge Bescheid wusste.

Sie erhob sich und ging hinaus ins Dunkel. Dr. Zimmermanns Unterkunft lag im gegenüberliegenden Gebäude, in dem auch die Kochs residierten. Kurz überlegte sie, ob sie sich nicht besser an Hedwig wenden sollte, verwarf den Gedanken dann jedoch. Sie hatte keine Beweise dafür, dass der Oberstabsarzt oder einer seiner Handlanger in den Einbruch verwickelt waren.

Hinter dem Fenster von Zimmermanns Zimmer brannte noch Licht. Sie klopfte an die Tür. Ein „Herein" ertönte und sie trat ein. Sie sah auf den ersten Blick, dass der Oberstabsarzt sie bereits erwartete.

„Fräulein Hartmann", sagte er und ein sarkastisches Lächeln umspielte seine dünnen Lippen. „Was kann ich denn zu so später Stunde für Sie tun?"

„In meiner Unterkunft ist eingebrochen worden."

Zimmermann zog seine Augenbrauen in gespielter Empörung nach oben.

„Nein, was Sie nicht sagen. Schlimm, schlimm. Dieses Diebesvolk auf diesen Inseln. Wurde Ihnen etwas gestohlen?"

Sie schüttelte den Kopf. „Glücklicherweise trage ich meine Wertsachen immer bei mir", sagte sie und klopfte auf die Tasche. Der Blick des Arztes wanderte unwillkürlich dorthin und verharrte eine Kleinigkeit zu lange darauf.

„Das ist weise", sagte er.

„Aber meine Fotoausrüstung wurde beschädigt."

„Das ist bedauerlich."

Er wirkte nicht so, als ob er das ernst meinte. „Ich werde das untersuchen lassen. Sie sollten aber in eine andere Unterkunft umziehen. Auch das werde ich in die Wege leiten lassen."

Er klingelte und kurz darauf erschien einer der englischen Soldaten, die für ihre Sicherheit zuständig waren. Zimmermann schilderte ihm in knappen Worten, was geschehen war. Der Engländer sicherte Isolde zu, dass er alles in seiner Macht Stehende tun werde, um die Missetäter zu überführen und sie ihrer gerechten Strafe zukommen zu lassen. Sie bedankte sich.

Er verabschiedete sich. Zimmermann bot Isolde einen Stuhl an, auf den sie sich notgedrungen setzte, um auf die Rückkehr des Soldaten zu warten, der auch dafür Sorge tragen sollte, dass sie eine neue Unterkunft bekam. Sie ließ den Blick durch den Raum schweifen. Er war spartanisch eingerichtet. An der Wand, an einer Stelle, wo in ihrer eigenen Zelle ein Kreuz gehangen hatte, hatte Zimmermann ein Porträt des Kaisers angebracht. Der Pickelhauben gekrönte Wilhelm II. sah sie mit seinen durchdringenden Augen an und ihr lief ein eiskalter Schauer über den Rücken.

„Wie lange wird die Expedition noch auf den Sese-Inseln verweilen?", fragte Isolde.

„So lange, bis wir unser Ziel erreicht haben. Wir haben hier hervorragende Bedingungen. Genügend Untersuchungsmaterial, aktive Infektionsherde, zahllose Glossinen. Es ist ein Paradies."

„Mit Untersuchungsmaterial meinen Sie an der Schlafkrankheit erkrankte Menschen?"

Zimmermann schmunzelte. „Sofern Sie diese Leute als Menschen bezeichnen wollen. Wir haben hier die großartige Möglichkeit, die Behandlung einer todbringenden Seuche an den Einheimischen zu perfektionieren, damit sie später für die europäischen Siedler keine Gefahr mehr darstellt."

„Sie nutzen die Leute hier wie die Ratten im Labor in Amani?"

Isolde spürte, wie die kalte Wut in ihrem Innern rasch wärmer wurde.

Er zuckte mit den Achseln. „Sie dienen der Wissenschaft. Das adelt ihre kleinen, unbedeutenden Leben."

Isolde wollte etwas erwidern, doch glücklicherweise kam in diesem Augenblick der Soldat zurück. Er hatte einen Trupp Einheimische dabei, die den Umzug organisieren sollten. Isolde entdeckte unter den Männern auch Makala. Er sah sie an und zwinkerte ihr mehrmals zu. Offenbar wollte er ihr etwas mitteilen.

Sie folgte den Männern zu ihrer Unterkunft. Rasch packte sie ihre Kleidung wieder in den Koffer und die Kamera in das Futteral. Dann nahm sie die auf ihrem

Schreibtisch verstreuten Blätter und folgte den Einheimischen, die ihr Gepäck aufgeladen hatten, in den ersten Stock des Gebäudes. Eine schmale Leiter führte hinauf in eine Kammer, die direkt unter dem Dach lag. Als Isolde den Raum betrat, erkannte sie gleich, dass er schon lange nicht mehr benutzt worden war. Es roch nach Moder und an der Decke hingen dicke Spinnennetze. Glücklicherweise konnte sie keines der Insekten entdecken.

Die Matratze des Bettes, das man ihr bereite, war klamm und das Moskitonetz rissig. Zimmermann verfolgte hiermit ganz klar das Ziel, es ihr so ungemütlich wie möglich zu machen. Sie wollte ihm keinen Sieg gönnen, indem sie sich über die Zustände beschwerte. Lange würde sie ohnehin nicht mehr hier hausen müssen.

Die Männer waren fertig und zogen sich zurück. Der Dolmetscher hielt sich am Ende der Kolonne und schlug sich dann an den Kopf, so als ob er etwas vergessen hätte. Er ging noch einmal zu Isolde zurück und sagte. „Ich habe gesehen, wer bei Ihnen eingebrochen hat. Es war der Arzt."

***

Elsa öffnete die Tür ihres Werkstattschuppens. Ihr Herz klopfte wie wild. Als sie zwei Kunden davorstehen sah, konnte sie einen Freudenschrei nur mit Mühe unterdrücken. Der erste in der Schlange war Alois Bremermayer, ein Kaffeefarmer aus Ost-Usambara. Er zwinkerte ihr zu.

„Ich war gestern Abend zufällig auf der Pflanzerversammlung, weil ich in Wilhelmstal zu tun hatte. Und ich muss sagen, Ihre kleine Rede hat mich sehr beeindruckt."

Elsa spürte, wie ihr eine feine Röte in die Wangen stieg. „Dankeschön", sagte sie. „Dem Namen nach stammen Sie auch aus Bayern?"

Er nickte. „Ich komme aus Passau, bin der vierte Sohn eines Landwirts. Da hat man nicht so viele Möglichkeiten. Hier bin ich mein eigener Herr."

„Was kann ich für Sie tun?", fragte sie.

„Ich bräuchte ein neues Joch für ein Ochsengespann. Können Sie so etwas auch anfertigen?"

Elsa lächelte. „Natürlich, wenn Sie mir in etwa sagen können, wie groß die Köpfe ihrer Ochsen sind."

„Beinahe so groß wie die der Preußen in der Reichsregierung", erwiderte er und sie brachen in ein schallendes Gelächter aus. Elsa fragte ihn nach weiteren Daten, stellte kurz eine Berechnung an und nahm dann einen Auftrag für ein Ochsengespann entgegen, der ihr 500 Rupien einbringen würde. Sie besiegelten den Vertrag per Handschlag und Bremermayer verabschiedete sich.

Elsa strahlte den zweiten Kunden an, der sie mit sauertöpfischer Miene ansah, worauf ihr Lächeln wieder verschwand. Es war Walter Mayer, der Vorarbeiter einer der Plantagen, deren Besitzer am Vorabend auch bei dem Pflanzertreffen gewesen war.

„Ich möchte das Geschirr wieder mitnehmen, das ich bei Ihnen zur Reparatur in Auftrag gegeben habe."

Elsa sah ihn irritiert an. „Aber das ist doch noch nicht fertig."

„Das ist mir gleichgültig. Der Herr hat mir aufgetragen, das Geschirr abzuholen, weil er mit jemandem wie Ihnen keine Geschäfte machen will."

„Mit jemandem wie mir?“

Elsa spürte, wie ihr die Röte ins Gesicht stieg. Sie wandte sich um, riss das Geschirr von einem Haken und knallte es auf den Tisch.

„Bitteschön“, sagte sie.

Mayer nahm es entgegen, nickte ihr zu und ging davon. Elsa krallte ihre Fingernägel in die Handflächen, um sich daran zu hindern, laut loszuschreien. Sie holte sich einen Hammer von der Wand und begann damit, auf ein Stück Leder einzudreschen, um es geschmeidiger zu bekommen. Die Tränen standen ihr in den Augen. Das durfte doch nicht wahr sein. Am liebsten wäre sie zu dem Pflanzer gefahren und hätte ihm die Meinung gesagt.

„Alles in Ordnung?“, hörte sie eine Stimme fragen.

Durch den Tränenschleier konnte sie die massige Gestalt von Herrn Zuganatto erkennen. Sie wischte sich die Augen aus.

„Ich hatte sie hämmern gehört. Das war so ein ungewohntes Geräusch, dass ich doch lieber einmal nach dem Rechten sehen wollte. Und nun finde ich Sie hier in Tränen aufgelöst.“

Sie schniefte. „Das ist sehr nett von Ihnen“, sagte sie. „Ich entschuldige mich für meinen derangierten Zustand, aber ich musste gerade mit einer schlimmen Demütigung zurechtkommen.“

„Hatte es vielleicht mit Herrn Mayer zu tun? Ich habe ihn grimmigen Schrittes von Ihnen wegstapfen sehen.“

„Ja, sein Herr und Meister hat ihn angewiesen, das Geschirr wieder abzuholen, das er bei mir in Auftrag gegeben hatte, weil er mit so einer wie mir nichts zu tun haben will.“

Zuganatto schmunzelte. „Nun, das wird wohl eher das Werk seiner Herrin und Meisterin gewesen sein. Die Frau Hilbert hat auf der Plantage die Hosen an. Und da ihr Mann gerüchtehalber schon zwei Arbeiterinnen mit Nachwuchs beglückt hat, möchte sie wohl verhindern, dass er weiter unter schlechten Einfluss gerät. Nicht, dass ich das von Ihnen erwarten würde.“

„Diese Heuchler. Diese verdammten Heuchler. Wilhelmstal ist kein bisschen anständiger als München.“

„Wie kommen Sie denn darauf? Meine Erfahrung nach sind kleine Orte noch viel schlimmer, weil man viel weniger Möglichkeiten hat, sich zu verstecken oder in der Masse unterzugehen. Scheinbare Fehler und Verirrungen kommen viel schneller ans Licht und werden härter bestraft.“

„Davon kann ich ein Lied singen“, murmelte sie.

„Ihr zweiter Kunde schien aber deutlich erfreulichere Konversationen mit Ihnen getrieben zu haben. Herr Bremermayer ging pfeifend von Ihrer Werkstatt weg. Den scheinen Sie glücklich gemacht zu haben.“

„Er hat ein Ochsengespann bestellt. Drüber müssen wir noch reden. Ich benötige eine größere Menge Material dafür.“

„Sehen Sie, auf ihn scheint Ihre kleine Rede gestern Abend Eindruck gemacht zu haben. Haben Sie Geduld. Selbst wenn Sie nur die Hälfte der Anwesenden überzeugt haben, werden Sie von deren Aufträgen gut leben können. Und in einem Jahr haben die anderen vergessen, dass Sie irgendwelcher obskuren Verfehlungen beschuldigt werden. Das ist die Kehrseite des Dorflebens. Es wird nichts so heiß gegessen, wie es gekocht wird.

Bald wird es einen anderen Skandal geben und dann wird das große Vergessen einsetzen."

Elsa sah ihn skeptisch an. „Ihr Wort in Gottes Ohr."

Er lachte. „Solange es nicht der Gott von Frau Crucius ist. Ich glaube, der wird mir nicht zuhören. Oder Ihnen."

„Ich lege allerdings auch keinen Wert darauf, dass mir der Gott von Frau Crucius zuhört. Nein, ich bin auf mich alleine gestellt."

Zuganatto schüttelte den Kopf. „Vergessen Sie nicht, dass Sie Freunde haben."

Sie lächelte ihn an. „Keine Sorge, das vergesse ich nicht. Ich bin Ihnen unendlich dankbar für das, was Sie für mich tun. Und für Hilde."

Sie sah zur Veranda hinüber, wo ihre Tochter auf dem Schoß von Frau Zuganatto saß, eine Glas Limonade vor sich, und lachte und sich wand, während die Wirtin sie kitzelte.

„In einem Schutzgebiet aufzuwachsen, ist sicher nicht leicht", sagte der Wirt. „Aber Ihrer Tochter ist ein kleiner Engel. Da kann man doch nicht anders als gut zu ihr sein."

Elsa nickte. Das war etwas, was sie selbst Werner zugutehalten konnte. Er war immer anständig zu Hilde gewesen. Und dafür war sie dankbar. Vielleicht sollte sie ihm das einmal sagen. Auch wenn es schwer war, ihm gegenüber über ihren Schatten zu springen. Möglicherweise war jetzt die Zeit gekommen.

KAPITEL 26

Sese-Inseln und Wilhelmstal, 30. September 1906

Isolde stellte das Stativ im Innern des Zeltes auf. Sie hatte lange überlegt, wie sie das Motiv anlegen sollte und war zu der Überzeugung gekommen, dass sie Koch am besten bei seiner Arbeit fotografierte. Durch den Eingang fiel helles Tageslicht bis zu dem Tisch, auf dem sich das Mikroskop befand. Sie schraubte die Kamera fest und sah durch das Objektiv hindurch, das sie probeweise scharf stellte. Wenn Koch seine Position eingenommen hatte, würde sie es noch einmal nachjustieren müssen.

Sie hörte Schritte und sah den Forscher auf sich zukommen. An seinem Arm ging Hedwig, die in dieser Szene eher wirkte wie eine Krankenschwester, die einen alten Patienten zum Arzt führt, obwohl sie selbst von der Malaria gezeichnet war. Sie lächelte Isolde zu.

„So, hier bringe ich Ihnen meinen Mann", sagte Hedwig in einem Ton, der den Eindruck der Hilfebedürftigkeit des Forschers noch weiter verstärkte. „Passen Sie gut auf ihn auf, ich brauche ihn noch."

Er schlug ihr schwach auf die Handfläche und sagte: „Nana, so redest du nicht über mich."

Sie gab ihm einen Kuss auf die Wange. „Das war doch nur Spaß. Ich lasse euch dann einmal alleine.“

Isolde konnte ihr Glück kaum fassen. Sie hatte fest damit gerechnet, dass Hedwig Koch bei dem Termin anwesend sein und genau kontrollieren würde, was die Fotografin mit ihrem Mann anstellte. Sie hatte lange überlegt, wie sie mit dem Forscher sprechen konnte, ohne dass seine Frau intervenierte, sobald sie bemerkte, dass Isolde ihm kritische Fragen stellte.

„Wie wollen Sie mich aufnehmen?“, fragte Koch und riss Isolde damit aus ihren Gedanken.

„An Ihrem Arbeitsplatz“, sagte sie. „Das ist am natürlichsten.“

„Nun, ich bin ja auch Naturwissenschaftler, da ist natürlich immer gut.“

Er ging zu seinem Mikroskop. Isolde gab ihm ein paar Anweisungen, die der Forscher mit Leichtigkeit umsetzte. Man sah ihm an, dass er schon oft fotografiert worden war. Isolde fokussierte ihn, setzte die Objektivkappe auf und legte eine Platte ein. Dann entfernte sie die Abdeckung für vier Sekunden. Koch hielt ganz still.

„Die Fotografie ist eine der erstaunlichsten Techniken, die in den letzten Jahrzehnten entwickelt wurde“, sagte er, als Isolde die Kamera zurechtrückte, um eine zweite Aufnahme anzufertigen. „Überhaupt hat die Wissenschaft einen gewaltigen Aufschwung genommen. Wir treten in ein goldenes Zeitalter ein. Merken Sie sich meine Worte. Bald werden Seuchen und Krankheiten nur noch schlimme Geschichten aus der Vergangenheit sein, mit denen man Kindern Angst einjagt.“

Isolde schluckte. Hier war der Moment gekommen, um einzuhaken.

„Wie lange wird das wohl noch dauern?", fragte sie.

„Nun, ich weiß nicht, ob ich es noch erleben werde", sagte er. „Ich bin ein alter Mann und die Reisen, die ich unternehme, fordern ihren Tribut von mir. Aber Sie werden sicher noch Zeugin davon werden. Ganz bestimmt werden sie miterleben, wie die Schlafkrankheit ausgerottet wird. Wir sind nur noch einen Schritt davon entfernt."

„Das Atoxyl hat sich also als wirksam erwiesen?"

Er lächelte. „Ja, das Atoxyl ist der Schlüssel. Wissen Sie, es geht im Grunde nur darum, die Erreger der Krankheit zu besiegen. Sie sind es, die die Symptome hervorrufen. Ohne die Bakterien oder andere nur unter dem Mikroskop erkennbare Organismen, gibt es keine Krankheit. Und das Atoxyl ist in der Lage, Trypanosomen abzutöten."

„Warum sind die Leute, die Sie damit behandeln, dann nicht gesund", fragte Isolde. Ihr Herz pochte bis zum Hals. Endlich war der Zeitpunkt gekommen, auf den sie so lange gewartet hatte.

Koch sah sie irritiert an. „Wie meinen?"

„Nun, ich bin seit zwei Monaten bei Ihnen. Und in dieser Zeit habe ich keine einzige Heilung erlebt."

Koch lächelte auf eine nachsichtige Art. „Das mag daran liegen, dass der Körper eine Weile braucht, um die Schäden zu reparieren, die die Trypanosomen angerichtet haben. Der Beobachtungszeitraum war noch nicht ausgedehnt genug."

„Sie sind sich also sicher, dass das Atoxyl gegen die Krankheit wirkt?"

„Absolut sicher."

„Und wenn ich Ihnen beweisen könnte, dass es das nicht tut? Dass es vielmehr Nebenwirkungen erzeugt, die das Leiden der Erkrankten nur weiter verschlimmern?"

Koch schüttelte den Kopf. „Das können Sie nicht beweisen."

Isolde holte die Papierbögen mit den Wengenroths Tabellen aus ihrer Tasche und legte sie vor Koch auf den Tisch.

„Was ist das?", fragte er.

„Das ist ein Vergleich von zwei Gruppen von Menschen, die an der Schlafkrankheit erkrankt sind. Die eine Gruppe wurde mit Atoxyl behandelt, die andere nicht."

Sie verschwieg ihm, dass Wengenroth der zweiten Gruppe nur Kochsalz injiziert hatte. Diese Information würde sie nur notfalls preisgeben, um ihrem Mitverschwörer weitere Schwierigkeiten zu ersparen.

„Was bedeuten diese Zahlen?", fragte Koch. Er setzte eine Brille auf. Isolde erklärte es ihm.

„Wie Sie sehen, unterscheiden sich die beiden Gruppen nicht in der Häufigkeit, dem Schweregrad und der Dauer der Symptome der Schlafkrankheit. Die mit Atoxyl behandelte Gruppe weist jedoch weitere Symptome wie Ausschläge und vor allem Erblindung auf, die in der unbehandelten Gruppe vollständig fehlen. Das ist der Beweis dafür, dass das Atoxyl nicht wirkt, sondern vielmehr schadet."

Koch sah die Tabellen lange an. Dann schüttelte er den Kopf.

„Ihre Daten, wo immer Sie die auch herhaben, sind fehlerhaft. Das kann nicht sein. Wir haben nachgewiesen, dass das Atoxyl die Trypanosomen im Blut der Erkrankten abtötet. Die Trypanosomen erzeugen die Erkrankung. Nach den Gesetzen der Logik muss das Medikament die Schlafkrankheit heilen."

„Diese Beobachtungen zeigen aber etwas anderes."

„Dann sind Ihre Beobachtungen fehlerhaft", knurrte er. Er schob die Papiere zusammen und gab sie Isolde zurück.

„Ich denke, wir sind hier fertig", sagte er brüsk und schritt auf den Ausgang zu.

Isolde sah ihm nach, die Tabellen noch immer in der Hand. Wie konnte ein großer Forscher, wie Robert Koch es unbestreitbar war, nur so blind für die Wirklichkeit sein?

***

Die Haut des Spanferkels krachte und kringelte sich, als das Fett in das Feuer tropfte. Lukas johlte und schüttete noch eine Flasche Bier über dem Fleisch aus. Es zischte und dampfte. Elsa lächelte. Sie freute sich, dass ihre Arbeiter so viel Spaß daran hatten, das Schwein zu braten, das sie auf dem Rückweg von Wilhelmstal bei einem Bauern erstanden hatte. Allerdings hatte sie eine gute Stunde mit Hilde im Wald verbringen müssen, damit diese nicht mitbekam, wie die Männer das Tier schlachteten, das ihre Tochter am liebsten behalten hätte.

Sie hatte beschlossen, ein kleines Fest zu veranstalten. Am Morgen, als sie gerade im Begriff gestanden war, in den Ort aufzubrechen, war Quirin zu ihr gekommen, der älteste und stärkste der drei Arbeiter. Er hatte ihr mitgeteilt, dass das Lager beinahe voll sei. Deshalb war ihr erster Weg an diesem Tag der zu Herrn Zuganatto gewesen, der ihr zugesichert hatte, ihr zwei Pferdegespanne zu schicken, mit denen sie die Fässer mit dem Kautschuksaft nach Mombo zur Eisenbahn transportieren lassen konnte. Dort würde sein Agent sich um einen Weitertransport nach Tanga kümmern, wo die Ware verkauft werden sollte.

Die erste Ernte war eingefahren und wenn das kein Grund für ein Fest war, wusste Elsa auch nicht, warum sie sonst feiern sollten. Sie hatte Kartoffeln aufgesetzt und Frau Zuganatto hatte ihr sogar einen Gugelhupf mitgegeben, den sie zu diesem Anlass gemeinsam mit Hilde gebacken hatte, während Elsa in der Werkstatt gearbeitet hatte.

Sie goss die Kartoffeln ab und begann damit, sie zu schälen. Das würde einen schmackhaften Salat abgeben, der sehr gut zu dem saftigen Schweinefleisch passen würde. Sie fluchte leise vor sich hin, als sie sich mit den heißen Schalen die Finger verbrühte.

„Was geht hier vor?", hörte sie eine Stimme hinter sich.

„Ich bereite unser Abendessen zu", sagte sie.

„Warum sind die Arbeiter im Hof und braten ein Schwein?"

„Weil die Ernte eingefahren ist und weil ich sie für ihre Arbeit belohnen wollte."

Er schnaubte. „Und warum erfahre ich nichts davon?"

Elsa kniff die Lippen zusammen. Die Antwort, die ihr auf der Zunge gelegen hatte, schluckte sie hinunter. Es würde nichts bringen, wenn sie ihrem Mann sagte, dass er den größten Teil des Tages über viel zu betrunken gewesen wäre, um zu verstehen, was Elsa geplant hatte. Es würde nur wieder zum Streit kommen und das wollte sie vermeiden. Daher erwiderte sie: „Ich wollte dich überraschen.“

„Mich? Überraschen?“

Seine Augen waren so groß wie Untertassen. „Aber warum?“

Sie legte die dampfende, halb geschälte Kartoffel auf den Tisch und sah ihn an.

„Weil heute ein Festtag ist. Wir leben seit nunmehr sechs Jahren hier in Müllerau. Es waren anstrengende und entbehrungsreiche Zeiten. Wir haben immer auf diesen Tag hingearbeitet, an dem wir die Früchte unserer Mühen einfahren. Heute ist es endlich so weit. Die Ernte ist eingebracht. Morgen werden die ersten Fässer nach Tanga transportiert. Die Plantage wirft Erträge ab.“

Sie spürte, wie die Tränen in ihren Augen aufstiegen. Die letzten Worte hatte sie nur schluchzend hervorgebracht. Plötzlich nahm sie eine Berührung wahr. Sie sah nach oben und erkannte, dass Werner seine Hand auf ihre Schulter gelegt hatte.

„Danke“, sagte er. „Für die Überraschung. Und für deine Mühen.“

Elsa war einen Moment lang sprachlos. Sie griff nach Werners Hand und drückte sie.

„Und ich danke dir.“

„Wofür? Dass ich jeden Tag meinen Rausch ausschlafe, während du mit den Arbeitern die Plantage und deine Werkstatt führst?“

Sie schluckte. So offen hatte er noch nie über sein Alkoholproblem gesprochen. „Ich danke dir dafür, dass du Hilde und mir ein Dach über dem Kopf geboten hast. Wir waren hier immer sicher. Und das haben wir dir zu verdanken."

Er nickte. „Ich mag nicht der Vater sein, den das Mädchen sich wünscht. Oder du ...", sagte er. „Aber ich verspreche dir, in Zukunft immer mein Bestes zu geben."

Sie drückte noch einmal seine Hand. „Das weiß ich", sagte sie.

„Ich gehe hinaus zu den Arbeitern. Denen sollte ich auch noch danken."

Sie sah ihm nach und verlor sich in Gedanken. Wie wäre ihr Leben wohl verlaufen, wenn Werner nicht getrunken hätte? Oder wenn sie schon viel früher auf die Idee gekommen wäre, ihr Talent für die Sattlerei zum Nutzen der Plantage einzusetzen? Hätte, wäre, wenn. Sie musste diese Grübeleien anhalten. Es half nichts. Bald würde sie wieder darüber nachdenken, was wohl geschehen wäre, wenn sie ihre Affäre mit Moritz diskret gehandhabt hätte. Vielleicht wäre Eugen bereit gewesen, in die Scheidung einzuwilligen. Dann hätten Moritz und sie ins Ausland gehen und Hilde gemeinsam großziehen können. Sie schluchzte. So viel Bedauern, so viele falsche Entscheidungen und so viele sinnlose Gedanken.

„Was ist los, Mama?", hörte sie die Stimme ihrer Tochter. Elsa wischte sich die Tränen aus den Augen.

„Es ist nichts. Ich bin nur so erleichtert, dass wir unsere erste Ernte eingefahren haben."

„Aber dann musst du doch nicht weinen", sagte Hilde. „Dann solltest du lachen."

Elsa konnte nicht anders, als tatsächlich zu lachen. Das kleine Mädchen schmiegte sich an sie.

„Ich hab dich lieb, Mama“, sagte sie.

„Und ich dich“, erwiderte Elsa und küsste sie auf die Stirn. „Aber jetzt musst du mich weiter Kartoffeln schälen lassen, sonst wird das heute nichts mehr mit unserem Festmahl.“

Eine Stunde später saßen sie alle an einer improvisierten Festtafel im Hof. Das Feuer loderte hoch, und das Spanferkel thronte auf einer Platte in der Mitte des Tisches. In Ermangelung eines Apfels hatte Lukas dem Tier eine Mango in das Maul gesteckt. Werner wetzte ein Messer. Elsa beobachtete ihn voll Sorge, er könnte sich dabei verletzen. Aber er handhabte die Klinge erstaunlich sicher. Als er zum Schnitt ansetzte, hielt er kurz inne und sagte: „Auf Müllerau! Dass diese erste Ernte der Beginn einer großartigen Zukunft werde.“

Alle raunten „Auf Müllerau“ und hoben ihre Becher.

Elsa sah dem Rauch nach, der zu den Sternen aufstieg, und sie spürte, wie sich ein warmes Gefühl in ihrem Bauch ausbreitete.

KAPITEL 27

Sese-Inseln und Wilhelmstal, 1. Oktober 1906

Isolde träumte. Sie war nicht mehr in Afrika, sondern am Ufer des Gardasees. Es war Winter und das Wasser ruhte obsidianschwarz vor ihr. Neben ihr, in einem Liegestuhl, lag Emily. Sie war totenbleich, die Augen in den tiefen, dunklen Höhlen waren gerötet, die Lippen spröde, die Haut so dünn, dass die violetten Blutgefäße darunter sichtbar waren.

Isolde trat zu ihr und nahm ihre eiskalte Hand, in die ihre. Emily seufzte.

„Was ist?", fragte Isolde.

„Ich will nicht mehr", flüsterte ihre Freundin.

Isolde spürte einen Kloß in ihrer Kehle wachsen.

„Es kann nun nicht mehr lange dauern", sagte sie.

„Dann lass mich wenigstens gehen ohne die Spritzen."

Isolde kniff ihre Augenbrauen zusammen. „Spritzen? Welche Spritzen."

Im selben Augenblick traten zwei Gestalten aus den Nebelschwaden am Seeufer. Es waren die Doktoren Koch und Zimmermann. Der Forscher hielt eine Spritze in der Hand, aus deren Spitze dunkler Rauch aufstieg. Seine Augen brannten wie glühende Kohlen.

„Ich habe ein Heilmittel gegen die Tuberkulose gefunden und das werde ich Ihnen nun verabreichen", sagte er. Er gab dem Oberstabsarzt ein Zeichen und der packte Emily an beiden Armen und zog sie zu sich, sodass ihr Rücken freigelegt wurde. Elsa konnte die einzelnen Wirbelkörper und jede Rippe unterscheiden. Ihre Freundin schrie wie am Spieß. Isolde wollte einschreiten, aber ihre Füße schienen im Boden verankert zu sein.

„Hören Sie auf!", rief sie.

Koch lachte. „Sie haben doch keine Ahnung. Nur ich kann Ihre Freundin retten."

Er senkte die Spritze und drückte sie tief in Emily Rücken. Es zischte und der Gestank nach Schwefel und verbranntem Fleisch wurde unerträglich.

Isolde erwachte. Sie rieb sich die brennenden Augen. Ihr Herz raste. Was für ein schlimmer Albtraum! Sie roch noch immer den Rauch aus Kochs Spritze. Und sie sah das Glimmen in seinen feurigen Pupillen.

Sie richtete sich auf. Das war kein Traum. Etwas glomm tatsächlich. Am Pfosten ihres Bettes. Sie hustete. Und da waren Rauchschwaden. Überall. Sie wälzte sich von der Strohmatratze und stieß den Fensterladen auf. Mondlicht strömte in ihr Zimmer und sie sah, dass der Raum mit Rauch angefüllt war. Sie streckte den Kopf hinaus, um Luft zu holen und hustete. Als sie nach unten sah, wurde ihr übel. Das Erdgeschoss des Gebäudes stand in hellen Flammen. Sie züngelten an der Veranda empor und hatten auch die Treppe erfasst. Sie war gefangen.

„Hilfe!"

Das Wort kam nur krächzend aus ihrer Kehle. Sie hustete wieder. Ein Krachen ertönte. Sie wandte sich um und sah, dass ein Teil des Bodens eingestürzt war. Flammen stiegen daraus empor und leckten an dem Tisch und an ihrem Koffer. Der Fotoapparat!

Sie hielt den Atem an und wollte nach dem Futteral greifen. Beinahe hätte sie es zu fassen bekommen, doch da brach ein weiteres Stück Boden durch und die Kamera und das Stativ fielen in die Tiefe hinab und wurden ein Raub der Flammen.

Stattdessen bekam sie ihre Tasche zu greifen. Diese war an einer Ecke angesengt. Ehe sie die Glut austreten konnte, streckte sie den Kopf wieder nach draußen und holte tief Luft. Ihre brennenden Lungen füllten sich mit der belebenden Kälte. Sie hustete und würgte.

„Hilfe!", rief sie noch einmal.

Sie sah mehrere Personen über den Hof rennen. Im Mondlicht erkannte sie, dass es Einheimische waren und trotz der akuten Lebensgefahr, in der sie sich befand, verspürte sie so etwas wie Beruhigung. Wer immer für dieses Feuer verantwortlich war, er hatte es sicher im Auftrag von Zimmermann oder gar von Koch gelegt. Möglicherweise hatte der Oberstabsarzt das Haus selbst angezündet. Diese Menschen da unten würden ihr eher helfen als einer der Europäer.

Sie winkte und schrie um Hilfe. Einer der Männer wurde auf sie aufmerksam. Es war der Dolmetscher. Er rief etwas, was sie nicht verstehen konnte.

„Die Treppe brennt. Ich bin hier eingeschlossen", rief Isolde. Er winkte noch einmal und dann verschwand er hinter dem nächsten Haus.

Sie wagte es, sich umzudrehen. Ihr Koffer brannte inzwischen in hellen Flammen. Sie sah ihren Tropenhelm zu einem Haufen Asche verglühen. Die Tasche. Sie hatte vergessen, den Glutherd auszutreten, und nun hatten sich das Feuer durch das Gewebe gefressen. Sie nahm das Behältnis am Schulterriemen und hieb mehrfach damit gegen die Hauswand. Funken stoben, dann wurden die angesengten Stellen schwarz.

Wieder krachte es und ein weiteres Stück Boden gab nach. Das Loch war nur noch etwa einen Meter von ihr entfernt. Bald würde der Rest einstürzen und sie würde in das Inferno fallen, in das sich das Erdgeschoss verwandelt hatte. Sie beschloss, auf den Fensterrahmen zu klettern. Die Wände würden dem Feuer möglicherweise länger standhalten als die Bodendielen.

Das Bett begann zu rutschen, als sich weitere Bretter absenkten. Erst langsam, dann immer schneller glitt es auf den Abgrund zu, und als es in die Tiefe stürzte, stob ein orangener Funkenregen auf. Einer der glühenden Punkte verfing sich in Isoldes Haaren und sie roch den Gestank von verbrannten Eiern. Sie hieb hektisch auf die Stelle ein, an der sie denn Brandherd vermutete.

Unter sich hörte sie plötzlich wieder Stimmen. Es waren die Einheimischen, angeführt von Makala. Er zog einen Wagen hinter sich her, der mit trockenem Schilf gefüllt war. Eine Leiter wäre Isolde lieber gewesen. Als das Gefährt unter dem Fenster stand, auf dem sie saß, schätzte sie den Sprung auf gut drei Meter ein. Das Schilf war zwar weich, aber sie spürte trotzdem einen kaum zu überwindenden Widerstand in sich.

„Springen Sie. Los!“, rief der Dolmetscher.

Hinter ihr krachte ein weiterer Rest Boden in die Tiefe. Der Sog zog an ihr und sie krallte ihre Hände an den Fensterrahmen. Sie überprüfte noch einmal, ob der Schulterriemen ihrer Tasche festsaß. Dann schloss sie die Augen. Das Letzte, woran sie dachte, ehe sie sprang, war Emilys liebes Gesicht und die Frage, ob sie ihre Freundin wiedersehen würde, wenn sie sich den Hals brechen sollte.

***

Auch Elsa träumte. Spät in der Nacht war sie von Hilde geweckt worden, die nicht einschlafen konnte, und nun lag das Mädchen im Arm der Mutter, deren Gedanken jedoch ganz weit weg waren. Sie war bei einem glanzvollen Fest, einem Ball, der zu ihren Ehren gegeben wurde. Eine goldene Kutsche hatte sie in das große Palais gebracht und sie war eine mit einem scharlachroten Teppich belegte Treppe hinaufgestiegen, begleitet von vier Fackelträgern.

Oben hatte Moritz auf sie gewartet. Er trug einen Frack und sein blütenweißes Hemd gab einen ganz wunderbaren Kontrast zu seiner sonnengebräunten Haut ab. Seine warmen Augen lächelten ihr zu, als er seine Hand ausstreckte und sie sie ergriff, um sie für diesen Abend nicht mehr loszulassen.

Die Gäste traten zur Seite, als sie an Moritz' Arm in den Ballsaal schwebte und die Kapelle begann, einen Walzer zu spielen. Erst langsam, dann immer schneller drehten sie sich, verschmolzen im Takt des Tanzes zu einer Einheit, vergaßen alles um sie her. Die Welt verschwamm, verblasste und Elsa war unbeschreiblich glücklich. Plötzlich gab es einen Knall und Moritz ließ sie los. Sie sah sich um. Ein Kronleuchter war von der Decke gestürzt. Seine Kerzen hatten einen Vorhang in Brand gesteckt. Die Flammen züngelten daran empor und schon hatte sich eine Menge Rauch gebildet. Ein kleines Mädchen kam auf Elsa zugelaufen und rief: „Mama, Mama, komm schnell, es brennt.“

Sie erwachte von einem Rucken an ihrem Arm. Sie hatte immer noch den Brandgeruch in der Nase. Als sie die Lider öffnete, sah sie das Gesicht ihrer Tochter vor sich. Hilde hatte die Augen weit aufgerissen. Sie flackerten in einem seltsamen Licht. Da mussten tatsächlich Flammen sein. Sie drehte sich um und sah einen hellgelben Schein draußen auf dem Hof. Hatten die Arbeiter etwa zu wenig Achtsamkeit walten lassen, als sie das Lagerfeuer gelöscht hatten?

„Ich habe Angst“, sagte Hilde. Elsa nahm sie fest in den Arm und drückte sie.

„Ich passe auf dich auf. Aber jetzt muss ich kurz nachsehen, was los ist.“

Sie schob das Moskitonetz beiseite und wickelte sich in ihren Morgenmantel. Dann trat sie ans Fenster. Der Anblick versetzte ihr einen körperlichen Schlag. Es war nicht das Lagerfeuer, das außer Kontrolle geraten war. Das lag schwarz und kalt da, ordentlich gelöscht von den Arbeitern. Das Lager, das gut fünfzig Meter entfernt davon stand, brannte jedoch lichterloh.

„Mein Gott, die Ernte!“, rief sie.

„Bleib bitte hier“, rief sie ihrer Tochter zu. „Hier oben bist du in Sicherheit.“

Hilde sah sie mit großen Augen an und klammerte sich an den Stoffbären, den sie zum letzten Weihnachtsfest geschenkt bekommen hatte. Elsa stürmte die Treppe hinunter. Als sie in den Hof eilte, wäre sie beinahe mit Lukas zusammengestoßen. Der junge Mann war nur in eine Hose gekleidet, sein Oberkörper war nackt.

„Was ist geschehen?", fragte Isolde.

„Ich weiß es nicht. Aber so wie das brennt, hat das sicher einer angezündet. Bei uns im Dorf ist auch einmal ein Gebäude abgebrannt. Das sah genauso aus."

Elsa schluckte. „Wir müssen versuchen, zu verhindern, dass das Feuer auf weitere Gebäude übergreift."

Lukas sah sie bedauernd an. „Da können wir nichts tun. Da müsste schon die Feuerwehr kommen mit der großen Spritze."

Inzwischen haben sich auch die anderen beiden Arbeiter zu ihr gesellt. Elsa spürte, wie eine gewaltige Wut von ihr Besitz ergriff.

„Aber irgendetwas müssen wir doch tun können", rief sie.

Die jungen Männer sahen sie schweigend an. Aus ihren Mienen las sie Mitleid und das machte sie nur noch wütender.

Sie hörte Schritte vom Haus her und sah Werner die Treppe herunter stolpern. Er hatte es nicht über sich bringen können, bei dem kleinen Fest nüchtern zu bleiben, und so war sein Verstand noch immer vom Alkohol benebelt.

„Wir müssen die Fässer retten", lallte er.

Er rannte in einer Schlangenlinie auf das Lager zu und riss die Tür auf. Funken stoben ihm entgegen. Er hielt sich einen Arm vors Gesicht und hustete, dann stürmte er in das Inferno hinein.

„Er ist lebensmüde", rief Quirin.

„Besoffen ist er, sonst nichts", sagte Lukas.

Elsa spürte, wie eine heiße Panik in ihr aufstieg. „Wir müssen ihm helfen!"

Sie wandte sich zu den Arbeitern um, die sie wieder nur schweigend ansahen.

„Da gibt es nichts zu helfen", sagte Harry. „Wir können aber vielleicht ..."

Er hielt inne, denn aus dem Innern des Lagers ertönte ein Rumpeln. Dann rollte erst eines, dann zwei und schließlich ein drittes Fass durch die Tür. Die drei jungen Männer rannten darauf zu und jeder schnappte sich ein Gefäß und brachte es außer Reichweite der Flammen. Werner kam durch die Tür. Sein Gesicht war geschwärzt und seine Haare mussten angesengt worden sein. Er hustete und beugte sich vornüber, um einen dunklen Klumpen auszuspucken. Dann eilte er zurück in das Gebäude und kurz darauf rollten weitere drei Fässer heraus.

Als er beim nächsten Mal an der Tür erschien, schwankte er. Elsa rief ihm zu, dass er es gut sein lassen und herkommen sollte. Sie hatten beinahe eine Wagenladung gerettet, die Hälfte ihrer Ernte. Er sah sie nur an und sagte etwas, das im Brausen des Feuers unterging. Die Flammen stoben an mehreren Stellen durch das Dach und Elsa und die drei Arbeiter mussten ein paar Schritte zurücktreten, weil die Hitze zu intensiv wurde.

„Wenn er das nächste Mal rauskommt, packt ihr ihn und zieht ihn vom Feuer weg", bat sie die drei. Sie sahen sich an und nickten. Doch an Werners Stelle rollte ein weiteres Fass heraus. Es blieb auf halbem Weg zwischen ihr und dem Eingang des Lagers stehen. Im Türrahmen sah sie ihren Mann.

„Jetzt", rief sie und die Arbeiter spurteten los. Im selben Augenblick brach mit einem gewaltigen Getöse der Längsbalken des Daches zusammen. Das Gebäude faltete sich ineinander wie ein Kartenhaus im Wind. Es krachte und eine Wolke aus Rauch, Splittern und Funken hüllte sie ein. Elsa sah nichts mehr, sie schmeckte nur noch Asche und dann wurde die Welt um sie herum pechschwarz.

KAPITEL 28

Sese-Inseln und Wilhelmstal, 2. Oktober 1906

Isolde hustete. Sie würgte einen schwarzen Klumpen aus ihrer Lunge und spuckte ihn auf den Sandboden, wo er dalag wie ein verendeter Wurm.

„Sie haben großes Glück gehabt." Sie musste sich nicht umdrehen, um zu erkennen, dass es sich um Zimmermann handelte. Der Spott in der Stimme des Oberstabsarztes war unverkennbar.

„Wenn man es als Glück bezeichnen will, dass meine gesamte Ausrüstung verbrannt ist", knurrte sie und hustete noch einmal.

„Sehen Sie es doch so", sagte Zimmermann und stellte sich vor sie. Sein kleiner Schnurrbart hüpfte angeregt auf und ab. Er schien Freude an diesem Gespräch zu empfinden. „Sie haben zwar Ihre Ausrüstung verloren, Ihr Leben aber gerettet. Das hätte auch ganz anders ausgehen können."

„Haben Sie denn schon Erkenntnisse darüber gewonnen, wer dieses Feuer gelegt hat?"

Er kniff seine Augen zusammen. „Warum sollte jemand ein Feuer gelegt haben? Wir haben hier so viele

Feuerstellen, da reicht ein durch den Wind weiter getragener Funke, um ein altes Haus wie das, in dem Sie gewohnt haben, in Brand zu setzen."

Isolde funkelte ihn wütend an. „Das glauben Sie doch selbst nicht. Die nächste Feuerstelle ist eine gute Meile von hier entfernt. Und das Gebäude war unbewohnt. Nur mir haben Sie eine Wohnung unter dem Dach zugewiesen, wo ich in der Falle sitzen musste, als der Brand ausbrach. Und überhaupt: Zu dem Einbruch am Tag davor haben Sie bislang auch noch keine Erkenntnisse, nehme ich an."

Zimmermanns Gesicht lief knallrot an. Er trat einen Schritt auf Isolde zu. „Nehmen Sie sich in Acht", knurrte er. „Ich werde nicht zulassen, dass Sie haltlose Anschuldigungen verbreiten, wenn Sie wieder zurück im Reich sind. Sie hätten gut daran getan, am Tag nach Ihrer Ankunft ein paar Porträts von Herrn Dr. Koch anzufertigen und dann Ihre Siebensachen wieder zu packen und nach Europa zurückzukehren. Sie haben viel zu lange hier herumgeschnüffelt. Das musste böse enden."

„Das hätten Ihnen gepasst, wenn ich mich hier rasch wieder verzogen hätte. Dann hätten Sie Ihre Menschenexperimente in Ruhe fortführen können."

Er schmunzelte. „Das werden wir auch weiterhin tun. Mischen Sie sich nicht in Angelegenheiten ein, von denen Sie nichts verstehen. In zwei Stunden geht das Packboot nach Entebbe. Gepäck haben Sie keines mehr, insofern brauche ich Ihnen da keinen Träger organisieren."

Isolde hätte ihm am liebsten eine gescheuert. Sie griff nach ihrer Tasche und öffnete sie. Eine Ecke des Bodens war verkohlt und die Papiere, die sie dort aufbewahrt hatte, leider ebenfalls. Zu ihrer großen Enttäuschung hatte sie erkennen müssen, dass es ausgerechnet die Tabellen waren, die Wengenroth angefertigt hatte. Alles, was sich auf der anderen Seite der Tasche befunden hatten, hatte das Feuer jedoch unbeschadet überstanden, einschließlich der restlichen Bargeldvorräte, der Bankanweisungen und des Passes. Wenigstens konnte sie ohne Probleme nach Tanga zurückreisen.

Zimmermann schenkte ihr ein letztes, höhnisches Lächeln. Dann wandte er sich um und ging davon.

Isolde erhob sich und verließ das Zelt, in das man sie zur Behandlung gebracht hatte. Sie hatte wirklich großes Glück gehabt und keine einzige Verbrennung davongetragen. Aber ihre Fotokamera und die nicht entwickelten Positive waren zerstört. Alle Bilder, die sie auf den Sese-Inseln angefertigt hatte.

Ihre Tasche über der Schulter tragend, ging sie den Weg zur Missionsstation entlang. Eine weißbekleidete Gestalt kam ihr entgegen. Erst beim Näherkommen erkannte sie, dass es sich um Hedwig Koch handelte.

„Ich habe von Ihrem großen Glück gehört", sagte sie, als Isolde sie grüßte. Ihr Benehmen wirkte befremdlich, denn sie war mit einem Mal nicht mehr so leutselig und zugänglich wie früher.

„Ja, ich bin mit dem Leben davongekommen. Die Bilder von Ihrem Mann sind leider ein Raub der Flammen geworden."

Hedwig kniff die Lippen zusammen. „Mein Mann legt ohnehin keinen großen Wert darauf, dass Fotografien erscheinen, die Sie angefertigt haben."

„Wie bitte?" Isolde verstand die Welt nicht mehr.

Hedwig trat näher. „Was erlauben Sie sich, meinem Mann Vorwürfe zu machen, er würde ein wirkungsloses Medikament einsetzen? Er ist der größte Forscher, den diese Welt jemals gesehen hat. Und Sie? Wer sind Sie?“

Isolde richtete sich zu voller Größe auf. „Ich bin Isolde Hartmann und wenn ich eines in meinem Leben gelernt habe, dann, dass selbst große Männer sich irren können. Und Ihr Mann irrt sich ganz gewaltig. Das wäre nicht schlimm, wenn daran nicht das Leben und die Gesundheit von hunderten Menschen hingen.“

„Sie haben doch keine Ahnung.“

„Oh, doch. Ich habe Ahnung“, sagte Isolde. „Und ich werde meine ganze Energie darauf verwenden, dass die Medizin diesen Irrweg korrigiert.“

Hedwig lachte. „Sie? Schauen Sie sich doch an. Eine im wahrsten Sinn des Wortes abgebrannte Fotografin will Männern die Stirn bieten, die viel klüger sind als sie?“

Isolde schüttelte den Kopf. „Das Problem liegt nicht darin, dass sie klüger wären als ich. Es liegt darin, dass sie Männer sind und deswegen Frauen automatisch als überlegen gelten. Aber davon habe ich mich noch nie an etwas hindern lassen. Ich habe es nicht nötig, das Anhängsel eines berühmten Mannes zu sein. Ich habe selbst Talente und Fähigkeiten und die werde ich nutzen.“

Isolde ließ Hedwig stehen, deren Unterkiefer nach unten geklappt war. Sie hörte, wie die Frau nach Luft schnappte, aber das war ihr gleichgültig. Isolde warf einen letzten Blick auf die Missionsstation, dann schlug sie den Weg zum Seeufer ein. Schon von Weitem sah sie die kleine Dampfwolke, die der Schornstein des Dampfers ausstieß. Mit einem Mal verspürte sie eine große Erleichterung, diesen Ort endlich verlassen zu können. Hier gab es so viel Leid und so viel Tod und so viel Borniertheit.

Als sie aus dem Unterholz trat, sah sie, dass am Ufer ein eifriges Aus- und Einladen im Gang war. Sie ging zum Strand, wo ein Ruderboot bereitstand, um Gäste zum Dampfer zu bringen, der im flachen Wasser auf die Abfahrt wartete. Als sie gerade einsteigen wollte, hörte sie eine Stimme, die ihren Namen rief. Sie drehte sich um. Es war Makala.

Isolde lächelte ihn an. „Nun kann ich Ihnen doch noch danken. Sie haben mein Leben gerettet."

Er nickte. „Gut, dass Sie nicht verbrannt sind. Sie waren gut zu mir und meinem Volk. Das werden wir Ihnen nicht vergessen."

Isolde spürte einen Kloß im Hals.

„Ich werde Sie auch nicht vergessen. Niemals."

***

Elsa streichelte ihrer Tochter über den Kopf. Die beiden standen vor den rauchenden Trümmern des Lagers im Schatten der insgesamt siebzehn Kautschukfässer, die Werner hatte retten können, ehe das Dach des Gebäudes über ihm zusammengestürzt war. Polizeisergeant Reinhardt und seine Gehilfen waren mittags eingetroffen, um eine formelle Untersuchung von Werners Tod in Angriff zu nehmen. Elsa hatte Lukas am Morgen nach Wilhelmstal geschickt und der junge Mann war bereits drei Stunden später zurückgekehrt.

Der Polizist war eine wenig eindrucksvolle Gestalt in einem schlecht sitzenden Tropenanzug. Er hatte eine ungesunde Gesichtsfarbe und sein dünner Schnurrbart war von kleinen Schweißtröpfchen bedeckt. Er hatte sich Elsas Schilderung der Vorfälle in der Nacht angehört und dann beschlossen, die Brandstelle selbst zu untersuchen.

Seine beiden Gehilfen machten sich gerade daran, einen verkohlten Gegenstand aufzuheben. Bei genauerem Hinsehen erkannte Elsa, dass es ein bis zur Unkenntlichkeit verbrannter Leichnam war. Sie drückte den Kopf ihrer Tochter gegen ihr Kleid, damit Hilde die makabre Szene nicht ansehen musste.

„Ist Ihr Mann an dieser Stelle gestanden, als das Lager zusammengebrochen ist?", fragte Reinhardt. Seine näselnde Stimme schmerzte Elsa in den Ohren. Sie nickte. Er stellte die Frage auch den Arbeitern, die ihre Angaben allesamt bestätigten.

„Nun, die Sache ist klar", sagte er schließlich. „Ihr Mann ist bei dem Brand ums Leben gekommen. Der Amtmann wird Ihnen eine Todesfeststellungsbescheinigung ausfüllen, dann können Sie beim Amtsgericht in Tanga ein Nachlassverfahren eröffnen lassen. Kommen Sie bei Gelegenheit in der Kanzlei in Wilhelmstal vorbei."

Er nickte ihr zu und winkte seinen Männern zu. Als er sich gerade zum Gehen wandte, hielt Elsa ihn zurück.

„Einen Augenblick bitte", sagte sie. „Sie haben die Ursache des Brandes noch gar nicht ermittelt."

Der Polizist zog eine Augenbraue nach oben. „Da gibt es nicht viel zu ermitteln. Es wird sich um Funkenflug aus dem Lagerfeuer dort drüben gehandelt haben. Wir hatten länger keinen Regen mehr, deswegen ist davon auszugehen, dass das Dach und das Holz, aus dem das Gebäude errichtet worden war, trocken war, und leicht Feuer fangen konnte. Es war ein Unfall."

„Das glaube ich nicht", sagte Elsa.

Nun wanderte auch Reinhardts zweite Augenbraue nach oben.

„So? Was war dann Ihrer Meinung nach die Ursache des Brandes?"

„Es war Brandstiftung. Mein Mann und ich wurden bereits seit längerem bedroht."

Nun kniff der Polizist die Augen zusammen. „Bedroht?"

Elsa schilderte ihm den Angriff auf den Gärtner und die Drohung, die von Langenfeld bei seinem letzten Besuch in ihrer Werkstatt ausgestoßen worden waren.

Reinhardt schüttelt den Kopf. „Ich kann Ihnen nur raten, diese haltlosen Anschuldigungen nicht noch einmal zu wiederholen. Herr von Langenfeld ist ein geschätztes Mitglied unserer Gemeinde. Er ist zudem – wenn Sie mir diese Bemerkung erlauben – einer der erfolgreichsten und wohlhabendsten Siedler in dieser Ecke des Schutzgebietes. Zudem hat er einen ausgezeichneten Leumund. Was man nicht von jedem Wilhelmstaler behaupten kann."

Elsa schnaubte. „Und dieser jemand mit dem ausgezeichneten Leumund darf natürlich ungestraft seine Schläger und Brandstifter schicken und Drohungen aussprechen, wohingegen ich, deren Ruf nicht der beste zu sein scheint, am besten den Mund halte."

„Ich will nichts mehr davon hören", sagte der Mann scharf. „Sie können die Todesfeststellungsbescheinigung gegen eine Gebühr von 18 Rupien abholen."

Er winkte seinen Leuten zu und ging, ohne sich von ihr zu verabschieden. Elsa sah ihm fassungslos hinterher. Der Polizist hatte noch nicht die Einfahrt erreicht, als ein Wagen in die Zufahrt einbog. Auf dem Kutschbock saß Herr Zuganatto.

Er nickte Reinhardt zu, der etwas Unverständliches erwiderte. Offenbar mochte er Herrn Zuganatto auch nicht. Der Hotelier hielt vor den rauchenden Trümmern des Lagers an, sprang von seinem Gefährt und kam auf Elsa zu.

„Ich habe von den Ereignissen gehört", sagte er. „Lassen Sie mich Ihnen bitte mein herzliches Beileid ausdrücken!"

Elsa dankte ihm.

„Ihr Arbeiter hat mir gesagt, dass Sie ein paar der Kautschukfässer retten konnten. Auch wenn das sicher im Augenblick nicht das Wichtigste ist, wollte ich Ihnen anbieten, diese gleich weiter zu transportieren, ehe der Kautschuksaft schlecht wird."

Elsa schluckte. „Das ist sehr zuvorkommend von Ihnen", sagte sie.

„Und dann habe ich beim Tischler im Ort noch etwas erworben, was Ihnen möglicherweise auch von Nutzen sein könnte." Er deutete auf die Ladefläche. Als Elsa sah, was dort lag, schnürte sich ihre Kehle zusammen.

„Ein Sarg? Danke, den können wir tatsächlich brauchen."

Zuganatto bedeutete den Arbeitern, die Fracht abzuladen. Dann schnappten sich die vier Männer Spaten und begannen, an der Stelle, die Elsa ihnen zeigte, eine Grube auszuheben. Hilde weinte leise vor sich hin.

„Kommt Papa jetzt in den Himmel?", fragte sie.

Elsa schluchzte. „Wahrscheinlich ist er schon dort", sagte sie. Als das Grab ausgehoben war, legten die Arbeiter den verkohlten Leichnam in den Sarg und hoben ihn in die Grube. Elsa hatte mit ihrer Tochter einige der Veilchen gepflückt, die inzwischen in großer Zahl an den Rändern der Veranda wuchsen. Sie ließen eine Handvoll Blätter in das Grab fallen. Elsa stand davor und sah hinab. Dort lag der dritte Mann in ihrem Leben. Jeder, der sich an sie gebunden hatten, war gestorben. Sie schluckte. Sollte sie noch ein paar Worte sprechen? Was sollte sie über Werner sagen? Ihre Ehe war schwierig gewesen, sie hatten nie harmoniert und sich nie verstanden. Aber er hatte seine guten Seiten gehabt.

„Danke, dass du Hilde ein Vater warst", sagte sie. „Und danke, dass du in meiner dunkelsten Stunde für mich da warst."

Sie ließ noch einmal eine Handvoll Veilchenblätter hinabregnen. Dann trat sie zurück. Die Arbeiter begannen damit, die Grube wieder aufzufüllen. Die Erde schlug polternd auf den Sargdeckel, der langsam darunter verschwand. Und nun flossen die Tränen. Elsa drückte Hilde an sich, sie spürte den kleinen Körper dicht an ihrem und gab sich ihrer Verzweiflung hin.

KAPITEL 29

Wilhelmstal, 23. Oktober 1906

Isolde hielt ihr Pferd an und starrte mit geweiteten Augen auf das Schild, das über dem windschiefen Schuppen hing: *Elsa Müller – Sattlerarbeiten aller Art.* Hatte ihre Schwester etwa eine eigene Werkstatt eröffnet? Zum ersten Mal seit ihrer Abreise von den Sese-Inseln breitete sich ein Lächeln auf ihrem Gesicht aus. Sie hatte sich immer gewünscht, dass Elsa dem in ihr schlummernden Talent folgen und sich als Sattlerin selbstständig machen würde. Dass sie es nun offenbar getan hatte, löste in Isolde ein wildes Glücksgefühl aus.

Sie ritt zu der Hütte, stieg ab und band ihr Pferd an den Pfosten, der wohl zu diesem Zweck in den Boden gerammt worden war. Sie ging zur Tür des Schuppens und klopfte. Nichts regte sich, Sie klopfte noch einmal. Wieder nichts. Sie drückte die Klinke und versuchte, die Tür zu öffnen, doch diese gab nicht nach.

„Es ist geschlossen", hörte sie eine Stimme hinter sich.

Sie sah sich einem kleinen Mann mit einem enormen Schnurrbart gegenüber.

„Metzger", stellte er sich vor. „Ich bin Tischler. Da gab es wohl einen Trauerfall. Ich habe einen Sarg angefertigt."

Isolde spürte, wie sich eine eiskalte Hand um ihre Kehle legte. „Ein Trauerfall? Was ist geschehen?“

Er zuckte mit den Achseln. „Das weiß ich auch nicht genau. Aber sie können ja mal beim Wirt nachfragen. Der Grieche weiß alles, was hier im Ort vor sich geht.“

Isolde dankte ihm und ging zu ihrem Pferd. Sie überlegte kurz bei Zuganatto vorzusprechen und ihn zu fragen, was geschehen sei, aber das würde sie nur weitere Zeit kosten. Sie musste es von Elsa erfahren. Hoffentlich war Hilde kein Unglück zugestoßen. Bei dem Gedanken daran wurde Isolde übel. Sie schwang sich auf ihr Pferd und trabte los.

Eineinhalb Stunden später passierte sie die Einfahrt zur Plantage Müllerau. Sie sah auf den ersten Blick, dass der Gärtner aus Amani hier ganze Arbeit geleistet hatte. Das Unterholz war gelichtet worden. Die Bäume rechts und links des Weges waren ordentlich mit Schüsseln bestückt, die Kautschuksaft aufsammelten. Sie ritt den Pfad entlang auf das Hauptgebäude zu. Als sie den Vorplatz erreichte, hielt sie an und starrte auf die heruntergebrannten Reste eines Schuppens. Wieder wurde ihre Kehle eng, als sich Erinnerungen an den Brand in ihr Bewusstsein drängten, den sie selbst vor wenigen Tagen nur um Haaresbreite überlebt hatte.

Mit Mühe löste sie den Blick von der Ruine und sah zum Wohnhaus. Rechts neben der Veranda war ein kleiner Hügel aufgeschüttet worden, auf dem die Usambara-Veilchen gepflanzt worden waren, die sie bereits in Amani gesehen hatte. In die Erde war ein Kreuz gesteckt worden. Sie kniff die Augen zusammen und als sie den Namen las, der darauf in weißen Buchstaben geschrieben stand, spürte sie eine Welle der Erleichterung durch ihren Körper rauschen, gefolgt von einem Schwall schlechten Gewissens. Bei dem Trauerfall handelte es sich um Werner Müller. War er dem Alkohol erlegen? Oder hatte sein Tod etwas mit dem Brand zu tun? Sie würde es gleich erfahren.

Isolde band ihr Pferd am Geländer der Veranda fest und ging ins Haus. Sie rief nach Elsa, doch erhielt sie keine Antwort. Als sie den Salon betrat, sah sie Hilde, die sie mit großen Augen anstarrte. Das Mädchen saß auf dem Sofa, auf dem ihr Vater seinen Rausch ausgeschlafen hatte, als Isolde das erste Mal in Müllerau gewesen war.

„Tante Isolde", rief Hilde, sprang auf und lief auf sie zu. Isolde breitete ihre Arme aus und das Mädchen warf sich hinein. Sie drückte sie fest an sich und spürte, dass der kleine Körper zitterte und bebte.

„Sh sh, alles wird gut", sagte Isolde leise. Sie streichelte ihrer Nichte über den Kopf und langsam versiegten die Schluchzer und das Beben ebbte ab.

„Wo ist denn deine Mama?", fragte sie schließlich.

„Oben im Bett", sagte das Mädchen und zog den Rotz hoch. „Sie ist heute noch gar nicht aufgestanden."

Isolde schwante Übles. Sie nahm Hilde bei der Hand und ging mit ihr die Treppe hinauf in das Obergeschoss. Als sie Elsas Schlafzimmer betrat, dauerte es eine Weile, bis ihre Augen sich an die Dunkelheit gewöhnten. Ihre Schwester hatte die Fensterläden geschlossen und durch die Ritzen drang das Tageslicht kaum herein. Deshalb ging sie zunächst zum Fenster und stieß die Läden weit auf.

Elsa lag auf dem Bett und hielt sich eine Hand vor das Gesicht. „Was ist denn los?“, fragte sie in schläfrigem Ton.

„Guten Tag, Elsa“, sagte Isolde.

„Isolde?“

Elsa erhob sich und wankte auf ihre Schwester zu. Sie fielen sich in die Arme und nun wiederholte sich die Szene von eben, denn nun war es Elsa, die schluchzte und bebte. Isolde streckte einen Arm aus und winkte Hilde zu, die sofort herankam und sich zu ihnen gesellte. So standen sie eng umschlungen da. Isolde spürte die Traurigkeit, die Unsicherheit und die Verzweiflung, und gleichzeitig war sie glücklich, an diesem Ort sein zu können, für ihre Schwester und ihre Nichte da zu sein.

„Du, Mama“, flüsterte Hilde nach einer Weile. „Ich habe Hunger.“

Isolde nahm sie bei der Hand. „Dann lass uns mal in die Küche gehen und schauen, was wir zu essen machen können, während deine Mama sich anzieht.“

Elsa verzog das Gesicht, machte dann aber doch Anstalten, sich anzukleiden. Isolde und Hilde stiegen die Treppe hinab. Auf der Arbeitsplatte lagen noch mehrere Karotten und auch ein Kohlkopf, den Isolde kurz entschlossen klein schnitt und mit den Rüben in den Kochtopf gab. Elsa gesellte sich zu ihnen.

„Entschuldige, dass es hier so aussieht“, sagte sie. „Aber seit Werners Tod habe ich nicht mehr viel hinbekommen.“

„Was ist mit deiner Werkstatt?", fragte Isolde, während sie umrührte. „Ich bin in Wilhelmstal daran vorbeigeritten und habe mich sehr darüber gefreut, dass du diesen Schritt gewagt hast."

Elsa zuckte mit den Achseln. „Die ist erst einmal geschlossen. Wir müssen sehen, wie es nun weiter geht, ob es weiter geht. Die Hälfte der Ernte ist zerstört. Und ob wir einen Bankrott abwenden können, weiß ich nicht. Ich werde dir dein Geld wahrscheinlich nicht zurückgeben können."

Isolde zuckte mit den Achseln. „Dann ist es eben so."

„Und du?", fragte Elsa. „Hattest du Erfolg mit Dr. Koch?"

Isolde sah sie finster an. „Frag besser nicht."

***

„Was für ein seltsamer Zufall", sagte Elsa.

Sie saßen gemeinsam beim Abendessen und Isolde hatte ihr gerade von ihrer Zeit am Victoriasee erzählt. „Der Brand, dem du nur so knapp entkommen bist, muss in der gleichen Nacht ausgebrochen sein wie der, bei dem Werner ums Leben gekommen ist."

„Und so wie es aussieht, war in beiden Fällen Brandstiftung die Ursache", sagte Isolde.

„Was weder du noch ich beweisen können."

Elsa seufzte. „Du bist deinem Gegenspieler wenigstens entkommen. Dieser Dr. Zimmermann wird dich ja wohl jetzt in Ruhe lassen. Bei von Langenfeld bin ich mir da nicht so sicher."

Isolde nickte. „Ja, er scheint es sich in den Kopf gesetzt zu haben, deine Plantage unbedingt zu übernehmen, koste es, was es wolle. Was ist eigentlich aus deinen Arbeitern geworden?"

Elsa seufzte. „Nachdem es hier nichts mehr zu tun gab und ohnehin unklar ist, ob ich die Plantage weiterführen werde, habe ich den drei Burschen freigestellt, zu gehen. Sie haben sich erst ein wenig geziert, aber dann haben sie den Vorarbeiter der Plantage von Tom von Prince in Wilhelmstal getroffen, der sie sofort angeworben hat. Es war beinahe niedlich, wie peinlich es ihnen war, mir zu sagen, dass sie nicht mehr bei mir arbeiten werden. Ich habe ihnen natürlich meinen Segen gegeben."

„War das nicht ein bisschen kurzsichtig?", fragte Isolde. „Wer macht denn jetzt die Arbeit? Die Bäume sondern doch weiterhin Kautschuksaft ab, oder?"

Elsa zuckte mit den Achseln. „Ja, natürlich. Aber das ist alles zu viel für mich."

Sie sah auf die Tischplatte. Es hörte sich hohl an in ihren Ohren, aber was sollte sie sonst sagen? Sie hatte keine Kraft mehr. Das Schicksal schien wieder über sie hereinzubrechen wie eine schwarze Welle im Sturm.

Isolde seufzte. „Ich hatte gehofft, dass deine Entschlusskraft wieder zurückgekehrt sei. Du wirkst ja noch bedrückter als damals im Sanatorium."

„Das mag so sein", gab Elsa zu, die sich keineswegs besser fühlte als in Wugiri. Sie wollte noch etwas erwidernd, als sie innehielt. War da nicht ein Geräusch gewesen?

„Hast du das auch gehört?"

Isolde nickte. „Da hat etwas geknackst. Da, noch einmal."

Elsa sah ihr mit großen Augen zu, wie sie eine kleine Pistole zückte und in Richtung der Haustür ging. Sie folgte ihr auf die Veranda und zuckte zusammen, als sie erkannte, dass ihre Schwester mit dieser lächerlichen Waffe sicher nichts gegen die sieben Männer ausrichten konnte, die im Hof standen und zu ihr heraufsahen. Ihr Anführer war Elsa nur zu gut bekannt.

„Herr von Langenfeld", sagte sie und versuchte dabei, so viel Eis in ihre Stimme zu legen, wie ihr nur möglich war. „Sind Sie gekommen, um zu kondolieren? Und dann auch noch in voller Mannstärke. Das wäre doch nicht nötig gewesen. Eine Karte hätte gereicht. Dann hätten Sie mir Ihren Anblick erspart."

Aus dem Augenwinkel sah sie, dass Isolde sie mit hochgezogenen Brauen anstarrte. Sie war selbst überrascht von der Chuzpe, die sie mit einem Mal erfasst zu haben schien.

Langenfeld grinste. „Ich bin tatsächlich gekommen, um Ihnen mein Beileid zu bekunden. Was für ein furchtbares Unglück. Ihre Trauer muss unermesslich sein. Gleichzeitig bin ich aber auch gekommen, um mein Angebot zu erneuern. Ich bin bereit, Ihnen die Plantage ohne großen Aufwand abzukaufen. Wir können das Geschäft in zwei oder drei Tagen abwickeln, sie bekommen Ihr Geld, bleiben in Wilhelmstal oder kehren wieder nach Europa zurück und müssen sich keine Gedanken mehr darüber machen, ob Sie überleben werden oder nicht."

Elsa erwiderte nichts. Sie starte ihn nur feindselig an. Natürlich war ihr klar gewesen, dass er kommen würde. Dass er aber so unverfroren und dann auch noch bedrohlich auftrat, regte ihren Widerstandsgeist.

„Ich biete Ihnen 5000 Rupien."

Ihre Augen weiteten sich. „5000 Rupien? Das ist doch noch nicht einmal der Wert der Gebäude hier, geschweige denn des Landes."

Er zuckte mit den Achseln. „Sie werden sich schwer damit tun, einen Käufer für dieses Land zu finden. Es ist nicht groß genug, um gewinnbringend betrieben werden zu können. Deshalb eignet es sich nur als Ergänzung für bereits laufende Plantagen und da steht nun einmal nur meine zur Verfügung. Sie haben also keine Wahl. Entweder Sie nehmen mein Angebot an oder Sie gehen zugrunde."

„Es gibt noch eine dritte Möglichkeit", sagte Elsa. „Ich sage Ihnen, dass Sie sich zum Teufel scheren und um Ihre eigenen Angelegenheiten kümmern sollen."

Einer der Begleiter des Großgrundbesitzers hob eine Hand, in der er eine Machete hielt, und trat einen Schritt auf Elsa zu. Isolde hob Pistole. Der Mann hielt inne.

Von Langenfeld lachte. „Wir wollen uns doch wegen so einer kleinen Meinungsverschiedenheit nicht die Köpfe einschlagen. Ich kann verstehen, dass Sie noch verwirrt sind. Ihr Mann ist kaum ein paar Tage unter der Erde. Lassen Sie es sich noch einmal durch den Kopf gehen und geben Sie mir Bescheid. Mein Angebot endet in einer Woche. Bis dahin sollten Sie sich entschieden haben."

Er gab seinen Männern ein Zeichen, wandte sich um und ging davon. Seine Begleiter folgten ihm, wobei der, der Elsa mit dem Messer bedroht hatte, eine obszöne Geste in Isoldes Richtung machte.

Als sie außer Hörweite waren, atmete Elsa tief durch. „Du denkst wahrscheinlich, ich hätte annehmen sollen“, sagte sie zu Isolde.

Ihre Schwester schüttelte den Kopf. „Nie und nimmer. Der Kerl will dir das Land zu einem Spottpreis abjagen.“

„Ja, aber er hat Recht. Ich werde keinen anderen Käufer finden.“

„Willst du Müllerau denn überhaupt verkaufen?“

Elsa hielt kurz inne und überlegte. Dann nickte sie. „Ja. Ich kann nicht hierbleiben. Wir können nicht hierbleiben“, sagte sie und legte einen Arm um die zitternde Hilde. „Es ist Zeit für einen Neubeginn.“

Isolde schmunzelte.

„Was ist los?“, fragte Elsa. „Was amüsiert dich.“

„Nun, das ist die Elsa, die ich kenne und liebe. Ich bin froh, dass ich hier sein kann, um euch bei eurem Neubeginn zu unterstützen.“

Elsa nickte. „Ich auch. Zusammen sind wir unbesiegbar.“

KAPITEL 30

Wilhelmstal, 31. Oktober 1906

Isolde setzte sich Hilde gegenüber an den Tisch auf der Veranda des *Hotels zum kleinen Leutnant* in Wilhelmstal. Sie und Elsa hatten beschlossen, sich dort einzuquartieren, um vor weiteren Besuchen des Großgrundbesitzers sicher zu sein. Zudem hatte Elsa so die Möglichkeit, ihre Werkstatt wieder zu öffnen, die sich eines stetigen Zulaufs erfreute. Isolde hatte angeboten, auf Hilde aufzupassen, was eine dankbare Aufgabe darstellte, da das Mädchen vollkommen zufrieden schien, wenn man ihm seine Puppen gab, mit denen sie allerhand kleine Szenen in verteilten Rollen spielte.

Isolde beobachtete die Hauptstraße von Wilhelmstal. Ab und zu sah sie einen Einwohner die Straße überqueren. Gelegentlich rollte ein Gespann vorbei. Ansonsten passierte nichts. Wie konnte man an so einem Ort glücklich werden? Ihr Blick fiel auf Hilde und die Frage beantwortete sich von selbst. Mit den richtigen Menschen konnte man überall glücklich werden.

Pferdegetrappel ließ sie aufschrecken. Sie sah die Straße in Richtung Mombo entlang und traute ihren Augen nicht. Ein in vollen Tropenornat gekleideter Mann ritt im Schritt auf sie zu, ein Maultier hinter sich herführend. Er hielt vor der Veranda an, ohne abzusteigen, und nickte ihr zu.

„Fräulein Hartmann, welch eine Freude, Sie wiederzusehen."

Isolde sprang auf und der Stuhl, auf dem sie gesessen hatte, fiel mit einem Krachen zu Boden. „Herr von Nehring. Was bringt Sie denn nach Wilhelmstal? Ich hatte Sie im Kongo vermutet."

Der Großwildjäger schmunzelte, was kleine Lachfältchen auf seinem sonnenverbrannten Gesicht erscheinen ließ. „Da wollte ich ursprünglich auch hin. Ich hatte es schon bis Burundi geschafft, als mich Berichte erreichten, dass im Kongo eine Seuche umgehe, vor der man sich besser fernhalten sollte. Also beschloss ich, Sie auf den Sese-Inseln zu besuchen. Als ich dort jedoch ankam und nach Ihnen fragte, wurde ich alles andere als freundlich empfangen."

„Das kann ich mir vorstellen", entgegnete Isolde mürrisch.

„Was haben Sie denn mit den armen Forschern angestellt?"

„Wollen Sie, dass ich Ihnen das erzähle, während Sie auf Ihrem Pferd sitzen bleiben oder gesellen Sie sich zu mir? Herr Zuganatto wird sich sicher freuen, wenn er Ihnen ein frisch gezapftes Bier auftischen kann."

Er lachte, trieb sein Reittier an und ritt zu den Stallungen, wo er den im Schatten schlafenden Knecht weckte, und ihn anwies, seine Tiere abzusatteln und zu füttern. Dann kam er über den Hof. An der ausgeprägten O-Form seiner Beine erkannte Isolde, dass er lange auf dem Pferderücken unterwegs gewesen sein musste.

War er direkt von den Sese-Inseln hierher geritten? Sie würde es bald erfahren.

Von Nehring nahm einen Schluck von seinem Bier, schloss die Augen, lehnte sich zurück und ließ ein zufriedenes „Ah", ertönen. Dann wandte er sich Hilde zu. „Sie haben mich noch gar nicht dieser jungen Dame hier vorgestellt."

Das Mädchen sah ihn mit großen Augen an und erwiderte: „Ich bin Hilde Müller. Die Nichte von Tante Isolde. Und Sie schießen Tiere tot?"

Er lachte. „Ab und zu. Aber viel lieber beobachte ich die Tiere weit draußen in der Steppe."

Sie nickte und beschäftigte sich wieder mit ihren Puppen.

„Also, dann legen Sie mal los. Was haben Sie angestellt, um den berühmten Dr. Koch und seine Stabsärzte dermaßen auf die Palme zu bringen?"

Isolde gab von Nehring einen Abriss über ihre Zeit auf den Inseln. Der Großwildjäger war ein guter Zuhörer und als sie fertig war, schwieg er eine Weile.

„Und Sie sind sich sicher, dass das Atoxyl nicht wirkt?"

„Sehr sicher."

„Puh, dann ist das Vorgehen dieser Forscher ja kriminell."

„Bei uns zu Hause müssten sie sich möglicherweise dafür verantworten", sagte Isolde. „Hier jedoch scheint das niemanden zu stören."

Von Nehring seufzte. „Da machen Sie ein großes Fass auf. Wie wir die Menschen hier behandeln, ist sicher kein Ruhmesblatt unserer Geschichte. Ich bin durch

Dörfer gekommen, die sich vor kurzem noch im Aufstand gegen die Regierung befunden haben. Sie waren ausgelöscht worden. Von den Offizieren der Schutztruppe und ihren Askaris. Wir verheeren dieses wunderbare Land. Es ist eine Schande."

Isolde nickte. „Ja, das ist es."

Sie schwiegen eine Weile, ehe von Nehring erneut das Wort ergriff. „Was haben Sie denn nun vor, nachdem Ihr Auftrag, den Dr. Koch bei der Arbeit zu fotografieren, auf so spektakuläre Art und Weise gescheitert ist?"

Sie lachte. „Das haben Sie aber nett ausgedrückt. Nun, ich werde nach Europa zurückkehren. Und meine Schwester und meine Nichte werde ich mitnehmen."

Hilde sah auf und klatschte in die Hände. „Ich komme nach München. Und die Tante Isolde hat mir versprochen, dass sie mir ein echtes Schloss zeigt."

„Und die Plantage?", fragte von Nehring.

Isolde seufzte. „Das ist leider der einzige Punkt, der uns noch Schwierigkeiten bereitet."

Sie berichtete ihm von den Ereignissen der letzten Tage. Von Nehrings Augen weiteten sich, als sie von dem Brand und dessen Nachwirkungen erzählten.

„Sie wollen doch nicht etwa das Land diesem Großgrundbesitzer in den Rachen werfen?"

Isolde zuckte mit den Achseln. „Ich weiß keine Alternative. Wir haben vor, in der *Usambara-Post* zu inserieren in der Hoffnung, dass vielleicht ein Neuankömmling sich für eine kleine, rentable aber schwierig zu führende Plantage interessiert und erst mitbekommt, dass der Nachbar ein skrupelloser Krimineller ist, wenn wir schon mehrere Hundert Seemeilen in Richtung des Horns von Afrika zurückgelegt haben."

Er lachte. „Sie sind niemand, dem es leichtfallen würde, jemanden hereinzulegen. Das würde nicht funktionieren."

Isolde sah zu Boden. „Sie kennen mich aber gut."

Er grinste. „Nun, mehrere Wochen gemeinsam durch die Wildnis zu reisen, führt oft dazu, dass man sich besser kennt, als wenn man Jahre in Gesellschaft miteinander verbringt. Aber mir ist da gerade eine Idee gekommen." Er kratzte sich an der Stirn. „Ich habe in Moshi einen jungen Engländer getroffen, der im Namen einer englischen Pflanzungsgesellschaft Land aufkauft. Dem können Sie zwar nicht vormachen, dass ein dürrer Acker fruchtbares Land ist. Aber eine Pflanzungsgesellschaft weiß sich ganz bestimmt gegen einen unangenehmen Nachbarn zu wehren, selbst wenn es sich um einen preußischen Junker handelt."

Isolde spürte, wie ihr Herz schneller schlug. „Es handelt sich dabei nicht zufällig um einen gewissen Benjamin Barker?"

Die buschigen Augenbrauen des Großwildjägers wanderten nach oben. „Sie kennen sich?"

„Nur flüchtig. Wir waren auf demselben Dampfer. Ist unser gemeinsamer Bekannter noch in Moshi?"

Von Nehring schüttelte den Kopf. „Er wollte nach Tanga weiterreisen. Wenn Sie schnell sind, werden Sie ihn noch erwischen."

***

„Zugfahren ist toll", rief Hilde. Sie hielt ihre kleine Hand aus dem Fenster. „Ich kann den Wind einfangen!"
Elsa strich ihrer Tochter über den Kopf.
„Wir sind bald da", sagte Isolde.

Elsa sah hinaus. Das Land war topfeben. Sie fuhren zwischen langen, streng geometrisch angeordneten Reihen von Sisalpflanzen entlang, die nur gelegentlich von kleinen Dörfern oder Palmenhainen unterbrochen waren.

„Bin ich froh, dass Werner sich damals gegen die Eröffnung einer Sisalplantage entschieden hat. Ich glaube, ich wäre wahnsinnig geworden, wenn ich die Berge nicht gehabt hätte", sagte sie.

„Wenn man der Beilage der *Usambara-Post* glauben darf, ist Sisal aber die Zukunft der Landwirtschaft in der Kolonie."

Elsa zuckte mit den Achseln. „Hoffentlich liegt meine Zukunft nicht in der Kolonie."

Draußen erschienen die ersten Gebäude der Stadt. Der Zug fuhr einen Bogen und dampfte in den Bahnhof von Tanga ein. Isolde ging voran und gemeinsam halfen sie Hilde beim Aussteigen. Das Mädchen sah mit großen Augen all die Menschen an, die auf dem Vorplatz durcheinander wuselten.

„Ich wusste gar nicht, dass es so viele Leute auf der Erde gibt", sagte sie.

„Nun, dann warte mal ab, bis wir in München sind. Ich nehme dich mit auf das Oktoberfest, da sind noch viel, viel mehr."

Hilde klatschte in die Hände. „Au ja, das wird fein."

Elsa wehrte einen Rikscha-Fahrer ab. Das Hotel Kaiserhof war nur einen kurzen Fußweg entfernt, das Geld konnten sie sich sparen. An der Rezeption fragte sie nach Benjamin Barker. Der Page deutete auf einen jungen Mann, der an einem Tisch auf der Veranda saß und ein Glas Wein trank, während er seinen Blick über den Hafen schweifen ließ.

Mit klopfendem Herzen ging Elsa auf den Mann zu. Sie hatte mit Isolde vereinbart, dass diese sich um Hilde kümmern sollte und so waren die zwei gemeinsam zum Hafen gegangen, wo ihre Schwester dem Mädchen die großen Schiffe zeigen wollte. Wenn alles gut ging. Wenn Sie nicht versagte.

„Mr. Barker?"

Der Mann wandte sich ihr zu. Er war glattrasiert und hatte aufmerksame, grüne Augen, die sie interessiert musterten.

„Der nämliche", erwiderte er in einem feinen Englisch. Elsa war versucht, ihn zu fragen, ob er auch Deutsch sprach, aber sie beschloss, ihr Schulenglisch hervorzukramen. Sie wollte dem Mann ein gutes Gefühl geben.

„Entschuldigen Sie bitte, dass ich Sie anspreche, aber ich habe Ihren Namen von Herrn von Nehring genannt bekommen. Er hat mir geraten, Ihnen mein Anliegen vorzubringen."

„Ich hoffe, er ist wohlauf?"

„Als ich ihn zuletzt sah, ging es ihm blendend."

„Wollen Sie sich nicht setzen?", fragte er und deutete auf den Stuhl, der an seinem Tisch noch frei war. Sie nahm Platz.

„Möchten Sie etwas trinken?"

Sie sah sein Glas an. „Ist der Wein gut?"

Er zuckte mit den Achseln. „Ich vermute, dass es in Tanga keinen besseren gibt."

Sie lachte. „Das spricht wohl nicht unbedingt für den Wein."

Er stimmte in ihr Lachen ein. „Also, was kann ich für Sie tun?"

Sie holte tief Luft. „Ich möchte meine Plantage verkaufen."

Er legte den Kopf schief. „Nun, grundsätzlich sind Sie bei mir damit an der richtigen Adresse. Darf ich Ihnen ein paar Fragen stellen?"

„Natürlich."

„Wie kommen Sie zu einer Plantage?"

„Mein verstorbener Mann hatte sie vor sechs Jahren gekauft. Nach seinem Tod habe ich sie geerbt."

„Was hat Ihr Mann angebaut?"

„Wir haben Kautschuk gepflanzt. Dieses Jahr haben wir die erste Ernte eingefahren."

„Wie groß ist die Plantage?"

„800 Hektar."

„Wie viele Bäume?"

„1600."

Er nickte. „Relativ klein. Aber das muss nichts heißen. Wie viel Kautschuk haben Sie in diesem Jahr geerntet?"

Sie verzog das Gesicht. „Die Hälfte unsere Ernte wurde leider durch einen Brand zerstört. Ich konnte 17 Fässer retten."

„Ein Brand?"

„Mein Mann ist dabei ums Leben gekommen."

„Das tut mir leid."

Der Ober brachte den Wein und Elsa trank einen Schluck.

„Sie haben Recht. In Tanga mag der Wein als exzellent durchgehen. In Europa würde er wohl zu Essig weiterverarbeitet werden."

Er lächelte. „Lange müsste man ihn dafür wohl nicht stehen lassen." Er nahm auch einen Schluck. „Warum wollen Sie verkaufen?"

„Ich möchte nach Europa zurückkehren. Nach dem Tod meines Mannes gibt es nichts mehr, was mich hier hält."

Er nickte. „Warum wenden Sie sich wegen des Verkaufs an mich?"

„Nun, weil Sie Land aufkaufen. An wen sollte ich mich sonst wenden?"

„Die natürliche Anlaufstelle wäre möglicherweise die nächstliegende Plantage. Haben Sie keinen Nachbarn, der seine Anbauflächen vergrößern möchte?"

Elsa verzog das Gesicht. „Doch. Aber dem werde ich die Plantage sicher nicht verkaufen. Er hat mir 5000 Rupien geboten."

Nun kam zum ersten Mal etwas Bewegung in die Miene des Engländers. „5000 Rupien? Für 1600 Bäume? Entweder leben sie auf einem furchtbar kargen Stück Land oder der Mann versucht, Ihre Notlage schamlos auszunutzen."

„Ich vermute das letztere", sagte Elsa.

Barker nahm noch einen Schluck von seinem Glas.

„Was würden Sie mir bieten?", fragte Elsa. Ihr Herz klopfte so stark, dass sie befürchtete, der Engländer könnte es schlagen hören.

„Nun, ich müsste das Land natürlich zuerst einmal mit eigenen Augen sehen, ehe ich Ihnen ein Angebot unterbreiten kann."

„Dann kommen Sie doch mit uns nach Wilhelmstal", sagte Elsa. „Ich zeige Ihnen gerne alles, was Sie brauchen."

Er schien zu zögern. „Eigentlich wollte ich morgen ein Schiff besteigen, das mich nach Mombasa zurückbringt. Ich habe meine Rundreise im Schutzgebiet beendet und muss nun mit meinen Kollegen von der Kompanie beraten, welche Gebiete wir erwerben und welche nicht."

„Es wäre kein großer Umweg. Die Dampfer nach Mombasa fahren doch alle drei Tage. Wenn wir morgen den Zug nach Mombo nehmen, können Sie übermorgen die Plantage besichtigen und am Tag darauf wieder nach Tanga zurückkehren, um den nächsten Dampfer zu besteigen."

Er nickte. „Ja, das könnte ich", sagte er. „Aber warum sollte ich gerade für Ihre Plantage eine Ausnahme machen?"

Elsa schluckte. Sie hatte den Eindruck, dass von ihrer Antwort auf diese Frage ihre gesamte Zukunft abhing. „Weil es die erste Kautschukplantage ist, die nach den Erkenntnissen der Forschungen aus Amani angelegt wurde."

KAPITEL 31

Wilhelmstal, 02. November 1906

„Die Bäume sind in einem sehr guten Zustand." Barker legte eine Hand auf den Stamm des Kautschukbaumes und strich über die Rinde. „Und die Schnitte sind einwandfrei gesetzt. Ich war in Brasilien und habe dort Plantagen besichtigt, bei denen die Ernte wesentlich weniger effizient verläuft."

Isolde sah, dass Elsa sich entspannte.

„Wir haben viel Arbeit in die Plantage gesteckt. Die Anleitung des Gärtners, den uns die Forschungsstation in Amani geliehen hat, war natürlich hilfreich", sagte ihre Schwester.

Barker nickte. „Es ist schon seltsam, wie wenig Annahme diese wunderbare Einrichtung findet. Auf meinen Reisen im Norden des Schutzgebietes habe ich mit einigen Siedlern gesprochen. Und die waren alle misstrauisch und wollten keinen Rat von irgendwelchen Wissenschaftlern annehmen."

„Außer es geht um die Schlafkrankheit", knurrte Isolde. „Dann nehmen sie die Worte der Ärzte als das neue Evangelium an."

Barker schenkte ihr ein Lächeln. Sie hatte ihm auf der Fahrt von Tanga nach Wilhelmstal von ihrer Reise auf die Sese-Inseln erzählt.

„Ich bin ehrlich zu Ihnen. Wenn wir ein Mittel gegen die Schlafkrankheit hätten, wäre uns geholfen. Viel wichtiger wäre aber ein verlässliches Medikament gegen die Malaria. Die macht uns deutlich mehr zu schaffen."

Isolde sah, dass Elsa auf glühenden Kohlen stand. Ihre Schwester wollte sicherlich nicht einem Gespräch zwischen Isolde und Barker beiwohnen, in dem diese sich über die Behandlung von Tropenkrankheiten austauschten.

„Lassen Sie uns zum Wohnhaus zurückkehren", sagte sie.

Sie passierten lange Reihen von Bäumen. Die geometrische Strenge der Pflanzung verursachte Isolde Unbehagen. Das hier war Natur. Es waren Pflanzen. Und doch war die Anordnung überhaupt nicht natürlich.

Sie traten auf den Weg und gingen auf das Wohngebäude zu.

„Das Haus müsste natürlich renoviert werden", sagte Elsa.

Barker winkte ab.

„Das ist das geringste Problem. Wenn wir die Plantage übernehmen, wird hier ohnehin noch einiges an Bautätigkeiten notwendig sein. Baracken für die Arbeiter, ein neues Lager. Das Wohnhaus werden wir in ein Verwaltungszentrum umbauen, in dem es eine kleine Wohnung für den Leiter der Plantage gibt."

Isolde registrierte zufrieden, dass Barker die Konjunktion „wenn" benutzt hatte, anstelle eines „falls", das wohl noch einiges offengelassen hätte. Er schien sich also entschieden zu haben. Nun kam es auf den Preis an.

Sie erreichten das Wohnhaus und stiegen die Veranda hinauf. Elsa bot dem Briten einen Stuhl an und er nahm Platz. Die Schwestern folgten seinem Beispiel.

„Wie gefällt Ihnen die Plantage?", fragte Elsa. Ihre Wangen waren gerötet. Isolde konnte es ihr nachempfinden. Es war wohl eine der wichtigsten Entscheidungen ihres Lebens.

„Sehr gut. Sie würde wunderbar in unser Portfolio passen."

„Ist sie nicht zu klein?", fragte Elsa.

Isolde hätte ihr am liebsten unter dem Tisch einen Tritt verpasst. Wie konnte Sie ihr Land nur schlechtreden?

Barker setzte ein feines Lächeln auf. „Nun, ehe wir aufgebrochen sind, habe ich im Katasteramt in Tanga Erkundigungen eingezogen. Das Land, das nördlich an Ihre Plantage angrenzt, gehört einem Großgrundbesitzer. Das Land im Süden dagegen ist im Besitz der Regierung in Dar-es-Salam, die dort ursprünglich wohl einmal eine Versuchsstation ähnlich wie in Amani anlegen wollte, dieses Vorhaben aber aus welchem Grund auch immer aufgegeben hat. Mein Unternehmen hat sehr gute Kontakte zu Ihrem neuen Gouverneurs Herrn von Rechberg. Wir könnten so relativ unkompliziert eine Fläche dazukaufen, die dem dreifachen Ihrer Plantage entspricht."

Elsas Augen weiteten sich und auch Isolde war erstaunt.

„Warum kauft dann unser Nachbar das Land nicht?"

Barker lachte. „Wie ich von meinen Informanten bei der Zentralregierung gehört habe, stehen Herr von Langenfeld und Dar-es-Salam auf Kriegsfuß miteinander. Das mag daran liegen, dass er sich hier aufzuführen scheint wie ein Grundherr im Mittelalter. Ich bin mir sehr sicher, dass wir den Zuschlag bekommen würden, wenn wir uns parallel mit ihm um das Land bewerben würden.“

Elsa strahlte. „Das ist ja großartig.“

„Sie haben auch Ihre Erfahrungen mit Herrn von Langenfeld gemacht?“

Die Miene ihrer Schwester verdüsterte sich. „Ja. Er hat uns bedroht und wahrscheinlich auch den Brand im Lager gelegt.“

Wieder hätte Isolde sie beinahe getreten. Wenn Sie den Nachbarn als potenzielle Gefahr groß redete, könnte Barker möglicherweise darauf verzichten, ihnen ein Angebot zu unterbreiten.

„Ich sage Ihnen ganz ehrlich, dass wir uns natürlich einen angenehmeren Nachbarn wünschen würden.“

Isolde schluckte. Kam nun gleich der Rückzug?

„Allerdings ist mir auch bewusst, dass wir unsere Nachbarn nicht aussuchen können. Insofern haben wir auch unsere Methoden verfeinert, um mit Bedrohungen aller Art angemessen umzugehen. In diesem Land ist es eine Leichtigkeit, einen Trupp Askari zu beschäftigen, der für die Sicherheit der Plantage sorgt.“

Isolde fiel ein Stein vom Herzen.

„Gut, dann kommen wir jetzt zum Geschäft“, sagte Barker. „Ich bin befugt, Ihnen 9000 Rupien für die

Plantage zu bieten. Wir übernehmen Sie sofort mit allem Inventar, wie es steht und liegt. Sie können natürlich ihre privaten Besitztümer abtransportieren."

Isolde sah Elsa an, die ebenfalls ihren Blick suchte. 9000 Rupien entsprachen 12000 Mark. Das waren 2000 Mark mehr als die Summe, die Elsa aus ihrem Vermögen hineingesteckt hatte. Wenn man die 1500 Mark hinzurechnete, die der Verkauf der geretteten Kautschukfässer ergeben hatte, würde sie einen ansehnlichen Gewinn machen. Wahrscheinlich war die Plantage mehr wert, aber angesichts der Schwierigkeiten, einen Käufer zu finden, hoffte sie, dass ihre Schwester zusagte.

Elsa streckte ihre Hand über den Tisch. „Ich bin einverstanden."

Barker ergriff und schüttelte sie. „Dann gilt es."

„Wie geht es jetzt weiter?", wollte Isolde wissen.

„Ich kehre nach Tanga zurück und werde dort einen Notar damit beauftragen, einen Vertrag aufzusetzen. Das dürfte ein paar Tage dauern. Ich gebe Ihnen Bescheid. Sie kommen dann nach Tanga, unterschreiben den Kaufvertrag und erhalten von mir einen Wechsel über die 9000 Rupien."

„Und was wäre, wenn es in der Zwischenzeit hier zu einem weiteren Vorfall käme?", fragte Elsa. „Wenn von Langenfeld von unserem Geschäft erfährt, wird er toben."

Barker zuckte mit den Achseln. „Was könnte schlimmstenfalls passieren? Er könnte alles hier abbrennen. Das Land würde trotzdem noch bestehen und wir könnten sogar ganz von vorne beginnen, was ein Vorteil wäre, wenn wir etwas anderes als Kautschuk anpflanzen wollen. Machen Sie sich keine Sorgen. Wir haben einen Deal. Und daran wird dieser preußische Junker nichts mehr ändern können."

***

Elsa öffnete die Tür zu ihrem Laden und schob dann auch den zweiten Flügel auf. Der vertraute Geruch nach Leder stieg ihr in die Nase. Sie sah die Werkstücke auf ihrer Arbeitsplatte, die darauf warteten, fertiggestellt zu werden. Ein Sattel war dort aufgebockt, an dem nur noch die Steigbügel angebracht werden mussten. Daneben lagen Zügel und ein komplettes Zaumzeug für ein Pony, das einer der größeren Landbesitzer in der Gegend als ein Geschenk für seine kleine Tochter in Auftrag gegeben hatte. Elsa hatte Hilde erlaubt, ein paar Verzierungen an diesem Stück anzubringen und die winzigen Blüten, die sie in das Leder geschnitzt hatten, sahen keineswegs aus wie das Werk einer Sechsjährigen.

Elsa stellte sich hinter ihren Arbeitstisch und sah hinaus auf die Hauptstraße von Wilhelmstal. Sie könnte auch einfach hierbleiben. Mit den 9000 Rupien könnte sie ein kleines Haus für sich und Hilde kaufen und hätte dann noch sehr viel Geld für ein gutes Leben übrig. Sie könnte ihre Tochter zur Sattlerin ausbilden und den Familienbetrieb neu gründen, der nach dem Tod ihres Vaters unterbrochen worden war. Dazu würde sie dann wieder ihren Mädchennamen Hartmann annehmen. Sie hatte Werner zwar viel zu verdanken, aber mit der Sattlerei hatte er nichts zu tun.

Es wäre so viel leichter, hier neu zu beginnen, als nach München zurückzukehren. Sie hatte hier Kundschaft und sie hatte mit Herrn Zuganatto und seiner Frau einen verlässlichen Freund. Auch Tom von Prince, der mächtigste Pflanzer der Gegend, schien ihr wohlgesinnt zu sein. Der einzige Feind, den sie sich gemacht hatte, war von Langenfeld und der würde durch seine englischen Nachbarn hoffentlich zurechtgestutzt werden.

In München dagegen würde jeder sich an sie als eine Ausgestoßene erinnern, eine gefallene Frau, die ihrem Mann und ihrem Geliebten den Tod gebracht hatte. Hilde würde gehänselt werden und ihr ehemaliger Schwiegervater würde alles daransetzen, ihr Steine in den Weg zu legen.

So gesehen sollte ihr die Entscheidung leichtfallen. Es sprach viel mehr für Wilhelmstal als für München. Und doch zog ein schwer bestimmbares Bauchgefühl sie zurück nach Bayern. Ein Schatten legte sich über sie und dieser riss sie aus ihren Gedanken. Es war Herr Reich, der die Zügel in Auftrag gegeben hatte, die vor ihr lagen. Sie lächelte ihn an, doch er schaute nur finster drein.

„Sind Sie fertig?", fragte er, ohne sie zu grüßen.

„Äh, ja", sagte Elsa. Sie hielt ihm die Zügel hin. Er nahm sie entgegen, ohne sie anzusehen, und fragte barsch: „Was bin ich Ihnen schuldig?"

„14 Rupien", sagte Elsa, die immer perplexer wurde. Was war hier los?

Reich holte eine Geldtasche hervor und zählte ihr den Betrag in Scheinen auf den Tisch, dann wandte er sich um und wollte davongehen, doch Elsa hielt ihn zurück.

„Was ist hier los?", wollte Sie wissen. „Was habe ich Ihnen getan, dass Sie mich so unfreundlich behandeln?"

Er musterte sie mit einem kalten Blick. „Sie verbrüdern sich mit dem Feind", sagte er. Seine Stimme zitterte leicht.

„Wie bitte?"

„Sie wissen genau, was ich meine. Sie verscherbeln Ihre Plantage für ein Butterbrot an einen Engländer, anstatt das großzügige Angebot eines Landsmanns anzunehmen. Wie soll man das anders benennen als Verbrüderung mit dem Feind."

Elsa spürte, wie eine Woge der Wut sie durchlief. Kurz meldete sich der Gedanke, dass sie sich möglicherweise besser beherrschen sollte, aber sie verwarf ihn und legte los.

„Ach, so ist das. Ich verscherbele meine Plantage? Von wem haben Sie denn diesen Unsinn gehört? Hat Herr von Langenfeld wieder seine Handlanger geschickt, um Gerüchte über mich zu verbreiten? Hat es ihm nicht gereicht, meinen Ruf durch persönliche Anschuldigungen zu besudeln? Jetzt lügt er sich auch noch die Wahrheit zurecht."

„Herrn von Langenfeld einen Lügner zu nennen, ist ein starkes Stück."

„Es ist ein starkes Stück von Herrn Langenfeld, die – ja – die LÜGE zu verbreiten, er hätte mir ein großzügiges Angebot für meine Plantage gemacht. 5000 Rupien hat er mir geboten. 5000 lächerliche Rupien."

Herr Reich zuckte mit den Achseln. „Das ist viel Geld für eine kleine Plantage."

„Nun, aber es ist trotzdem viel weniger, als die Plantage wert ist. Der von Ihnen als Feind geschmähte Herr aus England hat mir beinahe das doppelte geboten. Und jetzt kommen Sie mir nicht mit Verbrüderung, Herrgott noch mal. Ich muss für meine Tochter sorgen. Da kann ich mir den Luxus nicht leisten, meine patriotischen Gefühle zu hegen, indem ich auf mehrere tausend Rupien verzichte. Das würden Sie auch nicht tun.“

„Das steht hier nicht zur Debatte“, zischte Reich.

„Natürlich steht es nicht zur Debatte. Hier steht überhaupt nichts zur Debatte. Es ist eine Frechheit sondergleichen, dass Sie mir hier die kalte Schulter zeigen, weil ich eine vernünftige kaufmännische Entscheidung getroffen habe. Und weil Sie die Lügen eines Herrn von Langenfeld glauben. Nehmen Sie Ihre verdammten Zügel und verschwinden Sie! Auf Kunden wie Sie kann ich dankend verzichten. Werden Sie glücklich mit Ihrem lächerlichen Patriotismus. Trinken Sie auf den Kaiser und verschenken Sie Ihr Geld, wenn Sie mögen. Ich werde es garantiert nicht tun.“

„Also, das ist eine bodenlose –“, setzte Reich an, doch Elsa trat zur Tür und schlug sie ihm vor der Nase zu, dass es krachte. Sie zitterte so stark, dass sie sich am Tisch festhalten musste. Sie atmete tief ein und aus. Wie hatte sie sich nur der Illusion hingeben können, dass sie in Wilhelmstal noch eine Zukunft hatte? In diesem Kaff, das schlimmer war als jede Kleinstadt in Bayern? Es war, als ob sich hier die engstirnigsten Philister zusammengefunden hatten, die Deutschland je hervorgebracht hatte. Wahrscheinlich hatte Reich zu Hause niemand mehr ertragen und deshalb war er zur Auswanderung gezwungen worden.

Nein, es war entschieden. Sie würde wieder nach München zurückkehren. Ihre Tochter sollte nicht hier aufwachsen. Sie sollte die Möglichkeit haben, einen weiten Geist zu entwickeln, offen zu sein für all die Wunder dieser Welt. Die Natur hier war wunderschön. Aber die Leute waren grausam. Sie trat zur Tür und öffnete sie wieder. Reich war verschwunden, doch spätestens morgen würde jeder in Wilhelmstal von ihrem Wutausbruch gehört und sich seine Meinung dazu gebildet haben. Nun, dann war es eben so. Sie kehrte zurück an die Werkbank und begann mit ihrer Arbeit.

KAPITEL 32

Wilhelmstal, 6. November 1906

Isolde ritt den Pfad entlang. Zu beiden Seiten wuchsen krumme Bäume, das Unterholz reichte bis zu den Kronen hinauf, von den Ästen hingen Lianen herab, die ihren Scheitel streiften.

„Das nenne ich Natur," rief sie von Nehring zu, der sich etwa zehn Meter vor ihr befand. Der Großwildjäger hatte ihr vorgeschlagen, einen Ausflug zu einem Ort zu unternehmen, den er vor kurzem bei seinen Streifzügen durch die Usambara-Berge entdeckt hatte. Und da Frau Zuganatto ihr angeboten hatte, auf Hilde aufzupassen, hatte sie zugesagt.

Der Wald vor ihr weitete sich zu einer Lichtung auf, die Bäume traten auseinander. Sie ritt auf die Freifläche und sah, dass sie sich am Rande einer Klippe befanden. Die Aussicht war atemberaubend. Unter ihnen lag die weite Ebene, die sich bis zum Meer erstreckte. Auf allen Seiten erhoben sich von grünem Wald bedeckte Berge über Hunderte von Metern direkt aus dem Flachland. Die Sonne stand hoch an einem unwirklich blauen Himmel.

Von Nehring stieg ab und band sein Pferd an einem Baumstamm fest. Er half Isolde beim Absteigen. Dann traten sie an den Rand der Klippe.

„Das ist spektakulär", sagte Isolde.

Der Großwildjäger nickte. „Das hier ist ein Blick, den sie sich nicht entgehen lassen sollten. Das hätten Sie Ihr Leben lang bereut."

Isolde schmunzelte. „Wenn ich nicht gewusst hätte, dass es diesen Ort hier gibt, hätte ich auch nichts zu bereuen gehabt."

„Oh, jetzt wird es philosophisch", sagte von Nehring. „Das war nie meine große Stärke. Ich bin kein Denker, sondern ein Handler."

„Das eine schließt das anders nicht aus", sagte sie. „Aber ich gebe Ihnen Recht. Ich bin auch eher auf der Seite des Tuns."

„Und was haben Sie nun vor?", fragte er.

Sie zuckte mit den Achseln. „Ich weiß es nicht. Zunächst einmal werde ich mit meiner Schwester nach Europa zurückkehren. Und dann sehen wir weiter. Ich werde mir wohl die Zeit nehmen, mein Leben einer Art Kassensturz zu unterziehen. Und vielleicht werde ich tatsächlich noch studieren. Medizin. Oder Biologie. Wir werden sehen."

Von Nehring sah sie nicht an. Sein Blick war in die Ferne gerichtet. „Und was, wenn Sie hierbleiben? Es gibt noch so viel zu entdecken. Schauen Sie sich um. Die unendlich Weite. Welche Abenteuer dort auf Sie warten würden. Oder auf uns."

Isolde fuhr der Schreck in alle Glieder. War das hier etwa eine Art Antrag?

„Ich habe nicht vor, mich an dieses Land zu binden. Oder an jemand anderen", sagte sie leise.

Nun wandte der Großwildjäger den Kopf und sah sie an. „Ich habe noch nie jemanden getroffen wie Sie. Sie sind der faszinierendste Mensch, dem ich je begegnen durfte."

„Das sind sehr schmeichelhaft Worte. Aber ich vermute, dass diese Faszination ihren Ursprung vielmehr in der Umgebung hier hat als in mir. Wenn wir einander in München auf der Straße begegnet wären, hätten Sie mich wahrscheinlich gar nicht wahrgenommen."

Er wollte protestieren, aber sie hob die Hand. „Ich bin kein faszinierender Mensch, ich habe meine Fehler und Schwächen wie jeder andere auch. Ich habe oft Schwierigkeiten, meine Wut unter Kontrolle zu halten, bin impulsiv und folge meiner Intuition, was mich häufig in schwierige Situationen bringen kann."

Er grinste. „Das macht Sie nur noch faszinierender für mich."

Sie schüttelte den Kopf. „Ich will mich nicht verteidigen und Sie müssen meine Fehler nicht in Stärken verwandeln. Was ich Ihnen zu sagen versuche, ist folgendes: Ich habe keinerlei Interesse daran, mich an einen anderen Menschen zu binden. Das richtet sich nicht gegen Sie. Es ehrt mich, dass Sie mich als Gefährtin in Betracht ziehen, sei es für eine Reisefortsetzung, sei es für mehr. Aber ich will das nicht. Ich habe einmal einen Menschen verloren, der mir alles im Leben bedeutet hat. Das wird mir nicht noch einmal passieren."

Ein Tränenschleier schränkte ihr Blickfeld ein. Sie wischte sich die Augen.

„Das muss ein glücklicher Mann gewesen sein", murmelte von Nehring.

„Es war kein Mann", schluchzte Isolde. „Und glücklich würde ich niemanden nennen wollen, der elendiglich an der Schwindsucht zugrunde geht."

Er stand da wie vom Donner gerührt. „Ich wollte nicht ...", sagte er.

„Ich wollte auch nicht. Weder ein Gespräch wie dieses führen noch Sie verletzen. Aber ich kann nicht anders. Es tut mir leid, wenn unsere Freundschaft dadurch beschädigt werden sollte."

Er schüttelte den Kopf. „Von meiner Seite aus ändert das nichts an unserer Freundschaft."

„Gut, von meiner auch nicht. Lassen Sie uns noch ein wenig die Aussicht genießen."

Sie wandte sich wieder dem Panorama zu. Doch das vorherrschende Gefühl war nun nicht mehr Überwältigung oder Freude. Es war Traurigkeit. Sie hätte alles in der Welt darum gegeben, diesen Moment mit Emily teilen zu können. Nun stand sie hier mit von Nehring, einem Menschen, der ihr sympathisch war, mit dem sie gerne Zeit verbrachte, der aber nie den Platz einnehmen konnte, den ihre verstorbene Freundin in ihrem Herzen innegehabt hatte. War sie ungerecht zu ihm gewesen? Oder zu brüsk? Aber was hätte sie anderes sagen sollen? Sie konnte und wollte sich nicht für ihn verbiegen. Für niemanden. Mehr als einmal hatte ihre Impulsivität sie in die Bredouille gebracht. Aber so war sie eben. Und dieser Zug ihrer Persönlichkeit hatte ihr geholfen, die Zeit nach Emilys Tod zu überleben und auf ihren Reisen viele spannende Eindrücke zu sammeln.

Sie riss sich von ihren Gedanken los. Eindrücke. Das war es, worum es ging. Sie beschloss, ihre Grübeleien wegzuschicken und sich dem hinzugeben, was in diesem Augenblick wirklich zählte. Der wilden Schönheit der Usambara-Berge.

***

Elsa trat mit klopfendem Herzen in das kleine Postamt in Wilhelmstal. Es wurde von Herrn Christen, einem Gehilfen des Amtmannes betreiben, der gleichzeitig der Postbeamte des Ortes war. Der Raum war in etwa so groß wie ihre Werkstatt. An der Rückwand befand sich ein Regal, in dem einige Pakete in unterschiedlichen Formen aufgestapelt waren.

Vor Christen auf dem Tresen lagen ein Stempelkissen und mehrere Stempel bereit. Daneben türmte sich ein Stapel von Papieren. Darauf hatte sie es abgesehen.

„Guten Tag, Herr Christen", sagte sie. „Ist heute ein Telegramm für mich angekommen?"

„Guten Tag, Frau Müller", sagte der Postbeamte. Sein Gebaren war kühl und Elsa vermutete, dass dies mit ihrem Wutausbruch Herrn Reich gegenüber und den Gerüchten, die von Langenfeld gestreut hatte, zurückzuführen war. Es war ihr gleichgültig. Wenn sie tatsächlich ein Telegramm empfangen hatte, würde sie nie mehr etwas mit Herrn Christen oder Herrn Reich oder auch Herrn von Langenfeld zu tun haben müssen.

„Ja, da ist etwas für Sie", sagte er schließlich und reichte ihr ein Blatt, auf dem eine kurze Nachricht geschrieben stand:

VERTRAG IST ERSTELLT. KOMMEN SIE BITTE NACH TANGA. BARKER

Elsa ließ einen Jubelschrei ertönen, was Herr Christen mit einem missbilligenden Blick quittierte. Es war Elsa gleichgültig. Sie eilte hinaus auf die Straße und wedelte mit dem Papierfetzen hin und her. Sie war so unbeschreiblich glücklich. Nach der Abreise des Engländers war ihre Gefühlslage gemischt gewesen. Zum einen war sie erleichtert und voller Vorfreude auf ihr neues Leben in München. Zum anderen hatten die Zweifel sie geplagt, ob Mr. Barker tatsächlich ein seriöser Geschäftsmann und sein Angebot substanziell gewesen war. Er hatte zwar eine einwandfreie Legitimation vorweisen können, die ihn als Agenten einer großen britischen Pflanzungsgesellschaft auswies. Aber es war ja durchaus auch möglich, dass ihn in der Zeit zwischen der Abreise aus Wilhelmstal und dem Vertragsabschluss Zweifel überkamen. Es gab tausend Dinge, die noch dazwischenkommen konnten. In der vorigen Nacht war sie schweißgebadet aufgewacht, nachdem sie davon geträumt hatte, dass Mr. Barker von Herrn von Langenfeld im Indischen Ozean getränkt worden war.

Einmal hatte sie Isolde von ihren Sorgen berichtet, aber die war auch keine große Hilfe gewesen. „Das Leben ist voller Unwägbarkeiten", hatte sie nur gesagt und das hatte Elsas Befürchtungen keineswegs leiser werden lassen.

Sie hatte nun schon beinahe das *Hotel zum kleinen Leutnant* erreicht, wo Hilde und das Gepäck, das sie mit sich führen wollten, auf sie warteten. Ihr gesamtes Leben passte in zwei Koffer. Sie besaß nur wenig Kleidung und Möbelstücke würden sie keine mitnehmen. Elsa hatte ein paar Fotografien eingepackt, unter anderem eine von Werner. Hilde waren vor allem ihre Puppen wichtig gewesen. Zudem hatte sie ein Tütchen mit Samen der Veilchen dabei, die überall bei der Plantage wuchsen.

Sie stieg die Veranda hinauf und betrat das Foyer. Herr Zuganatto stand hinter dem Tresen und sah sie erwartungsvoll an. Sie nickte und strahlte ihn an.

„Wir werden morgen nach Tanga aufbrechen", sagte sie. „Der Vertrag ist erstellt."

Herr Zuganatto lächelte. „Nun, dann darf ich Ihnen meine herzlichen Glückwünsche zu dieser Entwicklung ausdrücken, Ihnen gleichzeitig aber auch gestehen, dass mein Herz blutet bei dem Gedanken, dass unsere Gemeinde Sie und Ihre Tochter für immer verlieren wird."

„Ich schätze, Sie sind mit dieser Traurigkeit hier ziemlich allein auf weiter Flur."

Der Wirt schmunzelte. „Das mag sein."

„Wissen Sie, wo meine Tochter ist?"

„Das letzte Mal habe ich sie in der Küche gesehen, wo sie meiner Frau Gesellschaft geleistet hat."

Elsa dankt ihm und ging durch die Tür, die zur Küche des Gasthofs führte. Frau Zuganatto stand zwischen mehreren dampfenden Pfannen und schwenkte Gemüse in Butter, während sie einen Topf mit Kartoffeln beiseiteschob, ehe er überlief.

„Haben Sie Hilde gesehen?", fragte Elsa.

„Dem Mädchen war es hier zu heiß. Sie wollte draußen auf der Terrasse mit ihren Puppen spielen."

Elsa dankte ihr und ging hinaus. Hilde war nirgendwo zu sehen. Hinter dem Hotel war eine von rotem Staub durchsetzte, dürre Grasfläche, auf der die Kinder bisweilen Fußball spielten. Doch hier war keine Menschenseele zu sehen. Elsa spürte, wie ihr die Kehle eng wurde. Wo war ihre Tochter?

Sie ließ den Blick schweifen und blieb an einem Gegenstand hängen, der auf halber Strecke zwischen dem Hotel und ihrem Schuppen lag. Sie sah genauer hin und eine Gänsehaut lief ihr eiskalt über den Rücken. Sie eilte hin und stellte fest, dass sie sich nicht getäuscht hatte. Im Staub lag Hildes Lieblingspuppe, eine aufwendig gekleidete Schönheit namens Konstanze.

„Hilde?", rief Elsa und sah sich um. War sie etwa zur Werkstatt gelaufen? Warum aber hatte sie ihre Puppe unterwegs verloren? Das sah ihr doch nicht ähnlich.

Sie eilte zu dem Schuppen und öffnete die Tür. Zuerst konnte sie im Dunkeln nur wenig erkennen, dann sah sie, dass ihre Werkzeuge nicht an dem Ort lagen, wo sie sie hinterlassen hatte. Von ihrem Großvater hatte sie gelernt, dass Ordnung mindestens ebenso wichtig war wie Kreativität. Jedes seiner Arbeitsmittel hatte seinen Platz gehabt und abends hatte er sie immer ordentlich dorthin zurückgelegt. Genauso hatte sie es gehalten. Doch nun lagen die Werkzeuge durcheinander auf ihrem Arbeitstisch. Unter einem Punziermeisel ragte eine Ecke eines Zettels hervor. Sie konnte sich nicht erinnern, dass sie ein Blatt Papier hier liegen gehabt hatte. Vorsichtig zog sie es unter dem Meisel heraus. Sie

faltete es auf, und als sie die Worte las, die dort in ordentlicher, aber sehr großer und ausgreifender Schrift
standen, setzte ihr Herz einen Schlag aus:

*IHRE TOCHTER BEFINDET SICH IN MEINER OBHUT.
ICH VERSICHERE IHNEN, DASS IHR NICHTS GESCHE
HEN WIRD, WENN SIE IHREN FEHLER KORRIGIEREN.
KOMMEN SIE ZU IHRER PLANTAGE UND WIR BRIN
GEN DAS ALLES IN ORDNUNG. V.L.*

KAPITEL 33

Wilhelmstal, 07. November 1906

Elsa trieb das Maultier zur Eile an, indem sie seine Flanken mit den Fersen bearbeitete. Die Nilpferdpeitsche, die Zuganatto ihr mitgegeben hatte, wollte sie nur im äußersten Notfall anwenden. So oder so gab das Tier sein Möglichstes. Der Pfad war gewunden und die schlammige Erde von tiefen Reifenspuren durchpflügt. Barker hatte ihr gesagt, dass die Gesellschaft eine breite Fahrstraße zu der Plantage würde bauen lassen. Nun, dazu würde es wohl leider nicht mehr kommen.

In diesem Augenblick war es ihr aber auch gleichgültig, wer das Land in Zukunft besitzen und bewirtschaften würde. Sie wollte nur eines: Hilde wieder in ihre Arme schließen.

Endlich hatte sie den Höhenrücken erreichte, auf dem Müllerau lag. Der Weg wurde breiter und das Maultier trabte forscher voran. Nach einigen Minuten sah sie die Tore der Plantage vor sich. Die rostigen Flügel standen weit offen. Von Langenfeld und seine Leute waren also schon dort.

Elsa drückte die Fersen in die Flanken des Maultiers und dieses tat einen Satz nach vorne.

„Entschuldige, altes Mädchen", sagte sie. „Aber wir müssen uns jetzt wirklich beeilen."

***

„Es war schwierig, aus ihr herauszubekommen, was geschehen ist", sagte Zuganatto mit bedauerndem Blick. „Offenbar hat von Langenfeld Hilde in seine Gewalt gebracht. Sie hat sich ein Maultier von mir geliehen, um zur Plantage aufzubrechen."

Isolde fuhr sich mit der Zungenspitze über die staubtrockenen Lippen.

„Zu welcher Plantage?", fragte von Nehring.

„Nach Müllerau. So, wie ich sie verstanden habe. Aber ich kann mich auch geirrt haben."

„Ich breche sofort auf", sagte Isolde. Sie waren gerade erst von ihrem Ausflug zurückgekehrt und die Hiobsbotschaft von Hildes Entführung hatte sie vollkommen unvorbereitet getroffen. Sie war schockiert und doch stand ihr klar vor Augen, was zu tun war.

„Ich begleite Sie", sagte der Großwildjäger.

Isolde schüttelte den Kopf. „Das kann ich nicht von Ihnen verlangen."

„Ich folge Ihnen aus freien Stücken. Und wenn Sie ehrlich zu sich sind, müssen Sie mir zugestehen, dass es besser ist, wenn jemand Sie begleitet, der mit einem Gewehr umgehen kann."

„Danke", erwiderte sie. „Haben Sie zufällig eines übrig? Hiermit werde ich nicht allzu weit kommen." Sie holte ihre kleine Pistole aus der Tasche.

Von Nehring nickte. „Kommen Sie mit in mein Zimmer. Dann suchen wir eine Waffe für Sie aus."

Elsa ritt die Allee entlang, die von den Toren der Plantage zum Wohngebäude führte. Wie oft sie diesen Weg in den letzten Jahren wohl zurückgelegt hatte? Als sie vor zwei Tagen ihr Hab und Gut gepackt hatte und nach Wilhelmstal gefahren war, war sie überzeugt davon gewesen, dass sie nie mehr hierher zurückkehren würde. So konnte man sich täuschen.

Sie sah die kleine Gruppe schon von Weitem. Von Langenfeld saß auf dem Verandatisch und neben ihm eine viel winzigere Gestalt, bei deren Anblick Elsas Herz wie wild schlug. Das war Hilde. Drei der Leute des Plantagenbesitzers standen im Hof vor der Veranda. Sie vermutete, dass sich weitere auf dem Gelände verteilt hatten. Von Langenfeld war ein Feigling. Er war sicher mit allen ihm zur Verfügung stehenden Männern gekommen.

Sie ritt an der Ruine des Lagers vorbei. Ein Pferd war neben dem Hauptgebäude angebunden und fraß die Usambara-Veilchen von Werners Grab. Der Anblick machte sich noch wütender, als sie ohnehin schon war. Sie wandte sich demonstrativ zur anderen Seite und stieg von ihrem Maultier. Einer der Männer packte es am Zügel und führte es weg.

Elsa sah von Langenfeld mit einem Blick an, in den sie so viel Härte zu legen versuchte, wie ihr nur möglich war.

„Geben Sie mir meine Tochter zurück", rief sie.

Der Großgrundbesitzer lächelte. „Gerne. Wenn Sie mir im Tausch eine Unterschrift leisten."

***

„Geht das nicht schneller?", fluchte Isolde. Ihr Pferd quälte sich den Pfad empor.

„Es bringt nichts, die Tiere anzutreiben", sagte von Nehring. „Wenn ihr Ross stürzt und sich die Fesseln bricht, haben wir rein gar nichts davon."

Isolde musste ihm recht geben. Immerhin schienen sie nun endlich das Hochplateau erreicht zu haben. Sie trieb das Tier sofort zum Galopp an und hörte, dass der Großwildjäger es ihr nachtat.

Nach ein paar Minuten sah sie vor sich die Tore der Plantage. Eine entfernte Gestalt hatte gerade die rostigen Torflügel passiert.

„Das ist Elsa", zischte sie.

„Halten Sie an, um Gottes Willen", raunte von Nehring ihr zu. Isolde zog fest am Zügel und ihr Pferd verlangsamte seinen Schritt.

„Warum soll ich anhalten?"

„Wir sollten uns vielleicht eine Taktik überlegen. Oder wollen Sie da einfach hineinstürmen und wild um sich schießen. Ihre Impulsivität in allen Ehren, aber hier lautet die Devise der Besonnenheit."

Isolde kaute an ihrer Unterlippe. „Sie haben recht, das wäre zu gefährlich. Ich möchte nicht, dass meiner Nichte irgendetwas zustößt."

„Sehr gut. Ich auch nicht. Und ich möchte auch nicht, dass Ihnen oder Ihrer Schwester etwas passiert. Ob dieser Junker und seine Männer etwas abbekommen, ist mir gleichgültig. Unser Ziel sollte sein, Ihre Schwester und Ihre Nichte unversehrt da rauszuholen."

„Nun, dann sollten wir vielleicht versuchen, ihn eine Position zu gelangen, in der wir ungesehen das Feld kontrollieren können."

Auf von Nehring Gesicht erschien ein Schmunzeln. „Sie gefallen mir", sagte er. „Sie gefallen mir sehr."

***

Elsa ging auf die Veranda zu. Ihre Sinne schienen bis zur Unendlichkeit geschärft. Sie sah jedes Detail. Das Astloch in der zweiten Stufe. Die Ascheflöckchen, die sich in einer Ritze abgesetzt hatten. Die mussten noch von dem Feuer stammen. Sie sah auch Hilde, die sie mit großen, ängstlichen Augen anstarrte. Und sie sah von Langenfeld. Er trug seinen Triumph unverhohlen zur Schau. Sein Grinsen war so breit wie der Große Belt.

Er deutete auf ein Schriftstück, das vor ihm auf dem Tisch lag. Obwohl es für Elsa auf dem Kopf stand, sah sie, dass die Überschrift *Vorvertrag* lautete.

„Treten Sie näher", sagte der Großgrundbesitzer. „Es wird nicht lange dauern und nicht wehtun."

Er wies mit einem Rucken seines Kinns auf den freien Stuhl neben Hilde. Elsa setzte sich und strich ihrer Tochter mit einer Hand über das Haar. Das Kind zitterte und kuschelte sich eng an seine Mutter.

„Nana, für Gefühlsduselei ist später immer noch Platz", sagte er. „Lesen Sie sich den Vertrag durch und dann unterschreiben Sie. Bevor ich es mir noch anders überlege."

***

Sie hatten die Pferde draußen vor dem Tor zurückgelassen und schlichen sich nun parallel zum Weg zwischen den Kautschukbäumen hindurch. Vorsichtig wie die Figuren in den Karl May Romanen setzte Isolde ei-

311

nen Fuß vor den anderen. In den Büchern waren es immer trockene Äste, die durch ihr Knacken den Näherkommenden verrieten. Doch das Laub, das am Boden lag, raschelte in ihren Ohren so laut, dass sie befürchtete, ihre Ankunft würde schon dadurch bemerkt.

Von Nehring ging vor ihr, das Gewehr mit dem Zielfernrohr in beiden Händen. Er stakste wie ein Storch, wodurch seine Schritte viel weniger Lärm erzeugten als ihre. Sie tat es ihm nach. Plötzlich hielt er inne. Er wandte sich zu ihr um und legte einen Finger an den Mund. Dann deutete er auf einen Punkt zu ihrer Rechten. Sie folgte der Geste und sah einen Mann, der ebenfalls mit einem Gewehr bewaffnet war. Er lehnte an einem dicken Baumstamm und war damit beschäftigt, geräuschvoll Tabak zu kauen.

Von Nehring zeigte auf sich und bedeutete Isolde, stehen zu bleiben. Dann schlich er sich in Richtung der Wache davon. Sie stand ganz still und versuchte, nicht zu atmen. Der Großwildjäger näherte sich langsam. Es waren noch zehn Schritte. Dann fünf. Als er den Mann fast erreicht hatte, drehte dieser sich zu ihm um. Seine Augen weiteten sich, sein Mund öffnete sich. Doch ehe er um Hilfe rufen konnte, hatte ihm von Nehring den Kolben seines Gewehrs an die Schläfe gerammt. Die Wache fiel wie vom Blitz getroffen zu Boden. Von Nehring winkte ihr zu. Sie schlich heran und legte einen Finger an den Hals des Mannes. Sie spürte einen Herzschlag und atmete tief durch.

„Kommen Sie", flüsterte der Großwildjäger. „Wir müssen weiter."

***

Elsa las das Schriftstück durch. Das war nicht leicht, denn die Buchstaben schienen vor ihren Augen zu verschwimmen.

Als sie an die Stelle kam, an der die Kaufsumme genannt wurde, hielt sie inne.

„4000 Rupien? Sie hatten mir doch 5000 geboten!“

Von Langenfeld lachte. „Das war vor einer Woche. Der Preis ist inzwischen gefallen. Ich hatte ja auch einen erhöhten Aufwand.“

Elsa zögerte. „Ist das überhaupt rechtens?“, fragte sie. „So ein Vertrag muss doch vor einem Notar geschlossen werden.“

„Sie scheinen mit den Regularien bestens vertraut zu sein. Umso besser. Ich erwarte den Notar morgen auf meinem Anwesen. Er wird aus Dar-es-Salam anreisen. Übrigens ist er ein alter Freund von mir, der keine Fragen stellt. Sie und Ihre Tochter werden meine Gäste sein, bis der Vertrag ordentlich besiegelt ist. Aber den Vorvertrag dürfen Sie mir trotzdem gleich unterschreiben. Sicher ist sicher.“

„Wir sollen mit Ihnen kommen?“ Elsa war schockiert. „Und wer garantiert mir, dass Sie uns danach freilassen?“

Von Langenfeld grinste sie an. „Das, meine Liebe, wird Ihnen niemand garantieren.“

***

Isolde robbte neben von Nehring, der eine Position etwa fünfzig Meter vom Haupthaus entfernt eingenommen hatte. Von dort hatten sie freies Schussfeld. Sie entdeckte Elsa, die auf der Veranda saß und ein Schriftstück las, während sie ihre Tochter im Arm hielt.

Ihr gegenüber saß der Großgrundbesitzer. Isolde bereute, dass sie ihn nicht bereits bei seinem ersten Besuch in Müllerau außer Gefecht gesetzt hatte.

„Wie gehen wir vor?", fragte sie.

„Ich würde ja vorschlagen, den Chef aus dem Spiel zu nehmen, aber er sitzt im Schatten und die Säule verdeckt ihn halb. Wenn ich ihn verfehle, kann das böse enden."

„Gut, dann schalten wir doch seine Wachen aus. Sie nehmen den rechten, ich den linken Kerl. Den in der Mitte können wir dann beide anvisieren. Aber schießen Sie nur auf die Beine. Ich will nicht, dass hier jemand ums Leben kommt."

Aus den Augenwinkeln sah sie, dass von Nehring ihr einen anerkennenden Blick zuwarf. Sie ließ sich davon nicht irritieren. Stattdessen atmete sie dreimal tief durch und legte dann an.

***

„Unterschreiben Sie jetzt endlich", herrschte der Großgrundbesitzer sie an. „Wir haben nicht ewig Zeit. Ich –"

In diesem Moment krachte es. Zwei der Männer gingen zu Boden. Dann peitschte noch einmal ein Knall und auch die dritte Wache fiel um. Schmerzensschreie hallten durch den Hof.

„Was war das?", rief von Langenfeld.

Aus dem Dickicht neben der Scheune traten zwei Gestalten. Elsa erkannte den Großwildjäger und Isolde. Sie hielt ein rauchendes Gewehr in der Hand.

„Lassen Sie meine Schwester und meine Nichte gehen“, rief sie. „Oder sie erleiden das Schicksal Ihrer Männer.“

Von Langenfeld sah aus, als ob er vom Schlag getroffen worden wäre. Elsa atmete erleichtert aus. Doch im selben Moment packte der Großgrundbesitzer Hilde an den Haaren, zog das schreiende Kind zu sich her und drückte ihm ein Messer an den Hals.

„Unterschreiben Sie“, knurrte er. „Los, sonst stirbt sie.“

Elsa zögerte nicht lange. Sie setzte Ihre Unterschrift unter den Vertrag. Von Langenfeld packte das Papier mit einer Hand und stand auf. Er hielt das Mädchen vor sich wie einen Schutzschild, das Messer unentwegt an Hildes Kehle gepresst. So schob er sich an Elsa vorbei, die Treppe hinunter.

„Legen Sie die Gewehre weg oder Ihre Nichte wird ihr Leben verlieren“, rief er.

Isolde und von Nehring kamen der Aufforderung sofort nach. Rückwärts gehend, die beiden immer im Blick, steuerte von Langenfeld auf sein Pferd zu.

„Geben Sie auf“, sagte von Nehring. „Wie wollen Sie dem Amtmann erklären, was hier vorgefallen ist?“

„Der Amtmann erhält eine regelmäßige Zuwendung von mir“, erwiderte der Großgrundbesitzer mit einem höhnischen Lächeln. „Der wird ganz bestimmt keine unangenehmen Fragen stellen.“

„Und wie vereinbaren Sie es mit Ihrem Gewissen, ein kleines Mädchen als Geisel zu nehmen, nur um an ein paar Hektar Land zu kommen?“, fragte Isolde.

„Mein Gewissen braucht Sie nicht zu bekümmern“, sagte von Langenfeld. Er sah sich um. Sein Pferd war noch etwa einen Meter von ihm entfernt. „Es ist –“

Offenbar hatte er übersehen, dass sich zwischen ihm und seinem Reittier der Grabhügel befand. Alles schien nun ganz langsam abzulaufen. Elsa sah, dass von Langenfeld mit einem Stiefel am Hügel hängen blieb. Er streckte beide Arme aus, um das Gleichgewicht zu halten. Hilde fiel zur Seite, während der Großgrundbesitzer nach hinten kippte. Das Messer beschrieb einen hohen Bogen und verschwand im Unterholz. Von Langenfelds Kopf krachte gegen eine Ecke des Kreuzes, das Werners Grab schmückte und sein Genick brach mit einem ekelerregenden Knacken.

KAPITEL 34

„Unterschreiben Sie bitte hier", sagte der Notar und deutete auf eine freie Stelle auf der letzten Seite des Kaufvertrages. Elsa nahm den Federhalter, tauchte ihn in das vor ihr stehende Tintenfass und setzte ihre Unterschrift unter die von Mr. Barker. Dann legte sie den Stift beiseite und schob das Dokument dem Notar zu, der es ebenfalls unterschrieb und die Schrift danach mit Sand ablöschte.

„Damit ist der Verkauf rechtsgültig", sagte er und erhob sich. Elsa und Mr. Barker taten es ihm nach. Der Engländer wandte sich ihr zu und streckte ihr die Hand entgegen, die sie ergriff und schüttelte.

„Wir werden gut auf Ihr Land aufpassen", sagte er.

Sie lächelte ihn an. „Es war nie mein Land. Aber gut zu wissen, dass es in guten Händen ist."

Der Notar reichte ihr einen Umschlag. „Hierin befindet sich ein Wechsel über 12000 Mark, einzulösen bei jeder beliebigen Bank. Ich habe das Dokument geprüft und für echt befunden. Die Kaufsumme ist somit entrichtet und das Eigentum geht hiermit auf die East-African-Plantation-Company über."

Elsa nahm den Umschlag und steckte ihn in ihre Tasche. Dann schüttelte sie auch dem Notar die Hand. Sie wandte sich zu der kleinen Gesellschaft um, die sie zu dem Termin begleitet hatte. Hilde saß auf Isoldes Schoß. Ihre Schwester wiederum war eingerahmt von Herrn Zuganatto und Herrn von Nehring. Bei ihrem Anblick wurde Elsa von einer Welle der Dankbarkeit durchflutet.

Sie musste zurückdenken an jenen furchtbaren Augenblick, als sie die Unterschrift unter den Vorvertrag gesetzt hatte, den von Langenfeld ihr aufzwingen wollte. Sie hörte das Krachen der Schüsse und sah die nachfolgenden Ereignisse vor ihrem inneren Auge ablaufen. Isolde und von Nehring hatten mutig gehandelt. Aber ihr Eingreifen hätte nicht ausgereicht, wenn der Großgrundbesitzer nicht über Werners Grab gestolpert wäre und sich das Genick gebrochen hätte.

Erfreulicherweise hatte ihnen der hastig herbeigerufene Amtmann keine Schwierigkeiten gemacht. Die vier verwundeten Handlanger waren froh gewesen, dass sich ihrer Verletzungen angenommen wurde, sodass sie alle bei der Befragung die Wahrheit gesagt hatten. Weder Isolde noch von Nehring mussten sich einer Anklage wegen Körperverletzung stellen, da der Amtmann ihr Eingreifen als Selbstverteidigung akzeptierte. Von Langenfelds Tod legte er als Unfall zu den Akten. Die Plantage würde nun seine Frau erben.

„Ich werde mich mit Frau von Langenfeld in Verbindung setzen", hatte Mr. Barker gesagt, als Elsa ihm davon erzählt hatte. „Vielleicht mag sie uns ja die Plantage verkaufen. Dann können wir ihr Land gleich um ein großes Stück ergänzen."

Bei dem Gedanken, dass sich der neue Besitzer ihrer Pflanzung den Grund von Herrn von Langenfeld einverleiben würde, konnte Elsa ein Grinsen nicht unterdrücken, auch wenn die Erinnerung an jene Stunden, in denen sie um Hildes Leben gebangt hatte, schwer auf ihr lastete.

Sie sah ihre Tochter an, die sich eng an Isolde klammerte. Auch Hilde hatte Schlimmes durchgestanden. Hoffentlich würde es ihr gelingen, in der neuen Umgebung Abstand zu gewinnen von all den furchtbaren Erlebnissen in Wilhelmstal. Sie hatte den Menschen verloren, den sie für ihren Vater gehalten hatte und sie hatte ihre Heimat verloren. In ihrer kleinen Hand hielt sie das Päckchen mit den Samen der Usambara-Veilchen wie einen wertvollen Schatz fest.

„Darf ich Sie alle noch zu einem Mittagessen im Hotel Kaiserhof einladen?", fragte Mr. Barker.

Elsa sah fragend zu ihren Begleitern, die gerne dazu bereit zu sein schienen. Sie verabschiedete sich von dem Notar und gemeinsam schlenderten sie die Kaiserstraße hinunter.

Hilde löste sich von Isolde und griff nach Elsas Hand, die diese fest drückte. Herr Zuganatto ging neben ihr her.

„Ich finde es nach wie vor schade, dass Sie Ihre Zelte hier abbrechen. Aber nach dem, was geschehen ist, kann ich das nur zu gut verstehen."

Elsa nickte. „Es ist Zeit für einen Neubeginn."

„Ich habe Ihr Gepäck, Ihre Werkzeuge und auch die Kiste mit diesem prunkvollen Sattel im Lager am Hafenkai deponiert. Sie werden im Lauf des Nachmittags in die Hohenzollern geladen."

„Ich danke Ihnen“, sagte Elsa. „Ohne Sie wären die letzten Wochen die Hölle für mich gewesen. Sie waren der einzige Mensch in Wilhelmstal, der ohne jeden Hintergedanken gut zu mir war.“

Zuganatto senkte den Kopf. „Das ist lieb von Ihnen. Aber Sie schätzen meine Absichten zu edel ein. Natürlich habe ich auch von Ihrem Handwerk profitiert. Allein schon, dass der englische Vergnügungsreisende, dem Sie den Sattel repariert haben, nun ein Loblied auf mein Hotel und die hervorragende Sattlerin in Wilhelmstal singt, wird dazu beitragen, dass mehr Abenteurer einen Abstecher in die Usambara-Berge unternehmen. Wo sie nun allerdings leider keine Sattlerin mehr vorfinden werden.“

Elsa winkte ab. „Sie wissen genau, was ich meine“, sagte sie. „Sie haben immer hinter mir gestanden, mir immer geholfen. Mehr als notwendig gewesen wäre, wenn ich nur förderlich für Ihr Geschäft gewesen wäre. Und dafür möchte ich Ihnen danken.“

„Dafür gibt es nichts zu danken“, sagte Zuganatto. Seine Miene war mit einem Mal ernst geworden. „Ich bin in dieser Gemeinde ein Fremdkörper. Genauso wie sie es waren. Ich weiß, wie es ist, dem verächtlichen Blick von Frau Crucius standhalten zu müssen. Ich weiß, wie es ist, wenn Gerüchte über einen durch den Ort wabern wie giftiger Nebel. Das gehört dazu, wenn man ein Außenseiter ist. Und deswegen sind mir alle sympathisch, denen es genauso geht wie mir. Es freut mich, wenn ich Ihnen helfen konnte.“

Sie hatten das Hotel Kaiserhof erreicht. Zuganatto hielt an.

„Hier muss ich mich von Ihnen verabschieden", sagte er.

„Wie, Sie essen nicht mehr mit uns?"

„Ich würde den Zug nach Mombo verpassen. Meine Frau sieht es gar nicht gerne, wenn ich zum Abendessen nicht zu Hause bin."

Er lächelte ihr zu. „Leben Sie wohl. Und behalten Sie trotz all der schlimmen Dinge, die dort geschehen sind, Wilhelmstal in guter Erinnerung."

Elsa hatte Tränen in den Augen, als sie seine Hand schüttelte.

„Ich werde an Sie denken und die leckere Limonade, die Sie uns im *Hotel zum kleinen Leutnant* spendiert haben."

Zuganatto lächelte. „Und ich werde an Sie denken, wenn ich in Zukunft Limonade serviere."

***

Das Schiff ließ ein gewaltiges Tröten ertönen. Hilde klammerte sich ganz fest an Isolde. Diese strich ihrer Nichte über die Haare.

„Der Dampfer sagt Guten Abend zu dir", sagte sie.

Hilde bekam große Augen. „Er kann sprechen? Und du verstehst seine Sprache?"

Isolde zuckte mit den Achseln. „Ich bin weit gereist. Da lernt man schon ein paar Worte Dampferisch."

Sie lachte und das Mädchen stimmte mit ein. Sie standen am Kai und sahen zu, wie die Hohenzollern beladen wurde. Der Dampfer der deutschen Ostafrika-Linie war am Morgen aus Dar-es-Salam eingetroffen. Nachdem die für Tanga bestimmte Fracht gelöscht worden war, wurden nun mithilfe des großen Auslegekrans eingeladen, was das Schiff nach Mombasa und weiter bis zu ihrer Endstation nach Genua transportieren sollte.

„Da ist unser Gepäck“, rief das Mädchen und zeigte auf die Kiste und die beiden Koffer, die sich im groben Netz befanden, das der Kran an Bord hievte.

„Hast du deine Usambara-Samen dabei?“, fragte Isolde.

Hilde hielt die kleine Tüte hoch. „Die pflanzen wir im Frühjahr bei meinem Onkel im Vorgarten ein“, sagte Isolde.

Das Mädchen sah sie mit großen Augen an. „Was ist ein Frühjahr?“

Isolde stupste sich gegen die Stirn. „Herrje, stimmt, du hast ja noch nie die Jahreszeiten gesehen.“

Hilde schüttelte den Kopf.

„Also, hier gibt es zwei Regenzeiten, eine kleine und eine große. Den Rest des Jahres ist es hier trocken, nicht wahr?“, fragte Isolde.

Hilde nickte.

„Da, wo ich herkomme und wo wir jetzt hinfahren, gibt es vier Jahreszeiten. Frühling, Sommer, Herbst und Winter. Jetzt gerade ist es Herbst, aber der Winter steht vor der Tür.“

„Ist das, wenn es schneit?“, fragte Hilde. „Mama hat mir davon erzählt. Dann breitet sich eine weiße, kalte Decke über alles.“

„Genau. Du wirst deinen ersten Schnee sehen. Wenn alles gut geht, sind wir bis Weihnachten zu Hause. Das wird ein Fest!“

Das Mädchen klatschte vergnügt in die Hände. „Au fein, das wird toll.“

Ein Steward erschien auf dem Kai und rief: „Die Fahrgäste, die sich nach Mombasa einschiffen, werden gebeten, sich an Bord zu begeben."

„Gehst du mit deiner Mama aufs Schiff?", fragte sie Hilde. „Ich komme gleich nach."

Ihre Nichte nickte. „Aber warte nicht zu lange. Nicht, dass du hierbleiben musst."

Isolde lachte. „Nein, die fahren nicht ohne mich ab. Versprochen."

Hilde griff nach Elsas Hand, die sich mit ihr an der kleinen Schlange anstellte, die vor der Treppe wartete, die an der Seite des Dampfers nach oben führte.

Isolde wandte sich von Nehring zu, der mit ihnen hier gewartet hatte.

„Nun ist es Zeit, Abschied zu nehmen", sagte er. Seine Stimme klang seltsam belegt.

Isolde nickte. „Ich hoffe, dass es kein Abschied für immer sein wird. Sie werden mich doch sicher in München besuchen, wenn Sie wieder zurück im Reich sind."

„Natürlich. Es wird aber noch eine Weile dauern", sagte er.

„Wo werden Sie sich hinwenden?"

Er zuckte mit den Achseln. „Meinen Plan, den Kontinent zu durchqueren, habe ich erst einmal fallen lassen. Im Kongo ist es mir zu unsicher. Vielleicht halte ich mich weiter südlich und schlage mich nach Deutsch-Südwest durch. Oder ganz in den Süden. Von dort aus könnte ich mit dem Schiff nach Südamerika übersetzen. Dort soll es auch schön sein, wie mir eine gewisse, mir sehr teure Bekannte berichtet hat."

Isolde lachte. „Ja, auch dort finden sich viele schöne
Flecken. Dann wünsche ich Ihnen eine gute Reise. Passen Sie auf sich auf. Ich will Sie heil und ganz in
Deutschland wiedersehen.“

Er nahm Haltung an. „Zu Befehl.“

Sie lachten. Isolde wurde aber rasch wieder ernst.

„Ich danke Ihnen, Herr von Nehring. Ohne Ihren Einsatz wären meine Schwester, meine Nichte und ich
heute sicher nicht so fröhlich hier an diesem Ort.“

„Es war mir eine Ehre.“

Sie streckte ihm ihre Hand entgegen. Er ergriff sie
und hauchte einen Kuss darauf.

„Und schießen Sie mir nicht zu viele Tiere tot“, sagte
Isolde zum Abschied.

Er verzog das Gesicht. „Das einem Großwildjäger zu
sagen, ist, wie wenn ich Sie auffordern würde, nicht
mehr zu fotografieren.“

Isolde zuckte mit den Achseln. „Seit mein Apparat
zerstört wurde, habe ich keine einzige Fotografie mehr
angefertigt. Und wissen Sie was: Ich habe es überlebt.“

„Ich werde über Ihre Worte nachdenken“, sagte von
Nehring.

Isolde nickte ihm zu und eilte zur Schiffstreppe, wo
die Schlange sich inzwischen aufgelöst hatte und der
Steward ein letztes Mal die noch säumigen Gäste zum
Einsteigen aufforderte. Mit geübten Schritten stieg sie
die schwankenden Stufen empor. An der Reling standen Elsa und Hilde.

„Ist das hoch oben“, sagte ihre Nichte ein wenig ängstlich.

„Es wird dir nicht mehr so hoch vorkommen, wenn wir erst einmal auf See sind“, sagte Elsa und strich ihr über den Kopf.

Der Dampfer gab ein weiteres Tröten von sich.

„Was hat er jetzt gesagt?“, wollte Hilde wissen.

„Er hat gesagt: Alles einsteigen, wir fahren jetzt ab.“

Sie lachten.

Die letzten Passagiere kamen an Bord, dann wurde die Brücke eingeholt und die die Ankertaue wurden gelichtet. Der gewaltige Körper des Schiffs vibrierte, als die Maschinen sich in Aktion begaben. Langsam löste sich der Dampfer vom Kai. Isolde sah hinab. Von Nehring stand immer noch dort. Er winkte ihr zu und sie erwiderte seinen Abschiedsgruß.

Sie dachte an sein Geständnis. Warum mussten sich Männer immer gleich in sie verlieben? Gab es keine Zwischenstufe? Eine Freundschaft ohne Hintergedanken? Sie hatte die Zeit mit ihm genossen, aber sie konnte sich beim besten Willen nicht vorstellen, mit ihm zusammen zu leben oder einen Alltag mit ihm zu teilen. Sie würde alleine bleiben. Schließlich war sie sich genug.

Das Schiff entfernte sich von der Anlegestelle und die Leute wurden kleiner und kleiner, waren bald nur noch Punkte. Isolde ließ ihren Blick über die Bucht von Tanga schweifen. Die weißen Häuser auf dem Höhenrücken. Die Palmenhaine. Der blaue Himmel. Vielleicht war das ihre letzte große Reise gewesen. Das Gefühl des Bedauerns mischte sich mit einer heißen Vorfreude auf das, was sie erwartete. Daheim in München.

KAPITEL 35

München, 24. Dezember 1906

Anton Würth klatschte in die behandschuhten Hände, um den Schnee abzuklopfen. Dann stampfte er mit den Stiefeln auf der untersten Treppenstufe auf. Ein scharfer Schmerz zog bis in seine Hüfte hoch und er fluchte leise vor sich hin. Die Haustür öffnete sich. Das Gesicht der Haushälterin erschien im Türrahmen.

„Dacht ich doch, dass ich was gehört hätt", sagte sie. „Ist Post gekommen von den Nichten?"

Anton schüttelte den Kopf und seufzte. „Ich weiß auch nicht, was dieses Jahr los ist. Ansonsten kamen immer rechtzeitig vor Weihnachten die Karten an. Elsa hat ihre meistens schon im September losgeschickt, weil es von Deutsch Ostafrika etwa zwei Monate dauert. Und Isolde war entweder bei uns oder hat uns von irgendeinem fernen Ort geschrieben, an dem sie sich zu der Zeit befunden hat. Aber dass wir von beiden nichts hören, macht mir Sorgen."

„Jetzt kommen's rein. Sie holen sich ja noch den Tod da draußen."

Er stapfte die Treppe hoch und sah sich noch einmal um. Der Schneefall hatte zugenommen und die ohnehin schon gut eine Handbreit dicke Schneedecke war um weitere drei Zoll gewachsen, seit er vor eine Stunde zum Postamt aufgebrochen war.

„Wenigstens ein Telegramm hätte eine von beiden schicken können", brummte er.

Zenzi half ihm aus dem Mantel und den Stiefeln. Er schlüpfte in den Morgenrock und die Pantoffeln und ging ächzend in Richtung des Salons. Ein Feuer brannte im Kamin. Dankbar setzte er sich auf den Hocker davor und rieb sich die klammen, von der Arthrose verformten Finger. Sie waren blau angelaufen trotz der dicken Handschuhe aus Biberfell, die er trug – ein Geschenk von Isolde, das diese ihm von einer ihrer Reisen mitgebracht hatte.

Die Haushälterin steckte den Kopf zur Tür herein. „Der Karpfen braucht noch eine halbe Stunde", sagte sie.

„Hast du wieder für ein Dutzend Leute gekocht?", fragte er.

„Die Fische gibt es nicht kleiner. Ich kann schlecht auf dem Markt nach einem nicht ausgewachsenen Karpfen fragen. Wir können ja auch mehrere Tage davon essen."

„Ja, ist schon gut", brummte Anton Würth. Er musste sich zwar keine Geldsorgen mehr machen, seitdem der Prinzregent ihm eine kleine Rente zugesprochen hatte, weil er mit seinen verkrüppelten Fingern nicht mehr malen konnte. Aber ein Karpfen war trotzdem ein Luxus, den sie sich nicht oft leisten konnten.

Er sah zu dem mickrigen Baum hinüber, den er notdürftig mit Lametta und einigen Kugeln geschmückt hatte. Die Bänder an den Zweigen zu befestigen, war eine Tortur für seine Finger gewesen. Die Kerzen in den

Halterungen warteten darauf, angezündet zu werden. Das würde er aber erst tun, wenn sie gegessen hatten und es Zeit für die Bescherung war. Mit Wehmut dachte er an die Weihnachtsfeste zurück, als seine Nichten mit ihm gefeiert hatten. Wie sie Geschenke ausgepackt und gemeinsam Weihnachtslieder gesungen hatten.

Ein Klopfen an der Tür ließ ihn hochschrecken. Wer mochte das sein? Am Heiligabend erwarteten sie keine Besucher. Ohnehin schauten immer weniger Leute bei ihm vorbei, seitdem er seine Karriere als Maler hatte beenden müssen.

Er hörte, wie Zenzi aus der Küche zur Tür eilte und wie der Riegel zurückgeschoben wurde. Dann ertönte ein markerschütternder Schrei. Das war seine Haushälterin gewesen. Das Blut gefror ihm in den Adern. Hatte ihr jemand etwas angetan? Ächzend stand er auf und wankte zur Tür. Er öffnete sie und spähte hinaus in den Flur. Was er dort sah, ergab keinen Sinn. Zenzi stand an der Tür, die Hände vor den Mund geschlagen. Draußen konnte er drei Gestalten erkennen, die in Pelze gekleidet waren, zwei erwachsene Frauen und ein Kind.

Er trat näher. Nein, das konnte nicht wahr sein. Oder doch?

„Onkel Anton!", riefen die beiden Frauen gleichzeitig. Sie stürmten auf ihn zu und umarmten ihn von zwei Seiten.

„Elsa? Isolde? Was –"

„Frohe Weihnachten", riefen sie ihm so laut ins Ohr, dass er meinte, taub zu sein. Sie lösten sich von ihm und er konnte erstmals einen klaren Gedanken fassen.

„Aber was macht ihr denn hier? Und wie kommt ihr nach Deutschland? Ich dachte, ihr wärt in Wilhelmstal auf der Plantage.“

Elsa schüttelte den Kopf. „Das ist eine lange Geschichte und wir werden dir das alles ausführlich berichten. Zunächst aber möchte ich dir deine Großnichte vorstellen. Komm, Hilde.“

Eine kleine Gestalt in einem Pelzmantel näherte sich ihm vorsichtig. Sie sah ihrer Mutter zum Verwechseln ähnlich.

„Guten Abend“, sagte sie.

„Guten Abend, Hilde“, sagte Anton Würth und beugte sich zu ihr hinab. „Ich wünsche dir frohe Weihnachten.“

„Das wünsche ich Ihnen auch“, sagte das Mädchen.

„Sag bitte *du* zu mir, ich bin der Onkel Anton.“

„Oh, der Karpfen“, rief Zenzi und eilte in die Küche.

Alle lachten. Die Besucherinnen legten ihre Mäntel ab und folgten Anton in das Speisezimmer, wo sie rasch drei weitere Teller aufdeckten.

„Wie ich Zenzi kenne, ist der Karpfen sicher groß genug für uns alle“, sagte Anton und sollte sich damit nicht täuschen. Und als die Haushälterin den Gugelhupf auftischte, den sie zum Nachtisch gebacken hatte, leuchteten nicht nur Hildes Augen.

Nach dem Essen führte Anton sie in den Salon, wo die Schwestern einen Korb mit Geschenken unter den Baum stellten. Isolde übernahm es, die Kerzen zu entzünden.

„Ich habe leider nichts für euch“, sagte Anton mit Bedauern. „Aber ich wusste ja auch nicht, dass ihr mich überraschen würdet.“

„Das ist nicht schlimm“, sagte Elsa. „Dafür haben wir dir etwas mitgebracht.“

Sie übergab ihm ein Päckchen. Er öffnete es und strahlte. „Pfeifentabak.“

Isolde nickte. „Frisch aus der Kolonie.“

Auch Zenzi bekam ein Paket. Sie freute sich mindestens ebenso über den Kaffee. Hilde fand eine neue Puppe und Handschuhe, die sie gleich anzog, obwohl es inzwischen behaglich warm in dem Raum war. Als sie ihre Geschenke ausgepackt hatten, versammelten sie sich um den Baum und Elsa stimmte mit ihrer glockenhellen Stimme Stille Nacht, Heilige Nacht an.

Sie fielen alle mit ein und Anton Würth freute sich über diese wunderbare und so unerwartete Weihnachtsüberraschung.

KAPITEL 36

München, 10. Januar 1907

„Wie weit ist es noch?", fragte Hilde. Sie hielt Elsas Hand.

„Nicht mehr weit", sagte ihre Mutter.

„Das sind aber viele Kreuze", sagte das Mädchen.

Elsa nickte. „Das ist ja auch ein Friedhof."

„Und hier wohnen tote Menschen?"

„Sie wohnen hier nicht, sie sind zu ihrer letzten Ruhe gebettet worden."

„Warum bettet man die nicht zu Hause zur letzten Ruhe? So wie Papa."

Elsa schluckte. „Hier ist es Sitte, dass man ein Grab auf dem Friedhof bekommt. Dann kann jeder, der dem Toten die Ehre erweisen will, immer vorbeikommen, wenn er mag."

„Und welchem Toten willst du die Ehre erweisen?"

„Einem guten Freund. Du hättest ihn gemocht. Er war auch ein Sattler. Er hat den Sattel gebaut, den wir aus Wilhelmstal mitgebracht haben. Und deinen Großvater und deine Großmama besuchen wir auch noch."

Das Mädchen sagte nichts mehr und dafür war Elsa ihr dankbar. Seit sie den Bogenhausener Friedhof betreten hatten, raste ihr Herz. So viele Erinnerungen waren mit diesem Ort verknüpft. War es tatsächlich schon elf Jahre her, dass sie ihren Vater hier zur letzten Ruhe gebettet hatten? Sie konnte sich noch gut an den Tag erinnern und die Bilder, die in ihr aufstiegen, versetzten ihr einen Stich ins Herz. Damals war ein schöner Frühsommertag gewesen, nun waren die Gräber allesamt von einer dichten Schneedecke überzogen. Und doch erkannte sie den Ort wieder. Er hatte sich tief in ihr Gedächtnis eingegraben.

Sie hatte auch keine Schwierigkeiten damit, das Grab ihres Geliebten zu finden. Moritz war an einer besonderen schönen Stelle unter dem Schirm einer Trauerweide beigesetzt worden. Sie hatte ihn nur einmal besucht, ehe sie damals nach Deutsch Ostafrika aufgebrochen war. Es war eine schmerzhafte Erinnerung ohne jeden Trost.

Als sie vor dem Grab stand, zitterte sie am ganzen Körper. Inzwischen ersetzte eine Stele aus weißem Marmor das schlichte Holzkreuz, das sich damals hier befunden hatte. In den Stein waren die Worte *Moritz von Berlitz, 1874 – 1900* eingemeißelt. Darunter prangte eine Zeile aus Moritz' Lieblingsgedicht von Heinrich Heine: *Wo wird einst des Wandermüden letzte Ruhestätte sein?*

Elsa schloss die Augen. Wandermüde. Moritz war alles andere als das gewesen. Er hatte noch so viele Pläne gehabt. Hatte aufbrechen wollen, gemeinsam mit ihr. Die Tränen rannen über ihre Wangen.

„Ruht er hier?", fragte Hilde. „Dein Freund?"

Elsa nickte. Sie war unfähig zu sprechen.

„Dann lege ich jetzt die Blumen hin, oder?"

Ihre Tochter hielt einen kleinen Strauß in der Hand, den sie in der Stadt gekauft hatten. Elsa nickte wieder. Hilde platzierte die Blumen ganz vorsichtig im Schnee. Es brach Elsa das Herz, ihr dabei zuzusehen, wie sie das Grab ihres Vaters verschönerte, den sie für einen Fremden hielt. Ob sie es jemals über sich bringen würde, dem Mädchen die Wahrheit zu erzählen? Die Frage brauchte sie sich jetzt noch nicht stellen. Hilde musste volljährig sein, ehe sie davon erfahren durfte. Nicht auszudenken, was Eugens Vater unternehmen würde, wenn er herausbekam, dass Elsa bereits schwanger gewesen war, als sie nach Afrika aufgebrochen war.

Sie standen eine Weile still vor dem Grab, dann sagte Hilde: „Mir ist kalt.“

Elsa nahm sie bei der Hand, warf einen letzten Blick auf die Blumen und den Grabstein und führte ihre Tochter weiter. Sie besuchten das Grab von Elsas Eltern, wo das Mädchen einen zweiten Blumenstrauß ablegte. Dann verließen sie den Friedhof und wandten sich in Richtung Stadt.

„Gehen wir gleich wieder zu Onkel Anton?“, fragte Hilde.

Elsa schüttelte den Kopf. „Wir müssen noch einen kleinen Umweg machen. Es ist nicht weit, versprochen.“

Trotzdem dauerte es eine halbe Stunde, bis sie das dreistöckige Gebäude in der Giselastraße erreichten, dessen Adresse Isolde für sie ausfindig gemacht hatte. Die Kirchturmuhr schlug halb elf. Sie waren genau zur richtigen Zeit gekommen.

„Was ist das für ein Haus?“, fragte Hilde.

„Eine Schule“, erwiderte Elsa mit erstickter Stimme. „Ein Gymnasium für Jungen.“

„Was ist ein Gymnasium?“

„Das wirst du selbst herausfinden, wenn du zur Schule gehst. Inzwischen gibt es auch Gymnasien für Mädchen.“

Die Türe der Schule öffnete sich und eine Schar von Jungen stürmte hinaus in den Hof. Sofort setzte eine wilde Schneeballschlacht ein. Hilde bekam große Augen.

„Das sieht lustig aus“, sagte sie und klatschte in die Hände. „Wollen wir das auch einmal machen?“

Elsa blieb ihrer Tochter eine Antwort schuldig, denn ihr Blick hatte gefunden, wonach sie gesucht hatte. Sie schluckte. Er musste inzwischen sogar einen Kopf größer sein als sie. Und er war das Ebenbild seines Vaters. Die blonden Haare hingen ihm in wilden Strähnen ins Gesicht, das die Weichheit der kindlichen Züge bereits gegen die Kantigkeit der von Lampecks einzutauschen begann.

„Wer ist das?“, fragte Hilde, die dem Blick ihrer Mutter gefolgt zu sein schien.

Dein Bruder, lag es Elsa auf der Zunge, aber sie konnte sich daran hindern, es auszusprechen. Stattdessen sagte sie: „Der Sohn von jemand, den ich einmal gut gekannt habe. Er ist auch schon tot.“

„Sind alle deine Freunde tot?“, fragte Hilde.

Elsa spürte, wie ihre Kehle eng wurde. Sie schüttelte den Kopf. „Nein. Herr Zuganatto lebt noch. Hoffentlich.“

„Das meine ich nicht“, sagte ihre Tochter. „Deine Freunde hier in München. Sind die alle tot?“

Elsa ging in die Knie und sah ihrer Tochter in die Augen.

„Ich habe keine Freunde mehr in München. Aber wir werden neue finden."

„Willst du diesen Jungen da nicht begrüßen?"

Elsa sah in Hermanns Richtung. Er hatte sie nicht bemerkt. Wahrscheinlich hatte er sie auch gar nicht erkannt. Schließlich hatte er sie zum letzten Mal vor sechs Jahren gesehen. Vermutlich hielt er sie für tot. Er formte einen Schneeball, zielte und traf einen Jungen direkt an der Backe. Der Getroffene heulte auf und Hermann lachte schallend.

„Das war gemein", rief Hilde.

Hermanns Blick suchte die Ausruferin. Als er das kleine Mädchen sah, warf er ein weiteres Geschoss in ihre Richtung. Er verfehlte sie. Elsa nahm ihre Tochter bei er Hand und zog sie mit sich.

„Komm, lass uns gehen", sagte sie mit tränenerstickter Stimme. „Zenzi wartet sicher schon mit dem Mittagessen."

KAPITEL 37

München, 1. April 1907

Isoldes Herz klopfte ihr bis zum Hals. Sie kannte das Gebäude, das sie betreten würde, war schon öfter hier gewesen, zu Vorträgen, zu denen ihr Freund Max von Linden sie als Gasthörerin mitgenommen hatte. Doch heute war alles anders.

Zwei Wochen zuvor hatte sie sich eingeschrieben. Sie war nun offiziell Studentin der Medizin. Sie hatte die Zeit, die sie seit ihrer Rückkehr in ihrer Wohnung verbracht hatte, dazu genutzt, sich zu überlegen, welchen Studiengang sie wählen würde. Dass sie studieren würde, daran hatte sie keinen Zweifel gehegt. Sie war sich nur unsicher bezüglich des Fachs gewesen. Den Ausschlag hatte schließlich ein Artikel gegeben, der im Münchner Merkur erscheinen war. Der Autor hatte in höchsten Tönen von der Expedition des Dr. Koch geschwärmt und ihn als einen Propheten beschrieben, der das Licht der Aufklärung in die dunkelsten Ecken des afrikanischen Kontinents trug.

Es hatte Isolde in den Fingern gejuckt, eine spitze Replik zu verfassen. Sie hatte sich dagegen entschieden. Wer würde schon auf sie hören? Nein, sie musste der Welt auf eine andere Art beweisen, dass das Licht der

Aufklärung nicht dadurch verbreitet wurde, dass Menschen noch mehr leiden mussten. An diesem Tag hatte sie beschlossen, Medizin zu studieren.

Als sie an nun die Universität betrat, kam sie sich verloren vor. Zwar waren die Studiengänge vor zwei Jahren für Frauen geöffnet worden, nach wie vor waren es jedoch in der überwältigenden Mehrzahl Männer, die die Universität besuchten.

Sie fand den Vorlesungssaal, in dem die erste Einführung in das Medizinstudium stattfinden sollte. Er sah aus wie ein Theater mit steil ansteigenden Reihen von Sitzen. Sie nahm auf einer der oberen Ränge Platz und packte Papier und Bleistift aus.

„Entschuldigen Sie“, hörte sie eine leise Stimme fragen. Sie sah auf und erblickte eine junge Frau mit einem runden, gutmütigen Gesicht, deren Augen weit aufgerissen waren. Ihre Zunge strich permanent über die Unterlippe. „Dürfte ich mich zu Ihnen setzen?“

Isolde lächelte sie an. „Aber natürlich.“

Sie rückte einen Platz nach links und die Frau setzte sich neben sie.

„Isolde Hartmann“, sagte sie und reichte ihrer Sitznachbarin die Hand.

„Bertha Walter“, erwiderte diese. Sie ließ ihren Blick über den Raum schweifen. „O je. Ich dachte schon, dass nicht viele Frauen in meinem Jahrgang sein würden. Aber so, wie es aussieht, sind wir bislang die einzigen.“

Isolde schaute sich um. Tatsächlich waren außer ihnen nur Männer im Raum. Sie zuckte mit den Achseln.

„Ich habe schon Schlimmeres überlebt als einen Vorlesungssaal voller Männer.“

Ihre Sitznachbarin sah sie mit großen Augen an. Isolde lächelte.

„Ich habe die letzten Jahre damit verbracht, durch die Welt zu reisen. Seien Sie versichert, es gibt viel schrecklichere Dinge als das hier."

„Ihr Wort in Gottes Ohr", murmelte Bertha.

„Wissen Sie, was die wichtigste Erfahrung war, die ich auf meinen Reisen gemacht habe?"

Die Frau sah sie aufmerksam an.

„Ich habe Freundschaften geschlossen. Gemeinsam haben wir auch die schwierigsten Abenteuer überlebt. Wenn Sie mögen, können wir uns auch zusammenschließen. Wir werden es diesen Männern hier zeigen, wozu zwei Frauen fähig sind."

Auf Berthas Gesicht erschien ein vorsichtiges Lächeln. Sie nickte. „Gerne. Lassen Sie uns Freundinnen sein. Ich bin die Bertha."

„Und ich die Isolde."

***

„Etwas weiter nach links."

Elsa sah nach oben, wo der Zimmermann auf seiner schwankenden Leiter damit beschäftigt war, ein Schild anzubringen.

„Ja, so ist es gut."

Er nagelte das Holzbrett fest an die Fassade des Gebäudes und stieg von der Leiter herab.

Sattlerfachgeschäft Hartmann, Ihn. Elsa Müller, stand auf dem Schild. Elsa lächelte zufrieden. Sie bezahlte den Zimmermann und der packte seine Leiter ein und verabschiedete sich.

Elsa ging hinein in die Werkstatt. Sofort überkam sie das Gefühl von Vertrautheit und Geborgenheit, das sie seit ihrer Kindheit hier empfunden hatte. Wenn sie die Augen schloss und die Gerüche in sich aufnahm, erschien der Großvater, der an seiner Werkbank stand und einen prunkvollen Sattel für den verstorbenen König anfertigte.

Sie hatte die 12000 Mark, die sie bei der Hypothekenbank eingelöst hatte, gut angelegt. Nachdem sie den Mietvertrag des Vermieters gekündigt hatte, hatte sie die Werkstatt von Grund auf erneuern lassen. Alles wirkte nun modern und sauber, ohne dass der alte Charme verloren gegangen wäre. 2000 Mark hatte sie in Werbemaßnahmen gesteckt. In jeder Münchener Zeitung würden in den kommenden Wochen Anzeigen erscheinen, die die Einwohner auf die Wiedereröffnung des alteingesessenen Betriebes aufmerksam machte. Den Rest hatte sie als Ersparnis zurückbehalten, um die erste Zeit zu überbrücken, wenn sie noch wenig Kundschaft haben würde.

Sie schloss die Augen und atmete tief durch. Sie war alleine in der Werkstatt. Hilde hatte sie am Morgen in die Schule gebracht. Das Mädchen hatte sich gut in der Klasse eingewöhnt und lernte eifrig die ersten Buchstaben. Sie hatte sogar schon Freundinnen gefunden, eine völlig neue Erfahrung für ein Kind, das immer gewohnt gewesen war, sich selbst zu beschäftigen.

Die Glocke, die der Zimmermann an der Tür angebracht hatte, läutete und Elsa wurde aus ihren Gedanken gerissen. War das schon die erste Kundschaft? Sie wandte sich um und erstarrte. Im Türrahmen stand

Alfred von Berlitz. Der Vater ihres verstorbenen Geliebten war um Jahrzehnte gealtert. Er ging gebückt und sein Gesicht war von tiefen Falten durchzogen. Er nickte Elsa zu, ohne sie anzulächeln.

„Herr von Berlitz", sagte sie.

„Frau Müller", erwiderte er in kaltem Ton. „Ich habe gehört, dass Sie die Werkstatt Ihres Großvaters wieder eröffnet haben und bin gekommen, um Ihnen Erfolg zu wünschen."

„Danke, das ist sehr freundlich von Ihnen."

Er schüttelte den Kopf. „Ich komme nicht ihretwegen. Ich habe gehört, dass Sie meine Enkelin mit nach München gebracht haben. Halten Sie das für eine gute Idee?"

Elsa schluckte. „Hilde ist sicher, wenn sie das meinen. Vor dem Gesetz ist sie die Tochter von Herrn Müller. Nach seinem Tod kann das auch niemand mehr bestreiten."

Berlitz seufzte. „Ich hoffe, dass Sie damit recht behalten."

Er wandte sich um, hielt aber an der Tür noch einmal inne.

„Geben Sie mir doch Bescheid, wenn Ihre Tochter einmal bei Ihnen im Laden ist. Dann komme ich vorbei. Nur als Kunde. Ich werde Ihnen keine Szene hinlegen, versprochen."

Seine Augen glänzten feucht und auch Elsas spürte, wie ihr die Tränen über die Wangen rannen.

„Ich werde Sie benachrichtigen. Darauf gebe ich Ihnen mein Wort."

- ENDE DES DRITTEN TEILS -

Nachwort

Einen Roman über die deutsche Kolonialzeit im heutigen Tansania zu schreiben, ist ein heikles Unterfangen. Die Gefahr, ein massiv geschöntes Bild von mutigen Pionieren zu zeichnen, die paradiesische Landschaften nutzbar gemacht und den Einheimischen die Segnungen der Aufklärung und der modernen Wissenschaften gebracht haben, ist groß. Was jedoch meist unter den Tisch fällt, ist die unerhörte Grausamkeit, mit der die deutschen Kolonialherren ihre „Schutzgebiete" unterwarfen. Von 1905 bis 1907 erhoben sich mehrere Stämme im Süden des heutigen Tansanias gegen die deutschen Siedler. Der sog. „MajiMaji"-Aufstand wurde blutig niedergeschlagen und die deutsche Strategie der verbrannten Erde führte zu einer Hungersnot, die Schätzungen zufolge 300000 Menschen das Leben kostete.

In „Ruf der Ferne" werden diese Ereignisse erwähnt, die Figuren sind jedoch nicht selbst davon betroffen, da sich im Norden des Schutzgebietes keine Kampfhandlungen und keine Aufstände ereigneten. Ich habe zur Recherche alle Ausgaben der *Usambara-Post* des Jahres 1906 gelesen. In dieser Zeitung wird erstaunlich selten über den Aufstand berichtet. Die Siedler im Norden fühlten sich nicht betroffen und relativ sicher und das spiegelt auch die Distanz wieder, mit der Elsa und Isolde auf die Ereignisse blicken.

Ich habe versucht, so nah wie möglich an den historischen Fakten zu bleiben. Da die meisten der Begriffe, die damals für die einheimische Bevölkerung verwendet wurden, aus heutiger Sicht abwertend und rassistisch sind, habe ich mich dazu entschieden, den Begriff „Einheimische" zu verwenden. Dieser war zur Zeit der deutschen Kolonialherrschaft nicht in Gebrauch und ist daher nicht entsprechend vorbelastet. Viele der auftretenden Nebenfiguren sind historisch, so etwa alle Angestellten des *Biologisch-Landwirtschaftlichen Instituts* Amani, die Vorsteher der Bahnhöfe und die Beamten in Wilhelmstal. Auch Herr Zuganatto hat wirklich gelebt und den *Gasthof zum kleinen Leutnant* betrieben. Nur bei Hedwig Koch bin ich von den realen Ereignissen ein wenig abgewichen. Zwar hat sie tatsächlich ihren Mann auf diversen Forschungsreisen begleitet und auch für das geschilderte beschützend-übergriffige Verhalten, das sie ihm gegenüber an den Tag gelegt hat, gibt es zahlreiche Schilderungen von Augenzeugen. Auf die Sese-Inseln hat Hedwig Koch jedoch nie einen Fuß gesetzt. Sie war bereits auf dem Festland so schwer an Malaria erkrankt, dass ihr Mann sie nach Deutschland zurückgeschickt hatte.

Aus heutiger Sicht betrachtet, war die Expedition zur Erforschung der Behandlung der Schlafkrankheit bei weitem nicht der große Erfolg, als den ihn Koch in seinem offiziellen Bericht darstellte. Das Atoxyl erwies zwar nicht gänzlich als wirkungslos, die massiven Nebenwirkungen wie etwa Erblindungen überwogen je-

doch den Nutzen der Behandlung. Es sollte noch bis Anfang der 20er-Jahre dauern, bis mit dem Germanin ein
wirksames Medikament gegen die Schlafkrankheit zur
Verfügung stand.